HENRY SUTTON
HÖHENANGST

DER HOTELINSPEKTOR IN DEN ALPEN

ROMAN

Aus dem Englischen von
Johannes Sabinski

K
A
M
P
A

Wenn Sie zweimal jährlich über unsere Neuerscheinungen
informiert werden möchten, schreiben Sie uns bitte an:
newsletter@kampaverlag.ch oder
Kampa Verlag, Hegibachstr. 2, 8032 Zürich, Schweiz

Covergestaltung: Lara Flues, Kampa Verlag

Lektorat: René Stein
Satz: Tristan Walkhoefer, Leipzig
Gesetzt aus der Stempel Garamond LT / 240120
Druck und Bindung: GGP Media GmbH, Pößneck
Auch als E-Book erhältlich
ISBN 978 3 311 12089 6

www.kampaverlag.ch

Montag, 20:45 Uhr

Merci«, sagte Ben, als er aus dem alten VW Passat Variant kletterte. Er war schon mal bequemer Taxi gefahren. Der Fahrer hatte es eindeutig eilig. Die Straßenbeschaffenheit nahm zusehends beängstigendere Züge an, je höher Schnee lag und weiter das Tageslicht schwand. Ben hatte versucht, ein paar dienstliche E-Mails abzuarbeiten, aber beim Blick hinten im Wagen auf seinen Bildschirm, während das Auto eine weitere vereiste Haarnadelkurve nahm, wurde ihm schlecht.

Er hatte seine Tochter Natalie zu Hause in London anzurufen versucht, aber nicht mehr zuwege gebracht, als »Hi, wie läufts?« zu sagen und ihre langsame, leise, verstörende Antwort zu vernehmen: »Tja, okay, schätze ich. Bei Mom nicht.« Dann riss die Verbindung ab, und nach neuerlichem Wählen schaltete sich sofort die Mailbox ein. Natalies Mum – seine Ex-Frau Alex – war für gewöhnlich wohlauf, gut gelaunt und hatte alles voll im Griff. Was war los? War sie krank?

Unterwegs zum Hoteleingang spürte Ben, und das nicht zum ersten Mal, den Abstand zwischen seinem früheren Leben und seinen gegenwärtigen Verhältnissen.

Das Hotel, funkelnd wie ein lasergeschliffener Edelstein mitten in den Hochalpen, mitten im Winter und erstaunlicherweise ganz für sich – es mochte für manche ein unschätzbar wertvoller Rückzugsort sein. Für Ben war es Arbeit, weshalb er sich ein abgeranztes altes Taxi den ganzen Weg von Martigny hoch hatte antun müssen anstelle, sagen wir, eines modernen SUVs oder auch Hubschraubers. Denn sein Arbeitgeber, die Hideaway-Hotelgruppe, mochte wohl in der Luxushotelsparte angesiedelt sein, war jedoch hinsichtlich Reisespesen seiner Angestellten für Knauserei berüchtigt.

Er fror bereits, als er seine Tasche durch die gewaltigen gläsernen Eingangstüren zog, die leiser als ein Flüstern aufgeglitten waren. Zusätzlich sorgte für Verdruss, dass der Fahrer ihm nicht mit seinem Gepäck behilflich gewesen war und ihn gut fünfzig Meter vor dem Eingang abgesetzt hatte. Mit einem Mal hatte er von Glatteis zu murmeln begonnen und befürchtet, nicht mehr wenden zu können, was einfach lächerlich war angesichts seiner nächtlichen Rallyefahrt soeben den Berg hoch. Überdies war Ben beim Betreten der Empfangshalle überrascht und gelinde gesagt fast schon bestürzt, keinen Türsteher vorzufinden oder sonst ein Belegschaftsmitglied, das sich beeilte, ihn zu begrüßen. Als ob sich das Hotel bereits bettfertig gemacht hätte.

Fast zwei Stunden verspätet, da er einen Anschlusszug ausgerechnet in Genf verpasst hatte, hoffte Ben inständig, dass das Restaurant noch offen war. Er wollte sich an einen Tisch setzen und eine ordentliche Mahlzeit zu sich nehmen, wie es zu seinen Dienstpflichten gehörte, statt kurzerhand den Zimmerservice testen zu müssen.

Immerhin war die Halle warm, und es stand niemand Schlange vorm Empfangstresen. Wer sonst sollte auch um diese Zeit ein- oder auschecken, außer vielleicht ein Hotelinspektor beim Versuch, jemanden kalt zu erwischen? Natürlich wusste niemand, wer er war oder warum er hier war. Ben hatte sich inzwischen in die Rolle reingefuchst, als Hochvermögender die Welt zu bereisen oder zumindest als solcher in Luxushotels abzusteigen, wobei der Reiseteil immer noch sehr zum Spartarif erfolgte. Doch eingedenk Natalies knapper Bemerkung neulich war er sich ungewiss, ob die Luxuskomponenten noch so ansprechend waren wie früher einmal.

Exotische Örtlichkeiten verloren immer mehr an Kontur,

ebenso wie Luxuselemente. Entfernung war das größte Problem, Entfernung von den Liebsten, Entfernung von zu Hause und einem festen Arbeitsplatz, Entfernung zu routinierten Abläufen. Im Grunde Entfernung von Realität.

»Hallo«, sagte Ben und trat auf die Frau hinter dem Tresen zu. Er hatte sie aufgeschreckt, und sie brauchte einen Moment, um sein Lächeln zu erwidern. »Ich checke ein«, hängte er an, falls sie ihn für ein randständiges Subjekt hielt, das einfach von der Straße hereinspaziert gekommen war. Als ob das hier wahrscheinlich wäre. Abgelegener hätte das Hotel gar nicht sein können. Ben schaute unwillkürlich über die Schulter und sah sich dann in der Empfangshalle um, die in eine Designerlounge überzugehen schien. Sie war angefüllt mit den üblichen ultramodernen Möbelstücken und bar menschlicher Gegenwart. Niemand saß je in diesen Nischen. Wem könnte man es verdenken?

»Ja, selbstverständlich, Sir«, sagte die Frau auf Englisch mit starkem Akzent. Ben glaubte sicher, dass sie Italienerin war. »Und Ihr Name, bitte?«

»Ben Martin«, sagte er langsam. Unter falschem Namen reiste Ben nicht mehr. Es gab einfach zu viele Rückfragen und Sicherheitsbedenken. Überdies bekräftigte Hideaway nur zu gern, dass die firmeneigenen Hotelinspektoren schwerlich Bekanntheitswert hätten, nicht einmal im Gastgewerbe selbst. Abgesehen davon gehörten so viele Hotels dem Verbund an, dass es Jahre dauern würde, ehe derselbe Inspektor ein und dasselbe Hotel ein zweites Mal aufsuchen würde. Noch so eine Ironie, an der Ben sich störte. Wie konnten so viele Hotels exklusiv sein, diskret und der Gipfel des Luxus? Und das waren nur die an Hideaway angeschlossenen Häuser. Es gab viele weitere Luxushotelgruppen, die mutmaßlich alle ihre eigenen Inspektoren hatten.

Wie weit waren Hochvermögende verbreitet? Kriege, Pandemien, Ökokatastrophen, und immer noch gab es Leute, die

Geld wie Heu zum Ausgeben hatten. Was sollte nur aus der Welt werden? Was war aus der Welt geworden?

Ben wurde zügig und umstandslos eingecheckt, wenn ihm auch seine trendige mattschwarze Hideaway-Treuekarte keine Zimmeraufwertung einräumte – denn das Hotel war unversehens nahezu voll belegt. »Wir sind regelrecht überrumpelt worden«, teilte ihm die Italienerin mit.

Gewöhnlich buchten ihm seine Betreuer nur Zimmer in Hotels mit genügend Leerstand, um keines an einen Inspektor zu vergeuden, für das ein zahlender Gast zur Hand war. Obgleich der Job eines Inspektors entscheidend war, hatte ihm jedenfalls seine Chefin Emily Muller beim Einstellungsgespräch freudig verkündet. »Unsere Inspektoren sind nicht bloß unsere Augen und Ohren«, hatte sie gesagt, »sondern unsere Qualitätsgewähr. Wir erwarten von ihnen, ebenso gründlich und genau zu sein wie scharfsichtig, so kenntnisreich wie neugierig. Außerdem haben wir gern Inspektoren, die sich ins Bild fügen, weshalb mir an Ihnen liegt, Ben.«

Erst viele Monate später war sich Ben so recht im Klaren darüber geworden, wie sehr Emily Muller an ihm lag. Unterdessen war es ein mehr als gegenseitiges Empfinden geworden. Wenngleich es genauso kompliziert war wie zwingend bei diesen auf Arbeit wie Vergnügen beruhenden On-off-Beziehungen. Tatsächlich gestaltete sich Emilys Privatleben sogar noch komplizierter als seines.

Zum Glück unterrichtete die Italienerin Ben ebenso davon, dass des unverhofften Ansturms wegen – einschließlich einer Reisegruppe, die in letzter Minute eingetroffen war – das Restaurant noch einige Zeit geöffnet bleibe. Ob er gern reservieren wolle?

»Ja«, sagte er mit Blick auf seine Armbanduhr, »unbedingt. In zwanzig Minuten?« Eine rasche Dusche, frische Kleidung, ein Anruf bei Natalie und eine Auftaktbegutachtung seines Zimmers für den Abschnitt »Erste Eindrücke« im neuen Berichtsformular der Hideaway-Hotelinspektoren, und er wäre mehr als bereit für ein Glas Hausmarken-Champagner und ein Amuse-Bouche. Nun, da er endlich im Hotel war, wurde er für aufwendige Wünsche bezahlt und dafür, alles im Angebot zu probieren. Es wurde von ihm erwartet. Außerdem konnte er ein reichhaltiges Abendessen morgen auf den Pisten abarbeiten. Früher mal war er ein sehr geübter Skifahrer gewesen. Und nun ziemlich aufgekratzt davon, nach so langer Zeit wieder ein Paar Skier unterzuschnallen. Etwas nervös war er auch.

»Ausgezeichnet«, sagte sie und blickte von ihrem Bildschirm hoch. »Sie sind rundum eingebucht.«

»Oh, und für morgen muss ich ein Paar Skier und Stiefel mieten.«

»Ja, natürlich. Wir haben eine Gratisauswahl samt Service neben einer Boutique im Hotel, gleich beim Spa. Da ist allerdings für heute Abend schon geschlossen, fürchte ich. Wobei sie früh um acht öffnen, wie übrigens auch das Spa. Die Vorhersage für morgen sieht sehr gut aus nach dem vielen Schnee, den wir hatten. Müsste richtig toll werden.«

»In dem Fall«, sagte Ben begeistert, »wäre ich gern Erster am Lift, um der Warteschlange zuvorzukommen.« Er entsann sich einstiger Skiausflüge und dem Bedürfnis, jede Minute auszunutzen. Nicht zuletzt der Kosten wegen.

»Das werden Sie bestimmt«, sagte sie. »In diesem Resort geht es sehr entspannt zu. Morgens lassen sich unsere Gäste gern mal Zeit. Im Übrigen gibt es hier keine Schlangen.« Sie lächelte, als hätte Ben das wissen müssen.

Dienstag, 8:40 Uhr

Morgens als Erster am Lift sein, das war seine Absicht gewesen. Er schüttelte den Kopf in der frischen, eisigen Luft. Wem hatte er bloß was vormachen wollen? Er war nicht mehr jung und in Form und voller Tatendrang. Er rang nach Sauerstoff, doch es fühlte sich an, als würde seine Lunge gefrieren.

Zudem pochte etwas an seinen Hinterkopf, und das waren nicht nur seine Skier. Er nahm sie fester in den Griff, strebte weiter auf die Liftstation zu und zerknirschte dabei den Schnee unter seinen unbequemen Stiefeln. Komm schon, Ben, sagte er sich, das ist doch dein Traum seit dem Tag, als du deinen Fuß in die Frankfurter Zentrale von Hideaway gesetzt hast. Wer kann schon seinen Lebensunterhalt mit Urlauben verdienen? Wer geht schon zur Arbeit ins exklusivste Skiresort der Alpen?

Er brauchte länger zur Liftstation als gedacht. Sie öffnete Viertel vor neun, und er hatte das Hotel etwa zwanzig vor neun verlassen. Dem Werbematerial zufolge sollte es nur ein dreiminütiger Fußweg sein und sah noch nicht mal nach länger aus, doch er erwies sich als tückische Mischung aus jungfräulichem Pulverschnee auf unebenem Eis. Er versuchte, sich mit den Skistöcken in seiner Linken zusätzliche Trittfestigkeit zu verschaffen, und steckte sie seitwärts in die Schneewehen. Doch sie boten wenig Halt, zu tief sanken die Stöcke ein. Die ganze vergangene Woche über hatte es heftig geschneit und für einige tragischerweise zu heftig. Doch nun war das Wetter aufgeklart und ließ perfekte Bedingungen zurück, jedenfalls für die nächsten paar Stunden.

Er verschnaufte, blinzelte und schaute sich um. Sonnenlicht

fiel auf die nächstgelegenen Gipfel, die zu beiden Seiten den Gebirgspass überragten, an dem das Hotel lag. Ein strahlendes Weiß, Rosa und Blau in unterschiedlichen Tönen. Fürwahr ein himmlischer Anblick. Meine Güte, war das schön, selbst wenn es wehtat, länger hinzusehen.

Derlei Schönheit sollte nicht so wenigen Menschen vorbehalten sein, dachte er. Wäre er doch in der Lage gewesen, Natalie mitzubringen, die er beunruhigender Weise noch immer nicht hatte sprechen können. Allerdings steckte sie Mitte Januar im Schultrimester. Überdies hatte sie sich seit New York entschieden dagegen gesperrt, ihn auf einer weiteren Dienstreise zu begleiten. Das konnte er ihr nicht verübeln, während Alex ihm die Sache weiterhin übel nahm.

Seine Gedanken wanderten rasch zu Kiara Williams, der überaus freundlichen New Yorker Polizistin. Ihre Schönheit nahm es mit dem eindrücklichen Rundblick ringsum auf. Er erwog, sein Telefon zutage zu fördern und ein paar Fotos zu machen, doch das hätte erfordert, seine Skier abzulegen, Handschuhe abzustreifen, seine Tasche aufzumachen und es daraus hervorzukramen. Er hatte ganz vergessen, wie viel Zubehör das Skifahren voraussetzte, aber immerhin die Ausrüstung morgens gleich als Erstes zügig und gezielt in der hoteleigenen Boutique mit angeschlossenem Skiverleih eingesammelt.

Den Kopf gesenkt stapfte er weiter. Er konnte sehen, wie sich die kleinen Gondeln die Bergflanke zu seiner Linken hoch in Gang setzten, eine lange Kette schwebender Blasen ohne Skier oder Snowboards an den Außenwänden. Dieser Lift war nur für das Hotel gebaut worden. Jede Blase ein kleinformatiges Designstatement aus Stahl und Glas. Es brachte einen hinauf bis auf dreitausendeinhundertfünfzig Meter, von wo aus man sich auf Routen in drei verschiedene Skigebiete dreier verschiedener Länder begeben konnte – Italien, Frankreich und die Schweiz –, solange Bedingungen und Guides das zuließen.

Er war nicht der größte anerkannte Skigebietsverbund der Welt, weil er nicht als solcher vermarktet wurde und beileibe nicht allen zugänglich war. Nur jene mit genug Geld für einen Aufenthalt im Hotel G und ausreichend Skierfahrung konnten seinen Schneereichtum, seine vielfältigen Abfahrten und Loipen genießen.

Dennoch entschieden sich die meisten Hotelgäste, wie Ben schon gehört hatte, entweder für Heliskiing auf den nahe gelegenen italienischen oder Schweizer Bergketten, weil es weniger in die Beine ging, oder beließen es einfach bei den wenigen hoteleigenen Pisten – eine grüne, drei blaue, zwei lange, schwungvolle rote und eine anspruchsvolle schwarze. Mangels Guide hatte Ben bereits beschlossen, sich heute früh nicht zu weit hinauszuwagen. Im Übrigen waren allerhand Prüfpflichten im Hotel von ihm zu versehen. Schon so blieb ihm nur mehr eine weitere Nacht. Wendy Spurling, seine Einsatzbetreuerin bei Hideaway, erinnerte ihn nur zu beflissen an die neue Obergrenze von zwei Nächten für Inspektionsaufenthalte in Mitteleuropa. Natürlich reichte das nicht für ordentliches Arbeiten, zumindest solange er sämtliche Einrichtungen überprüfen sollte.

Als er endlich die Station erreichte, wurde ihm klar, was wirklich an seinen Kopf pochte oder wohl eher in seinem Kopf, mal abgesehen von einem leichten Kater. Er wollte wieder sesshaft werden. Er war sich ungewiss, ob er weiterhin die Welt bereisen sollte. Auf verquere Weise wollte er diese ganze atemberaubende Schönheit gar nicht um sich haben – zumindest nicht seinetwegen.

Er war sich nicht vollkommen sicher, ob er eine dieser aberwitzig coolen Blasen besteigen und im Nu auf eine erschreckende Höhe befördert werden wollte, nur um wieder hinuntergleiten zu müssen. Ihm war zusehends beklommen zumute. Mochte vor Jahren ein leerer Skilift früh am Morgen der Stoff gewesen sein, aus dem Träume gemacht wurden, wünschte er sich eben jetzt ein paar andere Leute um sich. Was wäre, wenn er einen Unfall hätte?

Was für eine Art Bergwacht bot das Hotel auf? Irgendwie war ihm diese Information entgangen. Er musste es aus sowohl beruflichen wie privaten Gründen wissen. Nirgends sah er jemanden, um ihn danach zu fragen. Wenigstens fühlte er sich auf dem rutschfesten Gummibelag der Liftstation sicherer zu Fuß. Schließlich machte er doch jemanden aus, am anderen Ende der Station, jenseits der klotzigen Maschinerie und hinter dickem Glas in einem kleinen Steuerraum. Der Mann stand mit dem Rücken zum Fenster und sprach gerade in ein tragbares Funkgerät.

Da der Lift ausschließlich Hotelgästen vorbehalten war, schien es so was wie Drehkreuze und Liftpässe nicht zu geben. Nur zu Vorstößen in die anderen Skigebiete war ein entsprechender Pass erforderlich.

Ben sah auf seine Armbanduhr. Es war jetzt fünf vor neun. Er wartete, bis sich eine Blase verlangsamte, selbsttätig ihre Türen öffnete, herumschwenkte, ihre Türen schloss und mit einem Scheppern aus der Station hinaus beschleunigte, worauf sie über einer verschneiten Wiese und weiter zwischen schneebedeckten Kiefern emporschwebte. Der Seilbahnwärter schaute noch immer nicht in Bens Richtung.

Die unbehagliche Erinnerung an ein paar wilde Tage auf Skiern mit Doug Sager, einem alten Journalistenfreund, suchte ihn heim. Unterwegs im Sessellift hatte ihn Doug dazu gebracht, sich einen Lawinenpiepser umzuschnallen. Das war in Verbier, Dougs bevorzugtem Wintersportort. Ganz hoch droben führte ihn Doug die Rückseite des Mont Fort hinab. Doug war ziemlich unerschrocken, ein ehemaliger Kriegsreporter, der Gefechten zu oft zu nahe gekommen war. Dougs eigentliche Tragik jedoch lag darin, ein paar Jahre später tödlich auf dem Fahrrad verunglückt zu sein – angefahren von einem Auto.

Ben sah sich über die Schulter um, spürte jemandes Nähe. Doch ihm war niemand aus dem Hotel und den Weg herauf gefolgt. Was stimmte bloß nicht mit diesen Luxushotelgästen? Wussten sie nicht um den seltenen Vorzug einer Liftanlage samt Skipisten für sie ganz allein an einem so hinreißenden Morgen? Sicherlich doch, und deshalb hatten sie es nicht eilig, das Angebot zu genießen. Sie hatten den ganzen Tag Zeit dafür. Jeden Tag, falls sie das wünschten.

Eine weitere schnittige Blase kam und ging. Der Seilbahnwärter sprach immer noch in sein altertümliches Walkie-Talkie, seinen Rücken unbeirrt dem Einstiegsbereich zugekehrt. Schöner Service, das. Würde vermerkt werden.

»Okay, alter Knabe«, sagte Ben laut zu sich selbst, »jetzt mach hinne.« Er schob seine Skier in den Außenträger der nächsten Blase und enterte sie tapsig. »He, Moment mal«, sagte er lauter, als sich die Türen eilends hinter ihm schlossen, noch ehe er sich überhaupt setzen konnte. Was zum Henker? Er war hier drin nicht allein. Jemand war bereits in die Gondel gestiegen.

Aber wie, wo, wann? Keiner sonst hatte auf dem schwarzen Gummibelag gewartet.

Ben fühlte seinen Puls losrasen, sein Herz heftig klopfen. Solchen Nervenschocks war er wirklich kaum gewachsen und schwerlich auf sie eingestellt. »He, hallo?«, sprach er die zusammengesackte Gestalt auf der Sitzbank gegenüber an. Der Mann schien ohnmächtig geworden zu sein.

Er spürte den Beschleunigungsschub, als die Blase am Zugseil ankuppelte, und sie waren unterwegs, huschten über tiefen Schnee, ehe sie geschwind zwischen weißen Bäumen den steilen Berghang emporgetragen wurden.

»Hallo«, sagte Ben noch mal und beugte sich vor. Der arme Bursche war sichtlich in keiner guten Verfassung. In der Gondel war es kaum wärmer als die minus acht Grad Außentemperatur bei Bens Aufbruch vom Hotel. Immerhin trug der Mann einen dicken Skianzug aus dunkler Jacke und Skihose, eigentümlich ähnlich Bens eigener Bekleidung. Jedoch weder Helm noch Mütze. Hatte er die ganze Nacht hier drin zugebracht?

Ben blickte kurz auf und schaute zu den Fenstern hinaus. Wo waren die Skier des Mannes? Nur die von Ben steckten im Träger. Drinnen gab es auch keine Stöcke außer Bens eigenen.

Er beugte sich weiter vor und schüttelte den Mann sachte bei der Schulter. Der regte sich nicht, aber sein Körper gab nach. Wenigstens war er nicht steif gefroren. Ben schüttelte ihn neuerlich. Diesmal kippte der Kopf des Mannes schlaff nach vorn. Seine Augen waren weit geöffnet und ziemlich leblos. Ein Schnodderfaden war aus einem Nasenloch gekrochen und getrocknet. Weißer Speichel klebte ihm im Mundwinkel und war noch nicht ganz trocken.

Der Mann war eindeutig tot. Ben streifte seine Handschuhe ab, langte abermals hinüber und fühlte ihm den Puls, indem er die Finger seitlich an seinen Hals drückte, nur für den Fall. Nichts. Allerdings war er noch leidlich warm. Die ganze Nacht hatte er nicht in der Blase zugebracht, so viel stand fest. Für einen Augenblick erwog Ben einen Wiederbelebungsversuch bei dem Mann.

Etwas an dem Speichel ließ ihn stutzen, ob er nicht lieber einen Mindestabstand wahren sollte. Dennoch tastete Ben abermals nach einem Puls, erst am Hals und dazu am Handgelenk des Mannes, nachdem er den Ärmel seiner Skijacke hochgeschoben hatte. Er war weit jenseits einer Wiederbelebung. Seine blaugrünen Augen starrten ungeheuer geweitet und blind zurück auf Ben. Seine Gesichtshaut war bestürzend blass, beinahe durchscheinend.

Armer Kerl, dachte Ben und setzte sich zurück auf seine Bank. Welch wunderschöner Tag zum Sterben. Er hoffte, unterstellte, dass der Mann etwas davon gesehen hatte, ehe er seinem Schicksal erlegen war. Mit Blick nach draußen malte sich Ben aus, wie die Seele des Mannes zu den höchsten Gipfeln emporwehte und dort nun in strahlendem Sonnenschein schwelgte. Was in aller Welt gab Ben diesen Gedanken ein? Für Wehmut war jetzt keine Zeit.

Der Mann trug keine Handschuhe. Neben dem fehlenden Helm gab es auch keine Spur von einer Ski- oder Sonnenbrille. Hingegen trug er Skistiefel, Skihose und Skijacke ganz ähnlich seinen eigenen Sachen. Tatsächlich war es dieselbe Marke, erkannte Ben bei genauerem Hinsehen. Womit es sich bei der Skibekleidung um neue, aber auch billige handelte. Eigenartig billig für einen Gast im Hotel G.

Seine Sachen hatte Ben in Wahnsinnseile bei Decathlon in Frankfurt gekauft, nachdem die Reise abgesegnet worden war. Er hatte keinen Schimmer, wo seine alte Ausrüstung geblieben war, und sein getreuer englischer Ausstatter Old Town stellte mitnichten irgendetwas auch nur entfernt Pistentaugliches her. Auch so war eine Rechnung über vierhundert Euro aufgelaufen, die er unter Spesen zu verbuchen hoffte. Bemerkenswerterweise hatten seine Handschuhe mit hundertachtzig Euro mehr gekostet als seine Jacke.

Wenn sich Ben einer Sache am Skifahren erinnert und sie gehasst hatte, waren es die kalten Hände, besonders frühmorgens. Zumal er sehr wohl wusste, was die Jahre als Hideaway-Inspektor seinem Kreislauf angetan hatten. Ja, er hatte einen kompletten Check-up nötig, sogar seine geliebte Ex-Gattin hatte ihn zu einem gedrängt. »Mach es Natalie zuliebe«, hatte ihm Alex erst neulich gesagt. »Sie ist zu jung, um ihren Dad zu verlieren. Selbst wenn ihr Dad die Gewohnheit hat, sie in einer der größten und fürchterlichsten Städte der Welt zu verlieren.«

»New York ist nicht fürchterlich«, hatte Ben erwidert. Nie würde Alex ihn vergessen lassen, was in New York passiert war. Dennoch machte ihm New York wirklich keine Angst, verglichen mit einer Skiabfahrt mit Doug Sager auf der Rückseite des Mont Fort. Oder damit, in einer kleinen, schnittigen Designergondel mit einer Leiche festzusitzen.

Die Blase war zum Halten gekommen. Ben fühlte sie leicht schaukeln. Beim Blick nach unten sah er die verschneiten Baumwipfel sachte wackeln. Er wusste sehr wohl, dass die Windverhältnisse auf dem Gipfel eines Berges ganz andere sein konnten.

Bens Sicht nach vorn über die Leiche hinweg ging auf nicht mehr als eine lange Kette Gondeln in vollkommen gerader Linie, die einen aberwitzig steilen Berghang hoch ins Nichts führte. Es gab einen Felsvorsprung in etwa fünfhundert Metern Entfernung, hinter dem die Seilbahn verschwand. Ben hoffte, die Station bald danach vorzufinden, sofern sich der Lift wieder in Bewegung setzte. Diese Dinger blieben dauernd stehen und liefen wieder an, erinnerte er sich. Es mochte nur ein kurzer Halt sein.

Trotzdem wäre er gern sicher gewesen, dass sie nicht mehr weit fahren müssten. Ein Privatlift würde doch bestimmt nicht ewig lang sein.

Ben hatte keine Karte dabei. Ihm war zugeredet worden, die App des Hotels herunterzuladen, die nicht nur die umliegende Gegend abdeckte, sondern anscheinend ein gutes Stück der Schweiz und dazu auch noch Teile von Frankreich und Italien. Er zog sein iPhone aus einer Brusttasche, um hoffentlich seinen genauen Standort bestimmen zu können. Als Erstes aber würde er die Behörden anrufen, Direktion und Security des Hotels und jegliche sonstige Hilfe, derer er habhaft werden konnte.

Wieder tippte er auf den Bildschirm. Offenbar gab es kein Signal. Er schaltete sein Telefon aus und ein. Noch immer kein Signal, nicht mal ein einzelner Balken, geschweige denn irgendein Hinweis auf 5G, wobei es weniger auch getan hätte. Nicht einmal die App des Hotel G konnte er öffnen. Hatte er sie nicht richtig runtergeladen? Oder konnte vielleicht ihr Geo-Locator seine Arbeit nicht verrichten und hatte irgendwie die App gesperrt? Ben dachte daran zurück, wie der Seilbahnwärter in ein Funkgerät sprach. Gab es selbst da unten keinen Handyempfang? Welchen Sinn hatte eine maßgeschneiderte Resort-App, wenn es am Berg kaum Empfang gab und keine Möglichkeit zu erfahren, wo man war?

Ben betrachtete erneut die Leiche und deren Gesicht. Der Mann musste Ende vierzig, Anfang fünfzig gewesen sein – in Bens Alter. Sein grau meliert dunkelbraunes Haar trug er etwas länger. Für Ben war nicht zu erkennen, wie groß der Mann war, doch auch dessen Wuchs wirkte seinem einigermaßen ähnlich. Ben fröstelte; er würde sich hüten, einen Tatort zu verändern, wenn er sich auch nicht sicher war, ob es denn ein Tatort war.

Zu viel blieb ungereimt. Es gab keine Handschuhe bei dem Ärmsten, weit und breit weder Helm noch Skier. Und dann waren da der Schnodder und Speichel. Doch nichts deutete auf einen Kampf in der Blase hin. Der Mann hatte nirgends blaue Flecken. Was hatte er hier gemacht, nur zur Hälfte pistenfertig?

»Mach schon«, sagte Ben laut zu sich und der Leiche, »wann kommt dieser verdammte Lift endlich in Gang?« Er war sich alles andere als sicher, wie viel länger er hier drin mit einem Leichnam festsitzen wollte. Noch einmal sah er auf seinem iPhone nach, ob sich wundersamerweise ein Signal eingestellt hatte. Hatte es nicht.

Wer war dieser Mann, und wie war er gestorben? Hatte er irgendeinen Ausweis bei sich? Gewiss musste es sich um einen Hotelgast handeln.

War er wie Ben auf die erste Fahrt des Tages aus gewesen? Wann genau fing der Lift an zu laufen? Mutmaßlich eine Weile vor der ausgewiesenen Öffnungszeit. Erst musste festgestellt werden, ob die Anlage ordnungsgemäß arbeitete. Könnte sich dieser Mann verfrüht eingeschlichen haben, während der Seilbahnwärter abgelenkt war und ihm den Rücken kehrte?

Wo aber waren seine Skier? Könnte er sich mit jemandem getroffen haben? Hatte er eine Begleitung unten im Hotel?

Die Lage, die Bauten, das ganze gemütliche Chalet im Inneren jener hypermodernen Schale des Hotel G waren beinahe zu romantisch, wenn auch als architektonische Botschaft etwas verquast. Es war kein Ort, um ihn allein aufzusuchen. Vielleicht war das der Grund, warum Ben Verdruss geschoben hatte. Es brauchte eine Liebschaft, um die Kaminfeuer voll auszukosten, die Tierfelle unter den Füßen und Whirlpools unter den Sternen, die harten, glänzenden Kanten und übertriebene Exklusivität, die dermaßen kalte und frische Alpenluft, dass es dem Herzen einen Stich versetzte.

Ungeachtet dessen war Ben gestern beim Abendessen eine kleine Tagung oder geschäftliche Sitzung gewahr geworden. Eine Anzahl ernst aussehender Leute, die schicke Großstadtkleidung trugen. Er bezweifelte, dass sie alle mit Partner dort waren, oder zumindest nicht mit ihren üblichen Gefährten.

Bens streifte seine eigenen Handschuhe wieder über, beugte sich vor und fing an, die Jacke des Mannes abzuklopfen, das Äußere der Brust- und Seitentaschen, die er erreichen konnte, ohne die Leiche merklich zu bewegen. Doch waren seine Handschuhe so dick und die Skibekleidung des Mannes nicht minder, dass Ben Mühe hatte, irgendetwas wie eine Brieftasche oder ein Handy zu ertasten.

Als Ben seine Handschuhe ablegte und eine gründlichere Suche in Betracht zog, machte die Gondel einen Ruck nach vorn, und er fand sich nahezu auf dem Schoß des Mannes wieder. Er fluchte.

Während er seine Fassung wiedergewann und die Blase geschmeidig den Berg erklomm, zückte er erneut sein Telefon und tippte wild darauf ein. Es gab noch immer kein Signal, aber ihm kam eine andere Idee. Er begann, den Mann zu fotografieren, sein Gesicht, seine Lage, alles aus verschiedenen Blickwinkeln. Außerdem machte er eine Reihe Fotos und ein Video vom Inneren der Gondel, da er weniger Augenfälliges unschwer übersehen haben könnte.

Als er sich im Klaren darüber wurde, dass er den Mann waagerecht hinlegen müsste, um ihn gründlich zu durchsuchen, nahm Ben mit der Aussicht vorlieb. Immer noch stiegen sie zwischen den Bäumen an, strebten dem Kamm entgegen. Er konnte keinerlei Pisten oder Skifahrer ausmachen, überhaupt niemanden. Hingegen hatte er hinter sich einen wunderbaren Ausblick auf das Hotel unten im Tal. Es war mit seinen Anbauten und Erweiterungen größer als gedacht. Noch im Schatten wirkten die scharfen, asymmetrischen und schneebedeckten Dachkanten beinahe industriell.

Irgendwo innerhalb des Komplexes befand sich ein Altbau, ein Sommerhof, der weitgehend erhalten geblieben war und nun die sogenannte Library Bar und halbe Empfangshalle beherbergte. Der altertümliche, rustikale Kern des Hotels war gänzlich von harten, modernen Kanten, Winkeln und umfassenden Ausbauten überformt worden. Sorgfältig in Glas, Stahl und glatt poliertem Beton konserviert, war das alte Kiefernholz nun auf ewig den Elementen entzogen. Das Ganze übte eine gewisse Wirkung aus, insoweit Ben es im Einzelnen bereits erforscht hatte.

Das Hotel schloss eine Anzahl kleiner, frei stehender Chalets ein, wie Ben sehen konnte. Dann gab es verschiedene Terrassen und einen schimmernden Winterpool, der aus einem Gebäude hervorragte und fröhlich vor sich hin dampfte. Es existiere auch eine Tiefgarage, hatte er gehört. Ein paar große dunkle Autos standen jedoch nahe dem Hoteleingang aufgereiht. Weiter entfernt konnte er den Hubschrauberlandeplatz sehen, ausgewiesen durch eine leuchtend orangefarbene Flagge und ein auf den Schnee gemaltes blaues Kreuz.

Eben da fühlte Ben einen weiteren heftigen Ruck, sah Schnee und Fels nur ein paar Meter unter sich. Die Blase hüpfte buchstäblich, ehe sie zügig über einen Abfahrtshang voll glitzerndem Schnee voranschwebte.

Rechter Hand konnte er eine Piste zwischen sparsam gesetzten roten Stangen sehen. Frisch präpariert, funkelte ihr schnurgerades Cordmuster einladend. Dafür also zahlten die Reichen, musste Ben unweigerlich denken. Perfekte Bedingungen für sie allein. Nur dass es ein wirklich fauler Verein war. Noch zog niemand frische Spuren durch den Schnee.

Wenn der Mann ermordet worden war, wo war dann sein oder waren seine Mörder jetzt? Ben konnte sich nicht vorstellen, wie er ohne Skier und weitere wesentliche Ausrüstung in die Blase geraten und anders als durch falsches Spiel einfach verblichen sein könnte.

Wie sie am rechten Rand des Horizonts über den Hang kamen, nahm Ben zwei Gestalten auf Skiern wahr. Sie vollführten elegante Parallelschwünge und warfen dabei hauchfeine Pulverwolken auf. Einer der Skifahrer vollbrachte diese Kunststückchen, obwohl er anscheinend ein dickes Bündel Stöcke oder Pistenmarkierungen schulterte. Als sie sich näherten, sah Ben gleichartige silbergraue Skianzüge, Helme und verspiegelte Skibrillen an ihnen. Es musste sich um die hoteleigenen Pistenwärter handeln.

Ben kam halb hoch und winkte hektisch, ehe er gegen die Scheibe schlug und alles sonst versuchte, um ihre Aufmerksamkeit zu erregen. Doch sie liefen geradezu unter den Seilen durch, ohne nach oben zu blicken, und waren bald außer Sicht. Beim Hinsetzen machte Ben linker Hand die Liftstation aus. Er hatte reichlich Zeit, abermals sein Handy zu überprüfen, doch Empfang hatte er noch immer nicht.

Während sich die Station näherte, zog die Wirklichkeit herauf. Ben wusste, dass ihm nicht viel Zeit bliebe, den Seilbahnwärter zu alarmieren und das Ding zum Halten zu bringen. Er hatte keine Absicht, noch eine runde Viertelstunde mit der Leiche in der Blase zu verbringen, während sie den Berg hinunter unterwegs wäre.

»Okay, mein Freund«, sagte Ben, als die Gondel schließlich in die Station einschwenkte und kräftig abbremste, »ich werde rausfinden, was dir zugestoßen ist. Mindestens das kann ich tun. Das hätte auch ich gewesen sein können«, hängte er an, als die Türen sich selbsttätig öffneten und er hinausturnte, ohne dabei seine Skistöcke zu vergessen.

Er hätte es wirklich gewesen sein können, dachte Ben angesichts der äußerlichen Ähnlichkeit der Leiche und der Tatsache, dass beide die gleiche Skibekleidung trugen. Einmal mehr bedrückten ihn jäh Einsamkeit und Sterblichkeit, und wieder rang Ben nach Luft. Alleine sterben?

»He«, keuchte er laut aus und sah sich nach einem Seilbahnwärter um. »Hilfe. Lift anhalten, Lift anhalten!« Es gab eine verglaste Führerkabine auf der gegenüberliegenden Seite der Station, doch sie war leer. Schließlich entdeckte Ben einen Mann neben dem Ausgang. Er hielt eine Schneeschaufel in den Händen und schien überrascht, Ben zu sehen. »He«, rief Ben ihm zu. »Sie müssen den Lift anhalten.« Der Mann wirkte verdutzt und begriffsstutzig. Dann begann er, mit dem rechten Arm zu winken, und zeigte hinter Ben.

Ben sah über seine Schulter nach der Gondel, die sich langsam durch die Station und darüber hinaus bewegte. Mein Gott, ging ihm auf, sie verkuppelte sich mit einem weiteren Satz riesiger Zahnräder und Drahtseile, die sie noch höher den Berg hinauftragen würde, statt zu wenden und wieder hinunter zur Talstation zu befördern. Dies war ein Zwischenhalt und nicht die Endstation. »Anhalten«, rief Ben. *»Arrête le téléski.«*

Der Seilbahnwärter ließ seine Schaufel fallen, hastete an Ben vorbei und zerrte Bens Skier aus der Außenhalterung, derweil die Türen der Gondel schon geschlossen waren. Sogleich schnellte die Gondel zum anderen Ende der Station hinaus. Mit breitem Lächeln hielt der Seilbahnwärter Ben seine Skier entgegen.

»Da drin liegt ein Toter«, sagte Ben mit ausgestrecktem Finger. *»Mort. Homme mort.«* Der Mann, der keinen Tag jünger als siebzig sein konnte, lächelte dämlich weiter. Auch er trug eine silbergraue Skijacke und Hose, die viel zu modisch für ihn aussahen. Ben nahm ihm seine Skier ab und fragte den Mann darauf auf Französisch, Italienisch und Englisch, welche Sprache er spreche.

Der Alte schüttelte fortwährend den Kopf, ehe er nickte. »Französisch vor allem. Etwas Englisch kann ich auch.« Er hatte offensichtlich weder verstanden, was Ben gerufen hatte, noch durch die Fenster der Blase den zusammengesunkenen Körper gesehen. Oder musste gedacht haben, falls er doch eine menschliche Gestalt wahrgenommen hatte, dass der Betreffende am folgenden Endhalt aussteigen würde. Bloß ohne Skier? Nun, tja, vielleicht, hatte das Hotel nicht ein Restaurant ganz oben auf dem Berg?

Seufzend ging Ben hinüber zum Ausgang, lehnte seine Skier an die Wand und angelte sein iPhone hervor. Endlich hatte er Empfang, zwei Balken stark. Er rief das Hotel an.

»*Bonjour*, Hotel G«, erklang eine geschäftige weibliche Stimme.

»Hallo«, sagte Ben. »Ich bin Gast bei Ihnen, Ben Martin. Gegenwärtig befinde ich mich an der Liftstation, der ersten den Berg hoch.«

»Ja?«

Der Wind hatte heftig an Stärke zugenommen, kam um den Eingang zur Liftstation gepeitscht und toste ihm in den Ohren. Außerdem hatte Ben seine Handschuhe ausziehen müssen, um das Hotel anzuwählen, und seine Hände waren bereits steif gefroren. »Können Sie mich mit dem Duty Manager oder Sicherheitschef verbinden? Es gibt ein Problem.«

»Das tut mir leid zu hören.« Ihr Englisch war makellos und amerikanisch eingefärbt. Wahrscheinlich hatte sie in den USA studiert oder sich ausbilden lassen. »Bitte warten Sie, Sir, und ich sehe, was ich tun kann.«

Ben sah sich nach dem Inneren der Station um. Der Seilbahnwärter schien sich in seine Aufsichtskabine zurückgezogen zu haben. Gondeln kamen und gingen: zwei auf dem Weg nach oben beförderten Skier und ein Paar Snowboards in den Außenhalterungen. Offenbar waren nicht alle Hotelgäste gar so faul und selbstgefällig, wie Ben gedacht hatte.

Er sah zu, wie die silbergrauen Gondeln in die Station einliefen, abbremsten und ihre Türen öffneten, ohne dass jemand ausstieg. Zahlreiche Männer und Frauen in Hochstimmung und schicker Wintersportbekleidung strebten offenbar der Endstation entgegen.

»Hallo?«, sagte Ben in sein Telefon. Viel länger würde er den Apparat mit bloßen Händen nicht halten können. Außerdem hatte er keine Ahnung, was der Seilbahnwärter an der Endstation bemerken und deswegen unternehmen würde. Ob die Leiche auch dort übersehen werden könnte? Dass die Gondel keine Skier in der Halterung stecken hatte, mochte dafür sprechen.

»Monsieur?« Sie war zurück am Telefon.

»Ja?«

»Leider ist der Duty Manager gerade verhindert, gemeinsam mit dem Sicherheitspersonal.«

»Sonst gibt es niemanden? Den Hoteldirektor?« Da fiel Ben wieder ein, dass der Hoteldirektor im Krankenhaus lag, nachdem er letzte Woche von derselben Lawine erfasst worden war, die auch tragischerweise den Sicherheitschef getötet hatte. »Wohl nicht«, antwortete er für sie. »Hab davon gehört, was letzte Woche geschehen ist.«

Wendy Spurling hatte ihn ins Bild gesetzt, als er gerade schon zum Resort aufbrechen wollte. Es wurde als umso notwendiger erachtet, das Hotel zu prüfen. Solche Betriebe sollten imstande sein, mit unvorhergesehenen Umständen fertigzuwerden. Wobei das G nicht eben hervorragend abschnitt, ein fehlender Page auf Posten vergangenen Abend war da noch das Geringste. »Tut mir leid deswegen«, fügte er hinzu.

»Im Hotel findet gerade ein sehr wichtiges Meeting statt. Alle sind äußerst beschäftigt. Wir sind leider unterbesetzt.«

Sollte sie Ben so was sagen, ganz gleich, wie die Dinge bei ihnen standen?

»Wie kann ich Ihnen behilflich sein?«

»Können Sie die Polizei anrufen?«

»Wo genau liegt das Problem?«

»Wie weit ist die Polizei entfernt? Wie schnell kann sie hergelangen?«

»Hängt davon ab, ob wir die französischen, Schweizer oder italienischen Behörden hinzurufen. Was allerdings auch vom Sachverhalt und möglichen Ort des Geschehens abhängt. Das Resort erstreckt sich auf alle drei Länder. Gewöhnlich werden die Behörden nur in ihrem jeweiligen Zuständigkeitsbereich tätig.«

»Was gilt denn für das Hotel selbst?«, fragte Ben.

»Da gibt es eine Reihe Gebäude. Die meisten liegen in der Schweiz, einige aber auch in Italien und Frankreich. Das Hotel steht wirklich genau auf der Grenze. Allerdings treffen die Italiener, also die Carabinieri, hier gewöhnlich am raschesten ein.«

Beunruhigenderweise klang das für Ben so, als würde die Polizei häufig gerufen. Wohl war ihm bekannt, dass sich das Hotel auf mehrere Länder erstreckte, womit es in der Tat auch warb, wobei er nicht recht zu sagen wusste, ob er sämtlichen Folgerungen daraus Rechnung zollte außer den finanziellen. Nach seiner Kenntnis war das Unternehmen geschäftsseitig in der Schweiz eingetragen – wenig überraschend.

Er sah sich nach dem Inneren der Liftstation um. »Die Liftstation?«, fragte er. »In welchem Land liegt die?«

»Die Talstation in der Schweiz, glaube ich. Die ganz oben aber in Frankreich.«

Hinsichtlich einer Kriminalermittlung, wurde sich Ben bewusst, könnte sich dies sehr schnell als sehr verwickelt entpuppen. Wie er sich umblickte, fiel Ben ein kurzes Stück entfernt eine große Pistenkarte auf, die aus dem Schnee ragte. Er stapfte ungelenk hinüber, knobelte schleunig aus, wo er war, und stellte fest, dass sich die nächste Station und Endhaltestelle des Lifts gleich hinter dem Rand des Hanges befand – in nur etwa einem Drittel der Entfernung zwischen Talstation und erstem Halt. Mehr als fünf oder sechs Minuten Fahrtzeit konnten es nicht sein.

Ben wurde sich deutlich bewusst, dass die Leiche bald wieder auf dem Rückweg sein und den Zwischenhalt durchlaufen würde. Nun, sollte das der Fall sein, würde er nicht noch einmal aufspringen und sich zu dem Toten gesellen.

»Monsieur?«, sagte die Empfangsdame. »Sind Sie noch dran? Wie kann ich Ihnen am besten behilflich sein? Sind Sie verletzt, in Gefahr? Wurde etwas gestohlen?«

»Nein, nichts von alledem. Danke der Nachfrage.« Sie leistete gute Arbeit in Bezug auf das Wohlbefinden eines Gastes, wenn sie auch keine diskrete Rezeptionistin schlechthin war. »Es geht um jemand anderen.« Eben da sah er die Schar Hotelgäste am Horizont auftauchen und auf rasante, aufsehenerregende Weise ihren Weg bergab nehmen. Ehe er sich's versah, würden sie am Fuß des Bergs eintreffen. Ehe er sich's versah, würde die Leiche am Fuß des Bergs eintreffen.

»Ich werde mich in Kürze einfinden und das Problem persönlich schildern«, sagte er nunmehr überzeugt, hier oben nicht einfach warten zu können. Er musste es vor der Leiche zur Talstation schaffen.

Wobei es ihm schwerfiel, das Gespräch zu beenden, denn seine Finger waren vollkommen taub. Er war außerstande, sie auch nur annähernd treffsicher aufs Display zu drücken. Endlich stopfte er das Telefon in die Brusttasche seiner Skijacke und zerrte den Reißverschluss halbwegs zu. Dann streifte er seine Handschuhe über und besann sich erst jetzt darauf, dass sie handyfreundliche Fingerkuppen hatten und zum Telefonieren anbehalten werden konnten – daher ihr unerhörter Preis. »Soll bloß mal einer versuchen, mit diesen verdammten

Dingern ein Telefon aus einer engen Skijackentasche zu kriegen«, rief er aus.

Immer häufiger ertappte er sich dabei, vernehmlich vor sich hin zu schimpfen. Noch so eine Alterserscheinung, schloss er resigniert. Das Anschnallen seiner Skier hingegen erwies sich als leidlich einfach. Noch ein rascher Blick auf die Pistenkarte, ein Klaps vor den Kopf, ob sein Helm fest genug saß, und los gings. Beinahe umgehend fand er sich inmitten der anderen Gäste wieder, die kreischend und jauchzend eine Schau abzogen. Zumindest die Männer. Die Frauen unter ihnen verhielten sich weit anmutiger.

Als er die Liftseile unterquerte, blickte Ben hoch. Von hier aus gesehen schienen sich die Gondeln schneller zu bewegen, als es ihm im Inneren der seinigen vorgekommen war. Sie waren ununterscheidbar – nicht einmal eine Nummerierung der einzelnen Kabinen konnte er ausmachen. Lediglich das stilisierte »G« des Hotels prangte vorn auf jeder Gondel.

Die Augen wieder auf der Piste, nahm er noch mehr Fahrt auf, um die Gruppe möglichst hinter sich zu lassen, und gab dabei acht, den Oberkörper stets bergab zu beugen. Den eigensinnigen Geist Doug Sagers anrufend, fand er einen Durchlass und fegte durch eine weite Rechtskurve, ehe er eine Art Querung entlangschoss, die an der abschüssigen Seite durch hohe Netze gesichert war. Er hob regelrecht ab, als es ihn nach links zu schwenken nötigte, und gelangte auf den unteren Abschnitt der Piste, der zwischen den Bäumen geradewegs zum breiten Auslauf an der Talstation führte.

Fast hätte er losgejauchzt. Es war ansteckend, berauschend, und er hatte es noch immer drauf! Gar nicht übel, einen Dienstagmorgen Mitte Januar so zu verbringen. Die Wirklichkeit brach jedoch alsbald über ihn herein, als er beim neuerlichen Versuch, in voller Fahrt zu wedeln, die Ski verkantete. Alles ging kopfüber holterdiepolter seitwärts. Der Schnee schmeckte kalt. Er war dazu äußerst hart.

Während er wieder zu Sinnen kam, nahm er wahr, dass andere Skifahrer in der Nähe stehen geblieben waren. »Hallo, sind Sie okay?«, rief ihm ein Mann auf stark akzentuiertem Englisch zu. »Brauchen Sie Hilfe?«

»Nein, nein danke«, sagte Ben und riss sich zusammen. »Ich bin okay, glaub ich. War wohl zu sehr in Eile.« Jetzt schmeckte er sein Frühstück auf der Zunge – zwei Eier, zahlreiche lächerlich dünne Streifen Bratspeck, Orangensaft, ein halber Liter Espresso und eine Schale Birchermüsli. Das Birchermüsli war ein Fehler gewesen, ein irrgeleiteter, verspäteter Ansatz, gesund zu essen.

»Hier ist Ihr Ski«, sagte eine Frau und legte ihn neben seinen Fuß. Ben wurde gewahr, noch mit dem anderen verbunden zu sein. Von ihrem Gesicht konnte er nur Nase und Mund sehen. Beide waren hinreißend.

»Oh, danke, das ist sehr nett von Ihnen.«

»Kein Problem.« Sie war zweifelsfrei Engländerin. Vornehm.

Als er schließlich auf seinen Skiern stand, den Schnee von seiner Sonnenbrille zu wischen versuchte und sich wieder mit seinen Skistöcken angefreundet hatte, war die Gruppe außer Sicht. Auch die Liftstation sah viel vernebelter aus. Den restlichen Weg bergab legte er weit langsamer und vorsichtiger zurück, da ihm klargeworden war, wie unsinnig es in seinem Alter war, sich ohne Not Gefahren auszusetzen. Er musste sich über Natalie Gedanken machen und dazu einen verdächtigen Todesfall melden. Wenigstens wurde er nicht von Doug Sager, Gott hab ihn selig, auf Abwege geführt.

Dienstag, 9:48 Uhr

Er ließ seine Skier und Stöcke auf einem Gestell draußen an der Liftstation zurück und stellte fest, dass sich die fidele Truppe aufs Neue in die schnittigen Gondeln begeben hatte und jetzt über die untere Piste hinwegschwebte. Er konnte sie sogar von dort hören, wo er war – den übermütigen Tonfall der Überprivilegierten –, weit droben über dem Scheppern der Liftmechanik.

Ben stiefelte steifbeinig ins Innere, wo einige andere Leute warteten. Er hielt inne und sah sorgenvoll zu, wie erst ein Paar an Bord einer leeren Gondel kletterte, während ein weiteres zögerte. Offensichtlich wollte es alleine fahren. In Gedanken entrückte er wieder kurz zum Skifahren mit Doug Sager in Verbier und zu legendären Geschichten von jungen Liebespaaren, die Sex in solchen Blasen hatten und zusehen mussten, ob sie genug Zeit bis zur nächsten Station hatten, um sich ihrer Handschuhe, Jacken und Latzhosen zu entledigen und es miteinander zu treiben.

Sex lag natürlich nie ganz fern von Geld und Tod. Und in Wintersportorten kam sich das alles besonders nahe.

Das nächste Paar bestieg eine Gondel und schwebte davon. Niemand sonst wartete. Ben sah in ein paar Gondeln mehr nach, während sie kamen und gingen. Alle waren leer, alle scheinbar nicht auseinanderzuhalten und nicht gekennzeichnet. Er zog seine Handschuhe aus und schaute auf seine Uhr. So viel war passiert in der letzten Stunde.

Er ging zur Kabine des Seilbahnwärters hinüber und öffnete die Tür. Der Maschinist schaute aufgeschreckt über die Schulter. Er war beträchtlich jünger als sein Kollege am Zwischenhalt, hatte einen dichten braunen Bart und buschige Brauen. Seine aalglatte silbergraue Skibekleidung sah weit passender an ihm aus. Beinahe schon hätte er Model dafür sein können. Auf einem Bord vor ihm lagen zwei der altmodischen Walkie-Talkies.

»Ja?«, sagte er. »Wie kann ich helfen?«, hängte er in akzentarmem Englisch an.

»Wie lange braucht der Lift bis ganz hoch zum Gipfel?«, fragte Ben.

»Ach«, sagte er, »der Lift.« Er schien sich ein wenig zu entspannen. »Gewöhnlich, wenn es keine Unterbrechungen gibt, achtzehn Minuten.«

Mit anderen Worten achtzehn Minuten für eine Kabine wieder bis nach unten. Wobei sie jedoch auf dem Weg bergauf eine ganze Weile lang stecken geblieben waren. Was mindestens vierzig Minuten hin und zurück bedeuten würde. Eher fünfundvierzig. Wieder sah Ben auf seine Armbanduhr. Entsann sich, dass er seiner Uhr nach um fünf vor neun an der Station eingetroffen war, wobei er nicht sofort eine Gondel bestiegen hatte. Jetzt ging es auf 9:53 Uhr.

Er hastete aus der Führerkabine hinüber zur Stelle, wo die Gondeln einliefen und ihre Türen auseinanderglitten. Ein paar Leute mehr versammelten sich im Einstiegsbereich etwas weiter unten. Niemand hatte es eilig.

Ben stand dort zehn Minuten lang und verfolgte, wie eine Gondel nach der anderen leer eintraf. Ohne Weiteres hätte er die Leiche übersehen können, und er wusste, dass sie schon wieder auf dem Weg bergauf sein mochte. Es stiegen einfach nicht genug Leute ein und aus, um so etwas anders als zufällig zu bemerken. Gleichzeitig schienen sich die Seilbahnwärter erstaunlich nachlässig um ihre lebenden Fahrgäste zu kümmern.

Vielleicht waren sie hier alle pistenfest genug, um kein Händchenhalten nötig zu haben, und würden solchen Beistand sowieso ausschlagen. Sicherlich gehörte es zur Unternehmenspolitik von Hideaway, sich im Hintergrund zu halten und den Gästen zu vermitteln, sie hätten das Sagen – überall auf der Welt.

Ben kehrte zur Führerkabine um, offensichtlich zum Verdruss des Maschinisten.

»Sie schon wieder?« Der Mann runzelte die Stirn.

»Können Sie die übrigen Stationen kontaktieren?«

»Ja«, sagte der Mann und nickte zu den Funkgeräten, »natürlich.«

»Hat eine davon heute Morgen irgendwas Ungewöhnliches gemeldet? Hat Sie eine davon auf ein Problem hingewiesen?«

»Wir haben ein klemmendes Zahnrad, das manchmal den Lift anhält. Es stellt keinerlei Gefahr für irgendwen dar. Ist heute schon passiert. Morgens ist es schlimmer wegen des Nachtfrosts.«

»Ich meine mit einem Gast, einer Person?«

Der Mann schüttelte den Kopf. »Ein Unfall, meinen Sie?«

»Da ist ein Toter in einer der Gondeln«, kam Ben nun ohne weitere Umschweife auf den Punkt. »Ich glaube, er könnte einfach im Kreis fahren.« Ben hielt einen Finger hoch und malte Kreise in die Luft. »Sie wissen schon, hoch zum Gipfel und zurück, immer wieder.«

Der Mann schaute immer noch perplex drein, worauf Ben hinter sich deutete und überdies drei Männer beim Betreten der Station bemerkte. Sie trugen Daunenjacken, Sonnenbrillen und Wollmützen. Dunkle Hosen und trendige Wanderstiefel vervollständigten den urbanen Freizeitlook für den Winter. Keiner darunter mit Skiern, Helmen oder Skibrillen. Sie gingen geradewegs zu den Gondeln.

»Wo wollen die hin?«, fragte Ben.

»Wer?«

»Diese Männer da ohne Skier.«

Der Maschinist spähte durch das Fenster der Führerkabine. Die Männer bestiegen hastig und gerade noch rechtzeitig eine Gondel, ehe sich die Türen schlossen. Sie waren in Eile. »Zur

Gipfelstation«, gab der Maschinist zurück. »Da ist das Café-Restaurant mit der schönsten Aussicht in den ganzen Alpen, heißt es. Es ist von morgens bis abends für Hotelgäste und ihre Freunde geöffnet.«

Ben konnte auf Geschwafel verzichten. »Sie müssen den Lift anhalten.«

»Ja? Warum?«

»Ich habe Ihnen doch gerade gesagt, dass ein Toter in einem von diesen Dingern liegt.«

»Woher wissen Sie das?«

»Ich habe ihn gesehen.«

Ein Anflug von Zorn huschte über das Gesicht des Mannes, bevor er breit lächelte. »Sie müssen sich irren. Wir sehen den Lift durch, jede Kabine, jeden Morgen als Erstes und abends als Letztes, ehe wir dichtmachen. Es ist unmöglich, dass sich ein Toter in einer Gondel befindet. Keiner könnte da über Nacht drinbleiben.«

Ben erwog, dem Liftführer die Fotos zu zeigen, aber irgendetwas hatte der Mann, das ganze Unternehmen an sich, dem er rasch zu misstrauen begann. Er hatte das deutliche Gefühl, mit solchen Beweisen noch eine Weile an sich zu halten, wäre nur zu seinem Vorteil. Ebenso zum Vorteil des Verstorbenen und seiner Angehörigen.

»Vielleicht habe ich mich ja geirrt«, sagte Ben leise. »Vielleicht war es bloß ein Streich.« Im Übrigen wollte er sich keinen Ärger mit den verkehrten Behörden einhandeln – das hatte er zur Genüge letzten Sommer in New York erlebt. Behörden hatten überall auf der Welt die Neigung, eine Lage misszuverstehen und vorschnell falsche Schlüsse zu ziehen.

»Ein Streich?«

»Ein Scherz.« Vielleicht war das Englisch des Mannes doch nicht so gut, wie Ben zunächst gedacht hatte.

»Oh, verstehe«, sagte der Seilbahnwärter. »Ja, ich glaube, hier liegt ein Irrtum vor. Ein Scherz vielleicht.«

»Nichtsdestotrotz wollen Sie vielleicht lieber Ihre gemütliche Bude verlassen und jede Gondel überprüfen«, sagte Ben. »Übrigens, wie sind sie nummeriert, also wie kann man sie auseinanderhalten? Ich kann keine Markierungen sehen außer dem Hotellogo.«

»Jede Gondel hat innen und außen eine Nummer«, sagte der Seilbahnwärter. »Aus Designgründen sind diese Nummern allerdings recht klein gehalten. Man muss wissen, wo sie zu finden sind. Auf alle Fälle sind sie nicht laufend nummeriert, weil immer wieder Gondeln zur Wartung und Instandsetzung ausgesondert werden. Die Gäste brauchen solche Markierungen nicht zu sehen. Das hier ist ein ganz besonderer Lift für das Hotel G. Er ist einzigartig in den Alpen.« Darüber lächelte er noch breiter.

»Dann wollen wir hoffen, dass sein Ruf keinen Kratzer bekommt«, sagte Ben. Er ging zurück nach draußen, fand seine Skier, betrat erneut die Liftstation und nahm die erste Blase nach oben.

Diesmal schien es ewig zu dauern, gleichwohl keine außerplanmäßigen Pausen eintraten und er die Bequemlichkeit der Polsterbank zu schätzen wusste. Er rumpelte durch den Zwischenhalt und war hingerissen vom Rundumblick, als die Blase zur Bergspitze aufstieg.

Soweit er in jede Richtung schauen konnte, gleißten die gebieterischsten schartigen Gipfel in der Sonne. Er versuchte auszuknobeln, welcher der Mont Blanc war, welcher Mont Vélan, der Grand Combin, die Grandes Jorasses: die höchsten Berge Frankreichs, Italiens und der Schweiz. Der viele Neuschnee die Tage war bis hinunter auf die Talsohlen gefallen, und alles lag unter einem weißen Teppich begraben. Es war ein grenzenloses Wunderland.

Politik war vielleicht etwas für andernorts. Korruption und kriminelles Verhalten hingegen lagen viel eher zum Greifen nahe. Kriminelle neigten stets dazu, sich die schönsten Flecken Erde herauszusuchen und sie dann für alle anderen zu verderben.

Die Gondel hüpfte in die Endstation. Ben stieg aus und dachte diesmal an seine Skier. Wieder spielte sich nirgends Dramatisches ab, deutete nichts auf einen Leichenfund hin, auch wenn hier der schnittig gewandete Seilbahnwärter gleich beim Ausgang stand und seine behandschuhte Rechte ein Walkie-Talkie umklammerte. Ben schlug mit einem Wink jedwede Hilfestellung aus, ehe irgendwelche angeboten werden konnte. Indessen hatte er den deutlichen Eindruck, genau gemustert zu werden, und fühlte beim Verlassen der Station die Augen des Mannes im Rücken.

Wind und Sonne waren heftig, blendend. Er brauchte einen Moment, um sich zurechtzufinden, und ebenso seine Augen, um nicht länger hinter der Brille zu tränen. Einem Wegweiser zufolge befand sich das Restaurant G fünfzig Meter entfernt Richtung Gipfel. Ben wunderte sich, dass man den Elementen trotzen musste, um hinzugelangen. Unlängst freigeschaufelte Gummimatten halfen dabei, den Weg zu erklimmen, dennoch fühlten sich die fünfzig Meter wie fünfhundert an.

Eine Vielzahl an Gästen von Hideaway wären zu diesem Fußweg gar nicht in der Lage, vermutete er. Als aber das Dach des Restaurants – ein lang gezogenes, überraschend schneefreies Dreieck – allmählich auftauchte und damit einher eine gänzlich neue Aussicht, erkannte Ben, dass es den Aufstieg mehr als wert war. Von hier aus wirkten die Alpen noch einmal riesiger und wilder: Schicht auf Schicht, Gipfel auf Gipfel offenbarten sich, je länger man hinsah. Es war unmöglich, dies für das Herz Europas zu halten, eines derart dicht besiedelten Erdteils.

Er ließ die Aussicht einige Atemzüge lang auf sich einwirken, ehe er das Restaurant betrat. Das »G« des Hotels fand sich in allerlei unverputzte Wände und polierte Oberflächen geätzt. »Ganz schöner Marsch von der Liftstation in diesem Wind«, meinte Ben zu der jungen Frau, die an einem Pult gleich hinter dem Eingang saß.

»Bei Bedarf haben wir ein Schneemobil mit Fahrgastanhänger«, sagte sie lächelnd. »Und noch weitere Fahrzeuge, die wir gleich vom Hotel aus benutzen können, falls nötig.« Wieder lächelte sie und fuhr dann fort: »Früher stand hier mal eine Schutzhütte, bevor das Hotel den Grund und Boden übernahm. Die Architektin wollte ein alleinstehendes Gebäude auf dem Kamm mit drei Ecken, die für die drei Länder stehen, an die wir grenzen. Das Gebäude sollte an keine bestimmte Seite oder Nation angebunden sein, darum liegt der Lift einen kurzen Fußweg entfernt. Andernfalls würde etwas Falsches symbolisiert, war der Gedanke. Dies ist eine Zuflucht für alle, ohne Ansehen der Nationalität – das war ihre Absicht.«

»Wer sichs leisten kann«, murmelte Ben.

»Sie ist für ihre Symbolik berühmt«, gab die Platzanweiserin anstelle einer Antwort zurück.

»Kann ich mir denken«, fügte Ben hinzu. »Wenn ich aber raten müsste, würde ich sagen, dass Sie von der Schweizer Seite her kommen. Und von etwas weiter weg – der deutschsprachigen Schweiz. Zürich vielleicht?«

»Ja«, sagte sie. »Genau. Ich bin beeindruckt. Sie haben ein gutes Ohr.«

Ben war sich da nicht so sicher. Er glaubte, langsam taub zu werden, wenn auch nicht so taub wie sein bester Freund Olly. Wobei Olly früher mal im Musikgeschäft tätig gewesen war und seine Trommelfelle schon vor Jahren irreversibel geschädigt hatte.

»Sie sind Engländer, leben aber in der Schweiz?«, fragte sie.

»Ich bin Engländer, derzeit aber in Frankfurt wohnhaft. Ich reise sehr viel.«

»Ich liebe reisen. Darum arbeitete ich in der Hotellerie. Es ist die beste Art, die Welt zu sehen.«

»Gewiss«, sagte Ben und versuchte, an ihr vorbei ins Restaurant zu sehen. »Wie lange arbeiten Sie schon für das G?«

»Diese Saison ist meine erste.«

»Sie fassen erst noch Fuß?«

»Wir werden gut in die Art und Weise des Hotels eingearbeitet.« Sie lächelte.

»Um wie viel Uhr öffnen Sie?«

»Wir sind immer für den ersten Liftumlauf bereit.«

»Wie kommen Sie hier herauf?«

»Mit dem Lift, bevor er für die Gäste öffnet. Wir sind die ersten. Oder mit der Raupe, wenn nötig.«

»Und heute?«

»Mit dem Lift.«

»Sie haben nicht zufällig irgendetwas Seltsames, Besorgniserregendes gesehen, oder?«, fragte Ben.

Sie schüttelte den Kopf und schaute ratlos drein. »So ein herrlicher Morgen. An Tagen wie diesen mit der Sonne auf den Gipfeln ist es unglaublich. Man fühlt sein Glück zu leben. Ich wollte nirgendwo sonst auf der Welt sein.«

Ben ließ sich genau durch den Kopf gehen, was sie eben gesagt hatte. »Ja – es ist tatsächlich ein Glück zu leben.«

»Es ist allerdings sehr kalt heute. Wir hatten minus vierzehn Grad, als wir hier oben ankamen.«

»Wie viele sind Sie, die gleich zu Anfang kommen?«

»Da sind der Koch und seine drei Gehilfen. Die Putzkraft, die auch in der Küche arbeitet. Zwei Kellner, der Restaurantleiter und ich im Eingangsbereich. Wobei der Restaurantleiter noch nicht vor Ort ist. Wir müssen nicht alle von Anfang an da sein. Wie Sie ja sehen«, sie wandte sich um und zeigte in den leeren Saal, »sind wir um diese Zeit nie sonderlich voll. Manche Gäste nehmen hier gern ihr Frühstück ein, wenn sie ein weites Stück Weg mit ihren Guides vor sich haben, die meisten aber kommen zum Mittagessen oder abends, wenn wir auch Sonderveranstaltungen anbieten.«

»Und ein paar kommen einfach wegen der Aussicht auf einen Kaffee oder Drink?«

»Ja, natürlich. Dieses Restaurant ist nicht nur Skifahrern vorbehalten. Manche Gäste kommen mit dem Lift hoch und fahren dann wieder mit dem Lift runter.«

»Sind heute schon Gäste hier gewesen?« Ben schaute noch einmal nach, nahm aber niemanden sonst im Restaurant wahr. Keine Spur von den drei Männern, die er im Tal eine Blase hatte besteigen sehen. Wo waren sie jetzt? Beim Zwischenhalt ausgestiegen?

»Nein.« Sie schüttelte recht entschieden den Kopf. »Suchen Sie wen?« Ihr Tonfall hatte sich verändert.

»Ja.« Er überlegte rasch. »Einen Mann etwa in meinem Alter. Er sieht mir ein wenig ähnlich. Selbe Haarfarbe. Wir wollten zusammen Ski laufen. Ich weiß nicht mehr, ob wir uns unten oder hier oben am Lift treffen wollten. Wir wollten es bei einem Kaffee angehen.« Nun schüttelte Ben den Kopf und zog eine Grimasse. »Zu viel vom sagenhaften Hotel-G-Schnaps gestern Abend, fürchte ich. Hab ziemliches Kopfweh.« Wie zur Betonung rieb er sich den Hinterkopf. »Jedenfalls konnte ich ihn nirgendwo heute früh gesund und munter antreffen. Und der Handyempfang hier oben, na, Sie wissen wohl selbst, wie der ist.« Ben wedelte mit seinem Telefon. »Kann ihn nicht erreichen.«

»Ah ja, tut mir leid, das ist manchmal schwierig. Sie versuchen es laufend zu beheben. Wir brauchen viel mehr Masten an den richtigen Stellen. Bloß sind sich die Anbieter uneins darüber, wer welches Gebiet abdeckt. Sie streiten sich über die Landkarte hinweg, ob Sie's glauben oder nicht.«

»Oh, das glaube ich jederzeit.« Ben hatte an der Uni Geschichte studiert, bevor er zur Journalistenschule gewechselt war.

»Ist alles etwas kindisch«, sagte sie. Ihr freundlicher Tonfall war zurückgekehrt.

Ben nickte beipflichtend. »Bis es gewalttätig wird und Kriege ausbrechen.«

»Wir benutzen die hier, um sicherzugehen.« Sie hielt ein Funkgerät hoch. »Veraltete Technik, wie es heißt, aber sie funktioniert.«

»Ach ja, hab die Seilbahnwärter damit gesehen.«

»Die Pistenwärter haben sie auch«, sagte sie.

»Diese Burschen in den schicken grauen Skianzügen?«

»Das ist die Uniform.« Sie lächelte, als sei sie nicht gänzlich von der Ästhetik des G überzeugt.

»Da ich nun schon mal hier bin, trinke ich einen Kaffee«, sagte Ben. »Ist es egal, wo ich sitze?« Er machte eine Geste zum offenen Saal.

»Wo immer Sie möchten. Ich schicke Ihnen den Kellner.«

»Falls mein Freund aufkreuzt, wissen Sie ja, wo ich stecke. Ich heiße Ben Martin. Sie sind?« Sie trug kein Namensschild.

»Laritza.«

»Das klingt nicht sehr deutsch.«

»Meine Mutter ist Spanierin, mein Vater Schweizer.«

»Gut, ich bin neidisch. Bin viel zu sehr Engländer.« Damit ging Ben in den Speisebereich hinüber, der ganz Glas, Holz, polierter Beton und Stahl war, und setzte sich an einen Tisch in einem Winkel des Dreiecks. Das Restaurant musste unmittelbar auf einem Grat mit überhängenden Seiten hocken. Der Bergrücken schien unter ihm steil abzufallen. Den hätte er zu gern Doug Sager auf Skiern in Angriff nehmen sehen.

Es war derart verwirrend, dass Ben für einen Augenblick wieder aufstehen musste. Nach links gewandt und unmittelbar ans Glas gelehnt, konnte er den Teil einer Piste sehen – die Hauptroute von der Gipfelstation her, nahm er an. Ein Paar Skifahrer verschwanden gerade diese Seite des Bergs hinunter. Ihm war schleierhaft, wohin die drei Männer gegangen sein konnten, so wie sie angezogen waren, wenn nicht in dieses Restaurant. Es gab keinerlei Gastronomie am Zwischenhalt.

Angestellte waren es nicht, zumindest trugen sie keine Uniform.

Bens Gedanken kehrten zur Leiche zurück. Ob sie immer noch im Kreis fuhr?

Kopfschüttelnd bestellte er einen Espresso, und ein Blick auf die Speisekarte hatte ihn bewogen, gleich noch das Steak haché de boeuf oeuf à cheval zu versuchen. Das hatte er schon zum Frühstück auf der Karte ausgemacht und beschlossen, es für den Folgetag aufzusparen, fand aber jetzt, es würde seinen Magen und seine Nerven beruhigen helfen. Gutes Essen konnte das. Abgesehen davon sollte er ja arbeiten.

Ein gelindes Schuldgefühl trug zu seiner allgemeinen Verständnislosigkeit bei. Seine Dienstpflichten bestanden darin, nach bestem Vermögen alle Einrichtungen zu überprüfen, und er war genau dazu hier oben. Mit seinen Gedanken aber war er eigentlich ganz woanders. Tatsächlich war er jetzt schon verwirrt, obwohl er sich natürlich schon immer als Krimiautor gefallen hatte. Worauf diese Handlung hinauslaufen sollte, konnte er allerdings überhaupt nicht absehen.

»Bitte dazu noch einen Schnaps, Hausmarke«, sagte er zum Kellner. Doug Sager pflegte einen Flachmann mitzuführen, erinnerte er sich. Er würde den Kurzen ihm zu Gedenken trinken.

Während er auf seine Bestellung wartete, zog Ben sein Telefon hervor und stellte erfreut fest, nunmehr drei Signalbalken angezeigt zu bekommen. Er probierte die Ski-App des Hotels aus, die versicherte, dass der Lift derzeit *bon service* leistete – er würde ein Auge für etwaige Fahrtunterbrechungen offen halten. Die Schneebedingungen waren »Pulver« bei einer Höhe von dreihundert Zentimetern an der Gipfelstation und hundertfünfundsiebzig im Tal. Einfach phantastisch. Der Wind blies mit fünfundzwanzig Stundenkilometern und sollte später noch auf fünfunddreißig auffrischen. Vorhergesagt wurde sonniges Wetter den ganzen Morgen und Wolkenbildung für den

Nachmittag. Den folgenden Tag sollte es schneien und sehr windig werden. Das war neu.

Allzu enttäuscht war Ben nicht. Ohnehin war sein Aufbruch für morgen vorgesehen, und er war nie überzeugt gewesen, an beiden Tagen sowohl Ski fahren wie seinen Pflichten nachkommen zu können. Wendy Spurling hatte ihm noch ein Hideaway-Wintersporthotel im weiteren Saisonverlauf versprochen, wenn er ein »braver Junge« wäre. Er wollte gar nicht so genau darüber nachdenken, was Wendy mit »braver Junge« gemeint hatte, wusste allerdings, dass in der Zentrale von Hideaway immer noch über Einzelheiten seiner New-York-Reise letzten Sommer getratscht wurde wie auch über seine fortwährende Nähe zur Hideaway-Chefin Emily Muller.

Als sein Essen eintraf, hatte Ben bereits seinen Kaffee und seinen Schnaps getrunken. Darum bestellte er einen weiteren Schnaps in der Hoffnung, er werde das Fett abbauen und seine Unruhe lindern helfen. Das Steak haché war überraschend mager, außen herrlich knusprig und das Hack innen schön halbroh, während die Eier prächtig zerliefen und eine fast dunkelorange Farbe hatten.

Zu viele Eier an einem Tag essen konnte er gar nicht. Sicherlich waren sie dem Cholesterinspiegel abträglich, aber das Leben war kurz. Zu kurz für manche. Ehe man sich's versah, konnte man tot in einer Gondel enden.

Der Lift leistete seinem Telefon zufolge immer noch gute Dienste. Seit er dort war, hatte kein anderer Gast das Restaurant betreten, und als er fertig war, ging er zum Empfangspult hinüber. »Ausgezeichnetes Essen«, sagte er zu Laritza. »Was für eine Aussicht, da haben Sie recht – und ganz für mich allein.« Er lächelte. »Wobei es mich immer noch überrascht, dass es hier gar so ruhig zugeht an einem so herrlichen Morgen.«

»Ja, mich auch.« Sie schaute auf ihre Apple Watch, tippte auf den Bildschirm. »Das Hotel ist völlig ausgebucht. Wir beherbergen derzeit die Leitung eines besonderen Konsortiums bei uns. Vermutlich haben sie unten im Hotel wichtige Sitzungen heute Morgen.« Sie zwinkerte Ben zu.

»Sollte man meinen«, sagte Ben verdutzt. Was hatte das Zwinkern zu bedeuten? »Besser die als ich«, hängte er an. »Könnte mir nichts Schlimmeres vorstellen, als gerade jetzt in einer Sitzung zu stecken.« Seine Arbeit brachte mit sich, dass er kaum je Sitzungen in der Hideaway-Zentrale beiwohnen musste. Solange er Außendienst hatte, konnte er auf Urlaub machen.

»Zum Mittagessen wird hier mehr los sein. Sie müssen die Pisten ausnutzen, solange sie so leer sind. Das Wetter verschlechtert sich heute Nachmittag.«

»Dann will ich das mal angehen«, sagte Ben.

»Was soll ich Ihrem Freund sagen, wenn er eintrifft?«

»O ja, danke, dass Sie mich erinnern. Bitte sagen Sie ihm, er soll mich anrufen. Wenn er mich telefonisch nicht erreichen kann, laufe ich ihm hoffentlich auf einer der Pisten über den Weg. Oder in der Seilbahn.«

»Wie heißt er? Ich möchte ungern den Falschen anquatschen.« Wieder zwinkerte sie.

»Nein, natürlich nicht«, sagte Ben und wich etwas zurück. Er wurde nicht schlau aus ihr. *Anquatschen?*

»Sein Name?«

»Doug.« Der erste Name, der Ben in den Sinn kam. Er verließ das Restaurant, zog seinen Jackenreißverschluss gegen den scheußlichen Wind zu und stapfte die Gummimatten wieder hinunter zur Gipfelstation, wo er seine Skier gelassen hatte.

Soeben trafen ein paar Leute ein, traten in ihre Skibindungen, schnallten sich Helme um, zogen Handschuhe straff. Er warf einen Blick ins Innere, sah die Gondeln abbremsen, am Ende der Station herumschwenken und talwärts zurückrumpeln. Ja, womöglich fuhr die Leiche immer noch im Kreis, vielleicht noch den ganzen Tag, bis die Blasen zum Betriebsschluss kontrolliert wurden. *Falls* dann überhaupt alle kontrolliert wurden.

Dabei mussten alle Gondeln viel eher durchgeprüft werden. Es war lachhaft. Der Notfall sollte ausgerufen werden, doch der Seilbahnwärter scherte sich keinen Deut. Mit Absicht?

Ben versuchte zu ermessen, wie viele Blasen es geben mochte. Siebzig, achtzig, hundert? Es war ein langer Weg rauf und runter bei um die zehn Meter Abstand zwischen zwei Kabinen. Das Hotel hatte zweiundsiebzig Zimmer. Mehr als eine Blase pro Zimmer? Planten sie zu expandieren? Bei der Einrichtung des Hotels schien nirgends gespart worden zu sein. Dennoch musste es sich um eines der letzten großen minder erschlossenen Skigebiete der Hochalpen, wenn nicht der Welt handeln. Mitsamt dem unmittelbaren Zugang zu drei Ländern war das Potenzial unglaublich, solange Vorschriften und Investitionen es zuließen.

Die obere Piste war ein schieres Skivergnügen. Der Schnaps schien sich wundersam auf sein Gleichgewicht ausgewirkt zu haben. Es gelang ihm sogar, sich durch eine Gruppe trödelnder Gäste zu fädeln, denen mehr an Selfies als sauberem Carving lag. Allerdings trugen sie besonders eindrucksvolle Designer-Skioutfits mit reichlich Kunstpelz oder wahrscheinlicher echtem Pelz. Natürlich hatten sie in solcher Umgebung bemerkt zu werden und die Kunde ihrer Gegenwart rund um die Welt zu verbreiten.

Auf der kniffligen, engen Strecke zwischen oberer und unterer Piste behielt Ben die Füße diesmal am Boden und beschleunigte mit frischem Selbstvertrauen. Bald kam die Talstation in Sicht und gleich daneben ein dunkler SUV. Die Brust stramm bergab ausgerichtet und die Knie gebeugt, um Huckel abzufedern, hob er bei der finalen Schussfahrt mehrmals kurz vom Boden ab, ehe er sich mit einem Schlenker um die Station abbremste.

Er musste jäh stoppen, da die Piste auf einmal als kleiner rückwärtiger Parkplatz hinter einem niedrigen Wall aus Schnee und Eis endete. Er fürchtete einen Aufprall, brachte es aber gerade noch zustande, mit einem großen Schwall Eispulver über den Wall und die Flanke des SUVs abzubremsen. Es war ein Range Rover mit schwarz getönten Scheiben.

»He«, rief es hinter ihm.

Ein Mann stiefelte ihm von der Rückseite der Station her durch den Schnee entgegen. Er trug eine Daunenjacke, dunkle Jeans, Wanderstiefel, Sonnenbrille und Strickmütze. Einer der Männer, war sich Ben sicher, die vorhin schleunig die Seilbahn bestiegen hatten.

»Entschuldigung«, sagte Ben außer Atem. »Hab das Pistenende falsch eingeschätzt und meine Fähigkeit, rechtzeitig zum Stehen zu kommen. Bin seit Jahren nicht mehr auf diesen Dingern gefahren.« Er deutete mit seinen Stöcken auf seine Skier.

Der Mann deutete mit seinem rechten Zeigefinger erzürnt auf Ben und schüttelte den Kopf, ehe er zur jenseitigen Tür am Fond des Fahrzeugs herumging. Die Vordersitze waren von den anderen beiden ähnlich gekleideten Männern besetzt. Er stieg ohne ein weiteres Wort ein, und das Fahrzeug fuhr so scharf an, dass seine Winterreifen auf dem verdichteten Schnee durchdrehten.

Hektisch streifte Ben seine Skihandschuhe ab und angelte nach seinem Telefon. Leider kam der Range Rover zu schnell auf der anderen Seite der Schneeanhäufung voran, um sein Kennzeichen zu lesen. Dass es ein Schweizer Nummernschild war, hatte Ben aber bemerkt. Der Wagen strebte zügig dem Hotel entgegen. Soweit Ben sehen konnte, führte die Fahrspur nur in diese Richtung und anschließend weiter bergab.

Dienstag, 11:20 Uhr

Welche Wonne, als seine Füße wieder in seinen alten Budapestern steckten. Ben konnte mit den Zehen wackeln, und als er aufstand, konnte er kaum glauben, wie sich das Leder anschmiegte. Der Skiraum des G lag bequem ein kurzes Stück vorm Haupteingang im Erdgeschoss und in jenem Flügel, der auch die Boutique, das Spa und die Behandlungszimmer beherbergte. Da er schon mal hier und allein im Raum war, meinte er, ebenso gut eine kurze Begutachtung für seinen Bericht vornehmen zu können. Es gab säuberliche Stapel flauschiger grauer Handtücher mit Logo und ohne Ende Polsterbänke. Die hohen, breiten Spinde, jeweils einem Zimmer zugeordnet, boten reichlich Platz für Skier, Snowboards und Helme neben ordentlich warmen Heizröhren als Stiefelablage.

Der Raum war einwandfrei sauber und trocken mit einem angenehmen Kieferndufts. Nur Bestnoten. Ben ging noch einmal in dem unterteilten Raum herum und schlug gegen die Spindtüren. Eine Tür am Ende der letzten Reihe immerhin flog auf. Sie musste nicht richtig geschlossen und verriegelt worden sein.

Ben sah hinein. Da waren ein Paar Skier, Stöcke, Helm, Handschuhe – alles für einen Tag auf den Pisten Nötige außer Skistiefeln. Auf dem untersten Rost stand auch ein Paar Schuhe. Budapester, wurde Ben überrascht gewahr, oder zumindest war ihr Oberleder im Stil von Budapestern gehalten, doch sie hatten dicke Kreppsohlen. Die Marke war ihm zwar unbekannt, aber Ben konnte sich nicht vorstellen, dass sie sonderlich teuer waren oder handgenäht. Sie waren eine Nummer kleiner als seine eigenen.

Die Skier und Stöcke indessen waren die gleichen wie jene

von Ben – zweifellos freundliche Leihgaben des Hotels. Sonst schien sich nichts in dem Spind zu befinden, obwohl Ben den Kopf ganz hineinsteckte und sich alles genau ansah. Behutsam schloss er die Tür und merkte sich die Zimmernummer vorn am Spind: 22. Ben hatte die 29. Dasselbe Stockwerk, derselbe Gebäudeteil, denn die Anordnung der Spinde entsprach offenbar jener der Zimmer.

Beim Verlassen des Raums wählte Ben eine Tür am anderen Ende, hinter der er unmittelbar den Innenbereich des Hotels vermutete. Doch er trat in einen kurzen Gang zu einem Aufzug und einer Treppe, die merkwürdigerweise nur abwärts führte. Einen Augenblick hielt er inne, um sich irgendwie zu orientieren, und wählte für alle Fälle die Treppe. Zwei Treppenläufe führten ihn zu einer schweren Stahltür, die im Einheitsgrau des Hotels gestrichen war. Diese öffnete sich schwergängig und führte in eine trüb beleuchtete Tiefgarage.

Das Parkdeck hatte zwei Trakte, fast jede Parklücke war mit sehr schicken Fahrzeugen besetzt – SUVs, Oberklasselimousinen, allerlei Volkswagen ID.5 und Teslas Model X. Schweizer Nummernschilder schienen gegenüber französischen oder italienischen in der Überzahl zu sein. Er zählte drei schwarze Range Rover. Zwei hatten britische Kennzeichen und einer ein deutsches. Einen mit Schweizer Nummernschild sah er nicht.

Er verließ das Parkdeck über dieselbe Tür, durch die er gekommen war, stieg die beiden Etagen hoch und betrat wieder den Skiraum. Sofort erkannte er seinen Irrtum und nahm die andere Innentür. Diese ging auf den Korridor, der zur Empfangshalle führte. Die Ausschilderung innerhalb des Hotels würde keine Bestnoten in seinem Bericht bekommen, so viel war sicher.

Die Empfangshalle spreizte sich geschickt zwischen den neuen und alten Bereichen des Hotels. Der Gang hindurch war wie ein Gang durch zwei Jahrhunderte. Die Rezeption versahen ein junger Mann und eine ältere Frau anstelle derjenigen, die ihn am Abend zuvor eingetragen hatte. Beide steckten in dunklen, gut sitzenden silbergrauen Jacken mit dem »G« des Hotels in einem helleren, stärker schimmernden Grauton auf der Brusttasche. Keiner dieser Angestellten trug ein Namensschild. Offenbar eine Gepflogenheit des Hauses – zur Wahrung von Privatsphäre und Anonymität wenigstens der Belegschaft. Ben fand es ärgerlich. Das Personal hatte namentlich kenntlich zu sein. Rechenschaftspflicht stand in der Hotellerie an erster Stelle.

»Hi«, sagte er im Näherkommen. »Ich bin mir nicht sicher, ob ich vorhin mit Ihnen telefoniert habe«, er sah sich die Frau an, »aber ich wüsste gern, ob ich jetzt den Duty Manager sprechen könnte oder den Sicherheitsbeauftragten?«

Die Frau schüttelte den Kopf. »Guten Morgen, Sir. Ich glaube nicht, dass wir miteinander geredet haben.«

Ben konnte ihre Aussprache nicht einordnen. Eine weitere Italienerin vielleicht? Tessinerin?

»Alle Anrufe werden vom Hauptbüro des Hotels entgegengenommen, und solch eine Bitte ist am Empfang nicht eingegangen.«

»Könnten Sie bitte einen der beiden kontaktieren?«, fragte Ben. »Ich wohne in Zimmer 29.«

Sie schaute auf einen Bildschirm, während ihr Kollege Ben höflich anlächelte. »Natürlich, Mr Martin«, sagte sie, den Blick erhoben. »Kann ich dabei den Betreff angeben? Hoffentlich liegt kein Problem vor.«

»Es ist kompliziert«, sagte Ben, beugte sich vor und flüsterte: »Und verstörend. Am besten spreche ich selbst mit ihnen, wenn das in Ordnung ist?«

»Ja, wie Sie wünschen.« Sie nahm ein Telefon hoch und trat zurück.

»Ich hoffe, Sie genießen Ihren Aufenthalt, Sir«, sagte der junge Mann. Seinem Akzent nach zu schließen, war er Osteuropäer. Kroate?

»Es war sehr interessant, und dabei bin ich erst gestern Abend angekommen. Wie war Ihr Morgen?«

»Gut, Dankeschön, Sir. Ist ein herrlicher Morgen.«

»Alle zufrieden?«

Er nickte langsam und nahm sich mit der Antwort Zeit. »Die Gäste, ja, würde ich meinen.«

»Und Sie alle?«

»Gerade haben wir viel zu tun. Das Hotel ist voll belegt.«

»Mit einer Tagung, ja?«, fragte Ben.

Der Mann nickte wieder, worauf sein Lächeln jäh erlosch.

»Auch draußen auf den Pisten läuft alles rund?«, drängte Ben weiter. »Die Skilifte sind voll im Einsatz?«

»Soweit mir bekannt, Sir, ja, alles ganz ausgezeichnet, selbst das Wetter derzeit. Das müssen Sie ausnutzen. Diese Saison hatten wir schon eine Menge Schnee und Unwetter, und nun soll wohl mehr davon bevorstehen.«

»Sie hatten auch eine todbringende Lawine«, sagte Ben. Ihm brach in seiner Skibekleidung der Schweiß aus. Er musste ein paar Sachen ablegen.

»Ja, letzte Woche gab es leider einen großen Abbruch. Einige Leute wurden davon erfasst – ein furchtbares Unglück.« Er schüttelte den Kopf.

In diesem Moment kam seine Kollegin nach ihrem Telefonat wie zu seiner Rettung. »Ich fürchte, der Duty Manager und der Sicherheitsbeauftragte sind in einer Sitzung«, sagte sie.

»Immer noch?«, entfuhr es Ben. Er sah auf die Uhr. Es war beinahe zwölf.

Die Frau schaute verdutzt drein. »Sie besorgen die Tagung eines Konsortiums in unseren Zweckräumen. Eine Menge wichtige Leute sind hier. Es gibt vieles aufeinander abzustimmen.«

»Klar«, sagte Ben und dachte, dass ein Hideaway alle Gäste trotz des Umstands gleichermaßen zuvorkommend behandeln sollte, dass Hideaways Oasen von Ruhe und Exklusivität jenseits der Fesseln und Anforderungen der Unternehmenswelt waren. Wenngleich er unlängst einen Anstieg derartiger Geschäftstätigkeit bemerkt hatte. Der Begriff »Konferenz« war bislang aus sämtlichen Werbeschriften für das Hideaway-Angebot verbannt gewesen, und geeignete Einrichtungen, sofern vorhanden, wurden beiläufig oder umschrieben erwähnt und waren ausnahmslos bescheiden gehalten. Ben war sich unsicher, wofür genau die Wendung »wichtige Leute« in einem Hideaway stand. »Konsortium« klang irgendwie wie fehl am Platz.

»Bedauerlicherweise sind wir augenblicklich unterbesetzt.«

»Infolge der Lawine«, hängte Ben für sie an.

Sie nickte grimmig.

Er wollte eigentlich nicht hören, dass ein Hideaway je »unterbesetzt« war, nicht einmal aufgrund tragischer Umstände. »Schön, mir ist bekannt, dass der Generaldirektor im Krankenhaus liegt, und wenn der Duty Manager und Sicherheitsbeauftragte derzeit verhindert sind, wer hat dann die Verantwortung inne?«

»Wir arbeiten in Gruppen. Wir alle haben Zuständigkeiten. Es wird immer Leute geben, die bei Problemen oder Notfällen helfen.«

»Liegt ein Notfall vor?«, fragte nun der Rezeptionist einigermaßen aggressiv dazwischen.

»Entschuldigen Sie mich für einen Augenblick«, sagte Ben, trat zurück und zog sein Telefon aus seiner Tasche. So ließ er nicht mit sich reden, selbst wenn er allmählich daran zweifelte, was ihm heute Morgen widerfahren war. Das Display allerdings war leer und erwachte auch nicht zum Leben, nachdem er einige Male fester darauf eintippte. War der Akku schon entladen? Gut möglich, da er das Handy schon seit ein paar Jahren besaß und es ziemlich durch war.

»Scheiße«, murmelte er, verstaute sein Telefon und trat wieder an den Tresen. Vielleicht war es auch besser so, dass er den

Rezeptionisten die Bilder der Leiche nicht zeigen konnte, redete er sich ein. Er wusste wirklich nicht recht, wem er vertrauen konnte. Zu viel passte nicht zusammen.

»Eigentlich bin ich mir nicht mehr sicher, ob es noch Notfall genannt werden kann«, sagte Ben ergeben. »Ich gehe jetzt zurück auf mein Zimmer.« Um sein Telefon aufzuladen, was er aber verschwieg. »Könnten Sie bitte den Duty Manager ersuchen, mich anzurufen, sobald er oder sie kann?«

»Ja, Sir, natürlich«, sagte die Frau.

»Tut mir leid, dass wir Ihnen nicht sofort helfen können«, fügte ihr Kollege hinzu, ohne sonderlich leidvoll zu klingen.

Sein Auftreten würde in Bens Bericht einfließen. Mittlerweile lautete sein Auftrag, einen ganzen Abschnitt zum Empfang abzuhaken und alles von Kleidung bis Höflichkeit zu benoten. Nach wenigen Schritten blieb Ben stehen und rief über seine Schulter: »Ach, da wäre schon noch etwas, das ich erwähnen kann.«

Beide nickten, wobei nur die Frau aussah, als sei sie gespannt zu hören, was es sein mochte.

»Spind Nummer 22 im Skiraum hat eine unverriegelte Tür und enthält Ausrüstung und persönliche Gegenstände. Ich wollte vermeiden, dass die Sachen abhandenkommen, darum habe ich die Tür fest geschlossen, konnte sie aber nicht abschließen. Sie wollen sich vielleicht darum kümmern.«

Beide schauten ratlos drein. »Im G kommen keine Sachen abhanden«, sagte die Frau streng. »Wir sind keine solche Sorte Hotel.«

Eine Lüge, wie Ben wusste – in jedem Hotel verschwanden Sachen. Trotzdem nickte er.

»Aber wir werden sicherstellen, dass alles so ist, wie es sein sollte. Die Spinde bleiben häufig unabgeschlossen. Die Leute lassen ihre Schlüssel in ihren Zimmern liegen oder haben sie in einer falschen Tasche und gehen lieber auf die Piste – besonders bei so schönem Wetter –, als deswegen umzukehren.«

»Ohne Skier?«, fragte Ben.

»Verzeihung, ich kann nicht folgen.«

»Da standen ein Paar Schuhe drin nebst Skiern, aber keine Skistiefel«, sagte Ben und wurde sich im Klaren, dass es dafür jede Menge unverfängliche Gründe geben konnte. Die Spinde gehörten zu den Zimmern, und die Zimmer waren gewöhnlich doppelt belegt.

»Wir werden uns das ansehen«, sagte der Mann. »Danke, dass Sie uns darauf aufmerksam machen.«

»Dieses Hotel ist sehr sicher«, ergänzte die Frau.

»Rein aus Interesse, ist Zimmer 22 gegenwärtig belegt?«, fragte Ben versuchsweise, obwohl es sich verdächtig neugierig anhören mochte. Wieso konnte er nie etwas auf sich beruhen lassen? Weil ein Mann gestorben war, rief er sich ins Gedächtnis. Nebenbei war er umschweifige Antworten gewöhnt, wenn er ein Hideaway verdeckt inspizierte. Oft genug schlug Diskretion in Dumpfheit um. Er fragte sich häufig, ob echte Gäste irgendeine Ahnung hatten, was in einem Hotel vor sich ging. Er war sich nicht mal sicher, ob es die Angestellten immer so viel besser wussten.

»Das Hotel ist voll belegt«, sagte der Mann wenig hilfreich.

»Ja, das höre ich immer wieder.« Ben ging steifbeinig davon und besann sich darauf, dass Zurückhaltung unter solchen Umständen meist weiter führte als Lästigsein. Leider hatte er sich etwas zu häufig bei seiner Tätigkeit für Hideaway unter schwierigen, gefährlichen und mörderischen Umständen wiedergefunden. Die Angestellten machten nur ihre Arbeit. Nichts anderes hätte er erwartet. Überdies wusste er nicht, wem er vertrauen konnte. Hier wurde irgendwas vertuscht, da war er sich zusehends sicher. Vielleicht würde er mehr Glück bei den Gästen haben.

Die Rückseite der Empfangshalle ging in einen schicken, modernen Sitzbereich mit einem atemberaubenden, die Mitte beherrschenden Holzkamin in Form eines vom Boden zur

Decke reichenden Glaszylinders über. So ein Ding, das friedvoll vor sich hin flackerte, hatte er noch nie zuvor gesehen. Zu seiner Linken ging die Library Bar ab, die Biblio-Theke – eine Oase aus altersdunkler Kiefer, noch fest im neunzehnten Jahrhundert angesiedelt. Sie platzte schier vor Gästen: einige in Skibekleidung, andere in unterschiedlichen Stufen modischer und ausgesprochen unmodischer Freizeitgarderobe.

Einem natürlichen und neugierigen Drang dorthin folgend stellte Ben fest, dass die Muskulatur in seinen Beinen vom Skilaufen zuvor schon verkrampfte.

Er musste sich zum Tresen durchdrängeln. Er nahm kaum an, dass hier vor zwei Jahrhunderten viel gelesen worden war. So ein Bauernhaus hätte nie und nimmer eine Bibliothek gehabt. Ziemlich sicher war er sich, dass heutzutage noch weniger gelesen wurde.

Bars in Wintersportorten waren immer auf eine bestimmte Art aufgeladen. Zwar mochte es ein Hideaway sein, doch lag eine deutliche Unruhe in der Luft, gepaart mit kräftigem Alkoholgeruch. Die lauten, überwiegend männlichen Stimmen waren ein Mischmasch aus Akzenten und Sprachen, aber Englisch, amerikanisches Englisch, herrschte vor. Viele der Leute kannten einander offensichtlich, und das Durchschnittsalter musste deutlich über fünfzig liegen.

Als er schließlich etwas Ellbogenfreiheit an der Theke erlangt hatte, hörte Ben genauer hin, während er die Aufmerksamkeit der Tresenkraft auf sich zu ziehen versuchte. Eine einzige Angestellte war da, die gestresst wirkte. Ihr pechschwarzes Haar, strenger Pony und kantiges Gesicht mochten in anderer Umgebung cool ausgesehen haben, wenngleich ihre Wangen gerötet waren. Ben wollte nichts zu ihrer Arbeitslast beitragen, wiewohl so kein Hideaway geführt werden sollte.

»Viel los, oder?«, meinte er zu seinem Nachbarn.

»Bombentag heute«, entgegnete der Mann auf Ostküstenamerikanisch. »Ein Glück zu leben – darauf trinke ich.« Er schwenkte Ben sein bauchiges Weinbrandglas entgegen.

»Gehören Sie alle zu einer Gruppe?«

Der Mann blickte sich um, trank in einem langen Zug sein Glas aus und schmatzte genießerisch. »Ich bin hier unter Freunden auf einem der schönsten Flecken Erde.«

»Waren Sie heute schon zum Skifahren raus?«

Der Mann atmete aus. Er war übergewichtig, rotgesichtig und eindeutig sehr reich. Die Patek Philippe Nautilus passte kaum um sein riesiges linkes Handgelenk. »Liebe Güte, nein. Ich sammle nur genug Kraft und Nerven, um wenigstens den Lunch oben auf dem Berg einzunehmen.« Nun schwenkte er sein leeres Glas. »Zu Hause trinke ich nicht. Bin offiziell schon jahrelang trocken. Würde mir mein Arzt, geschweige denn meine Frau – 's meine vierte – gar nicht erlauben. Aber im Urlaub mit meinen besten Kumpels wär's ohne kriminell.«

»Dann machen Sie alle Urlaub? Sie sind nicht Teil der Tagung, die hier stattfindet? Irgend so ein Konsortiumsding?« Ben mache eine Geste in die Runde, wobei er glaubte, die Antwort schon im Voraus zu kennen.

»An so einem Ort, einem der exklusivsten Skiorte der Welt – na, Sie wissen ja, was das hier kostet –, sind die Geschäfte nie weit weg. Die Welt, diese Welt dreht sich um Geld. Doch um ehrlich zu sein, mein Freund, nein. Keinerlei Businesstreffen. Wir sind hier zum Skilaufen, wegen der Aussicht, dem Essen und Trinken und unserer gegenseitigen Gesellschaft. Das alles, darf ich sagen, frei von weiblichen Fesseln.« Er lachte. »Oder lassen Sie mich das mal anders ausdrücken – ohne irgendwelches eheliches Genörgel. Manche von uns haben weibliche Fesseln gern, wenn sie mit Hingabe, Fachkunde und Strenge angelegt werden.« Wieder lachte er, dieses Mal erheblich lauter. »Möchten Sie was trinken?« Er winkte mit seinem bauchigen Glas nach der herben Barkeeperin. »Das nun«, sagte er und wedelte umso lebhafter mit seinem Glas,

»wär doch ein höchst willkommenes Angebot in einem Kerker, finden Sie nicht?«

»Danke, nicht nötig«, sagte Ben, schüttelte den Kopf und schaute ausdrücklich auf seine eigene schmächtige und etwas unzuverlässige Armbanduhr, obgleich von einer berühmten Schweizer Marke. Er wollte mit diesem Mann nicht trinken. »Hab ganz die Zeit vergessen.« Ebenso gut hätte er anhängen können: »Und das Zeitalter.« Während er sich den Weg zurück durch den Andrang poltriger Milliardäre bahnte, fühlte Ben, wie ihm der Schweiß in seine Kleidungsschichten lief. Eine Klimaanlage wäre willkommener gewesen als der stylishe Holzkamin. Er hatte nichts in Erfahrung gebracht, außer dass er sich woanders umschauen musste.

Wie auf ein Stichwort stand nun ein sehr cooles Paar neben ihm, ohne ein Wort miteinander zu wechseln. Beide waren mit ihren Handybildschirmen beschäftigt. Sie hätten aus den Seiten der *Vogue* getreten sein können, irgendeiner europäischen Januarausgabe. Ein kurzes Stück entfernt bemerkte Ben einen stämmigen Mann in vorschriftsmäßiger dunkler Jeans, modischen Stiefeln, Rollkragenpulli und eng anliegender Daunenjacke. Eine durchsichtige Drahtspirale zog sich seinen Hals hoch bis hinter sein Ohr. Nach seiner Art, den Raum und das Paar im Blick zu haben, musste er ihr Leibwächter sein.

Ben versuchte, sich auf der anderen Seite des Kamins unsichtbar zu machen. Einfach war das nicht. Da traf ein älterer Mann ein, der geradewegs auf das Paar zuhielt. Er trug sein zurückgegeltes silbriges Haar etwas zu lang und verfügte über sämtliche weiteren Kennzeichen eines Menschen, der an seine eigene Macht und Bestimmung glaubt. Sogar ein Kamelhaarmantel hing ihm irgendwie unheilvoll um die schmalen, gebeugten Schultern.

Er begann, lebhaft in Französisch auf das Paar einzureden: Seine Hände traten hinter den Mantelfalten hervor, um seine Anliegen nochmals zu betonen. Ben verfolgte, wie sein Ton zusehends ernsthaft wurde. Dann hakte sich der Alte bei der jungen Frau unter und führte das Paar zur Empfangshalle hinaus. Ihr Leibwächter folgte dicht hintendrein.

Trotz seiner überall steifen Glieder strebte Ben rasch in die andere Richtung und durchquerte den Raum auf den breiten, offenen Flur zu, aus dem der alte Gauner aufgetaucht war. Dort bot eine Glaswand Ausblick auf eine weitere Attraktion des nächstgelegenen Bergs. Die schneeverhüllten Kiefern wichen vor einer atemberaubend senkrechten Felswand zurück, die derzeit in bedrohliches Schlachtschiffgrau getaucht war.

Ganz links, jenseits des Felsvorsprungs und an der Baumgrenze, machte Ben etwas aus, was ein schneebedecktes Dach zu sein schien. Vielleicht das einer Schutzhütte oder Bauernkate. Es wirkte zu abgelegen für ein Winterchalet. Dabei musste es das Hotel aus der Vogelschau überblicken.

Er ging weiter den Flur hinunter, bis er um eine Ecke biegen und der Aussicht den Rücken kehren musste. Ohne das strahlende Tageslicht wurde es trüber. Auf halbem Weg dort entlang fuhr er mit dem Finger über einen schwarzledernen Barcelona-Sessel von Mies van der Rohe. Nicht die Spur eines Staubflusens. Es würde in seinen Bericht einfließen.

Mittlerweile gab es einen ganzen Abschnitt mit Kästchen zum Abhaken über Gänge mit Publikumsverkehr: Sauberkeit, Beleuchtung, etwaige Fenster oder sonstige Außenanbindung, Beschilderung, Kunst, Möblierung. Das Dasein eines Hideaway-Inspektors bestand weit mehr als früher aus Kästchenankreuzen statt scharfsinnigen, erfahrenen und fachkundigen Urteilen.

Seufzend wurde Ben zwei weitere Barcelona-Sessel den Flur hinunter gewahr. Es konsternierte ihn immer wieder, derart ikonische Möbel in Korridoren platziert zu sehen – niemand saß je auf den Dingern. Überdies war er enttäuscht, dass sich der Innenarchitekt des Hotels nichts Originelleres für die weniger frequentierten öffentlichen Räume hatte einfallen lassen.

Am Ende dieses Flurs erstreckte sich nach links und rechts eine weitere Fensterfront. Er hatte das Ende des Gebäudetrakts erreicht. Nun konnte er in beide Richtungen einen weiteren breiten Korridor entlanggehen. Dieses Mal führten die wandhohen Fenster auf einen Innenhof und die weiteren Gebäude und Flügel des Hotels. Zumeist handelte es sich um zwei Stockwerke, jedenfalls oberirdisch. In manchen der Zimmer brannte das Licht bei zurückgezogenen Vorhängen. Viele andere verheimlichten ihr Inneres in Schatten.

Der Schnee lag so tief und unberührt im Hof, dass der Landschaftsbau darunter schwerlich zu ermessen war. Ben meinte, diesen Hof noch nie gesehen zu haben. Sein Zimmer hatte Bergblick. An einem Ende gab es eine Lücke, doch Ben konnte nicht einsehen, was dahinter lag. Auf der gegenüberliegenden Seite des Hofs fanden sich Fußabdrücke längs jenes Zimmerflügels.

Er langte nach seinem Telefon, um ein paar Fotos für seinen Bericht zu schießen. Erst als er es in Händen hielt, fiel ihm ein, dass der Akku leer war.

»Kann ich Ihnen helfen, Sir?«

Ben fuhr regelrecht hoch, schnellte herum und sah eine Angestellte in Kellnerinnenkostüm neben sich. Er fummelte sein Telefon zurück in eine offene Tasche seiner Skijacke, als hätte er etwas Verbotenes angestellt.

»Hab gerade Ihren Innenhof bewundert«, sagte er so ruhig wie möglich. Sie hatte einen hellbraunen Fleck auf dem Kragen ihres weißen Kasacks. »Der Schnee da draußen ist sehr tief, nicht wahr?« Er lächelte sie an. »Kann sein, dass ich auf der Suche nach meinem Zimmer falsch abgebogen bin«, fügte er hinzu und fühlte sich immer noch merkwürdig schuldbewusst. »Aber es macht mir immer Spaß, neue Hotels zu erkunden.«

Sie war von rechts gekommen, während er den Innenhof vor sich hatte. »Was ist da unten?«, fragte er und zeigte hin.

»Die privaten Sitzungszimmer und Sonderräume.«

»Ach, stimmt«, sagte er, so beiläufig er konnte. »Findet da gerade eine Sitzung statt?«

»Für den Vormittag ist sie beendet.«

»Wer in aller Welt saß da zusammen an einem so herrlichen Tag?«

»Darüber weiß ich nicht Bescheid. Nur über die Anzahl Leute, die wir bewirten müssen.«

»War es eine große Runde?«

Sie zuckte mit den Achseln. »Ich gehöre nur zur Bedienung.«

»Okay – ich will Ihnen keinen Ärger bereiten oder so. Nur frage ich mich, ob Sie mich wohl einen raschen Blick in die Sonderräume werfen lassen könnten? So was gehört zu meinem Job.« Genauer wollte er nicht werden.

Jetzt war ihre Miene versteinert, weshalb Ben fortfuhr und dabei wieder möglichst beiläufig zu klingen versuchte: »Dieses Hotel ist erstaunlich, es hört gar nicht mehr auf, so viele Flügel und Anbauten. Es ist viel größer, als man zuerst denkt.«

»Die Sitzungszimmer sind für den ganzen Tag gebucht. Ich fürchte, Sie werden sie gerade nicht besichtigen können. Es ist ein ranghohes Treffen mit Security.«

Offensichtlich hatte er es nicht geschafft, sie zu umgarnen. Der Flur war leer, die Tür an dessen Ende fest geschlossen. Es hätte Ben allerdings nicht überrascht, hielten sich auf der anderen Seite ein, zwei Schwergewichte auf, womöglich bewaffnet. Ben fragte sich, welches Landesrecht für diesen Teil des Hotels galt. Die Waffengesetze unterschieden sich stark zwischen Italien, Frankreich und der Schweiz. Während alles dazwischen Auslegungssache sein mochte.

»Wann könnte ich denn einen Blick hineinwerfen?«, fragte er trotzdem.

»Morgen ist es vielleicht möglich. Sie müssten sich erkundigen.«

»Security, hä? Müssen ein paar richtig wichtige Leute hier sein.«

Sie versuchte ein Lächeln. »Kann ich Ihnen den Weg zurück zum Empfang zeigen oder zu Ihrem Zimmer, wenn Sie sich verlaufen haben?«

Ben erkannte jetzt, dass sie ihm den Weg zu den Sitzungsräumen absichtlich versperrte. Sich an ihr vorbeidrängeln wollte er nicht. »Ich finde mich schon zurecht«, sagte er mit Blick auf seine Armbanduhr, als wäre er in plötzlicher Zeitnot.

Mittlerweile schmerzten ihn alle seine Glieder wie auch sein Kopf, und er beschloss, auf sein Zimmer zurückzukehren und von dort aus den Leuten nachzusteigen, die gegenwärtig das Hotel zu leiten hatten. Nach nur ein paar Schritten in die andere Richtung blieb er stehen und sah über die Schulter. »Woher wussten Sie, dass ich Engländer bin?«, rief er auf möglichst freundliche Art und Weise. »Sie haben mich sofort auf Englisch angesprochen.«

»Ihre Schuhe.« Sie blieb, wo sie war.

»Ach ja«, entgegnete er. »Ziemlich das Einzige, was die Engländer noch ganz gut können – Schuhe machen. Und mal eine Jacke«, fügte er an und dachte an Old Town, wo er weiterhin seine gediegenere Kleidung bezog, die rein aus natürlichen Fasern bestand und richtig atmen konnte. Er musste wirklich raus aus seinen Skisachen, so sehr schmorte er im eigenen Saft, wobei er sich ausgesprochen unbehaglich fühlte.

Er stopfte sich seine Jacke um den Arm. »Aber man muss kein Engländer sein, um solche Schuhe zu tragen«, wandte er eingedenk der Budapester ein, die er in Spind Nummer 22 gesehen hatte.

»Hilft aber«, sagte sie.

Im Weitergehen fragte sich Ben, ob sie ihm überhaupt schmeicheln wollte. Zudem ging ihm das Konzept von Identität und Nationalität an diesem äußerst internationalen Ort durch den Kopf, und wer und warum jemand wohl sein wahres Wesen und eigentliches Tun hier zu verhehlen suchen mochte.

Jemand wie er.

Dienstag, 13:20 Uhr

Ein Mann war heute Morgen unter höchst verdächtigen Umständen gestorben, während das Hotel seinen gewohnten Tagesablauf beibehielt. Wie hatte so ein Todesfall unbemerkt bleiben können, Ben einmal ausgenommen? Bloße Unachtsamkeit reichte dazu nicht aus. Wie viele Leute mussten dabei ihre Hand im Spiel gehabt haben? Diese Gedanken hatten ihn den ganzen Weg zurück zu seinem Zimmer verfolgt.

Ben schälte sich aus beträchtlich vielen Schichten einschließlich seiner Skihose und dicken Socken und plumpste erledigt aufs Bett. Es war nur von minder breiter Königsgröße, da er ein Standard-Deluxe-Zimmer hatte. Trotz seines Hideaway-Platinstatus war ja keine Last-minute-Aufwertung erfolgt. Wenn die wüssten, wie groß seine Treue wirklich war. Warum war das Hotel mitten in der Woche, mitten im Januar, voll belegt? Wendy Spurling besorgte ihm immer nur dann ein Zimmer, wenn ein Hotel nicht rappelvoll war. Eine große kurzfristige Buchung war schuld. Und es waren nicht der amerikanische Milliardär und seine Kumpane, die diesen Urlaub fraglos seit Monaten geplant hatten. Es war eine alljährlich wiederkehrende Unternehmung.

Wer mit Leibwächtern verreiste und hochrangigen Tagungen eines »Konsortiums« beiwohnte, gab seinen Zeitplan selten lange im Voraus bekannt. Nicht zuletzt aus Sicherheitsgründen. Was trieb diese Leute hier um? Waren die drei Schwergewichte vom Range Rover im Paket inbegriffen?

Körperliche Erschöpfung und vielleicht die Folge zweimaligen ausgiebigen Frühstückens, das eine Mal mit Alkohol, überkamen Ben zügig, obwohl schon Mittagszeit war. Was für ein Morgen. Ein Nickerchen würde ihm dabei helfen, den Kopf freizubekommen. Er war völlig geschafft. Doch ein Nickerchen in diesem Moment sollte ihm verwehrt bleiben, denn plötzlich klingelte das Telefon laut und schrill – der Festnetzapparat im Zimmer.

Ben langte hinüber, um den schweren silbergrauen Metallklumpen von Hörer aus der Gabel zu heben. »Hallo?«

»Mr Martin?«

»Ja?«

»Ich bin Eric Langeskov, der Duty Manager.«

»Ah, endlich. Sind Sie zufällig Däne?«, fragte Ben beim Versuch, wach zu werden.

»Bin ich in der Tat.«

»Ich hatte mal einen Schulfreund namens Langeskov. Der war zur Hälfte Däne.«

»Ich bin es hundert Prozent«, sagte Eric stolz.

»Gut zu wissen«, sagte Ben. Was in aller Welt meinte er damit? Er schüttelte den Kopf, wollte die Schläfrigkeit, den Schnaps verscheuchen.

»Wie kann ich Ihnen helfen?«, fragte Eric.

»Soweit ich weiß, hat Sie diese Sondersitzung, die gerade stattfindet, den ganzen Morgen in Beschlag genommen?«

»Ja, damit war ich beschäftigt, tut mir leid. Bei so wichtigen Leuten muss alles perfekt laufen. Ich hoffe, Sie verstehen das.«

»Schätze schon«, sagte Ben. Liebend gern hätte er seine wahre Identität und den Grund für seinen Besuch des G aufgedeckt. Und den Duty Manager daran erinnert, dass jeder Gast eines Hideaway eine wichtige Person war.

»Sie hatten hoffentlich keine Unannehmlichkeiten.«

»Es ist ein kleines Hotel.«

»So klein auch nicht. Wir haben siebzig Zimmer.«

»Ich dachte, Sie hätten zweiundsiebzig.«

»Nun, ganz genau, ja. Sie sind gut unterrichtet, Mr Martin.«

»Bin ich gern, ja«, fügte Ben rasch an und hoffte, nicht zu

viel über sich und seinen Einsatz hier preisgegeben zu haben. Es hieß sorgsam haushalten mit den Fakten, die man kannte – das hatte Ben während seiner Zeit als Journalist gelernt. Information war Macht und Einfluss.

»Der Grund, weshalb Sie mich sprechen wollten? Etwas Ernstes womöglich, höre ich.«

»Ja«, sagte Ben, »es ist ernst. Heute früh bin ich gleich los zu den Pisten, wollte dem Andrang zuvorkommen und Erster am Lift sein.«

»Hier herrscht kein Andrang«, sagte Eric. »Nicht mal, wenn wir voll belegt sind.«

»Höre ich immer wieder und hab ich selbst festgestellt«, sagte Ben und spürte, dass Eric lächelte. »Nur war ich nicht ganz für mich.«

»Sie sind mit einem weiteren Gast hier?«

»Nein, ich bin allein.« Müsste der Duty Manager das nicht wissen?

»Ein Freund?«

»Ich bin allein in eine Gondel gestiegen, war aber nicht allein drin.«

»Tut mir leid, wenn ich nicht ganz folgen kann.«

»Drinnen war schon jemand.«

»Das kann passieren. Die Leute teilen sie sich öfters.«

»Er war tot. Richtig tot.«

»Das war der Lift den Mont Grande hoch?«

»Derjenige welcher, ja.«

Ben schilderte genau, was er vorgefunden hatte und wie er gar, als sich der Lift festfuhr, mitsamt der Leiche in der Gondel stecken geblieben und endlich am Zwischenhalt ausgestiegen war. Ebenso seine Versuche den restlichen Morgen über, Alarm zu schlagen. »Alles vergebens. Es scheint keinen im Mindesten zu kümmern. Die Seilbahnwärter schauten buchstäblich in die andere Richtung. Meiner Meinung nach fährt der Ärmste immer noch im Kreis den Berg rauf und runter.«

»Das ist ganz außerordentlich, wirklich eine sehr ernste Sache«, sagte der Duty Manager. »Gehört habe ich aber nichts davon.«

»Ich habe mich sehr bemüht, die richtigen Leute auf das Vorkommnis aufmerksam zu machen, während mich andere nicht ernst nahmen und glaubten, ich würde mir einen Scherz erlauben«, sagte Ben. »Ich bin mir möglicher Empfindlichkeiten unter solchen Umständen bewusst, dennoch wollen Sie vielleicht zu gegebener Zeit ihre Verbindungswege zum Liftpersonal überprüfen, die Abstimmung mit den Leuten, die draußen auf den Pisten arbeiten. Die Wirklichkeit sieht so aus, dass ich Sie und den stellvertretenen Sicherheitschef seit Stunden zu erreichen versucht habe.«

Am Telefon folgte langes Schweigen. Ben rätselte, ob er sich mit jemand anderem besprach. »Hallo?«, sagte Ben mit Nachdruck. Er war überrascht von Eric Langeskovs Unkenntnis, dass wohl etwas im Argen lag. Oder hatte der Duty Manager vor lauter Arbeit mit seiner Sondersitzung kein Bein mehr auf den Boden bekommen und war weitgehend unabkömmlich gewesen? Falls ja, war das keine Art, ein Hideaway zu führen.

»Ich hege keinerlei Zweifel daran, was Sie sagen«, meldete sich Eric wieder, »aber Sie verzeihen bitte, ich verstehe nicht, wie so etwas überhaupt passieren konnte und dass dann niemand sonst Alarm geschlagen hat außer Ihnen.«

»Weil es hier keinen Andrang gibt?«, warf Ben ein.

»Da sind natürlich die Seilbahnwärter.«

»Kennen Sie diese Leute gut? Haben Sie versucht, sie zu sprechen?«

»Es verkehren Hotelangestellte zwischen hier und dem Gipfelrestaurant, außerdem die Gäste, all die Leute draußen auf den Pisten. Jetzt ist Mittagszeit. Und Sie sagen, dass Sie gleich heute früh in eine Gondel gestiegen sind und schon ein Toter drin war?«

»Ja, genau das sage ich.«

»Sie haben es als Einziger bemerkt?«

»Ich weiß nicht, ob als Einziger, aber einstweilen scheine ich der Einzige zu sein, der Alarm zu schlagen versucht.«

Eric seufzte sehr laut und unhöflich. »Sollte jemand gestern Abend ausgeblieben und in einer Gondel verstorben sein«, er hustete, »wäre er von den Liftführern gestern Abend gefunden worden, wenn nicht heute Morgen. Wir würden alle mit Sicherheit davon wissen. Aber das ist nicht geschehen. So was ist noch nie geschehen. Leute sterben nicht einfach unbemerkt in den Skiliften. Alles wird gründlich geprüft, wenn sie über Nacht schließen, und noch mal, bevor sie morgens öffnen – davon gehe ich unbedingt aus.«

»Und wenn er heute früh starb, nachdem die Lifte durchgesehen wurden, und ich eben als Erster zum Fundort kam?«

»Ja, das mag wohl möglich sein. Vielleicht ein Herzinfarkt? Ein Schlaganfall? Nur, wie wäre er vor Ihnen in den Lift gelangt, wenn Sie der erste Fahrgast gewesen sind?«

»Vielleicht habe ich mich ein paar Minuten verspätet.«

»Aber dass er bis ganz hinauf und wieder zurückfuhr – gleichfalls unbemerkt? Dazu war keine Zeit.«

»Wir müssen feststellen, wie viel eher sich der Lift in Bewegung setzt, bevor er für die Gäste öffnet. Zuerst müssen Sie Ihre Mitarbeiter zum Gipfelrestaurant schaffen, nicht wahr?«

»Sie denken, er könnte sich hineingemogelt und einmal eine ganze Runde gedreht haben, ehe Sie an Bord genau derselben Gondel gingen?«

»Ich weiß nicht recht, was ich denken soll. Ist auch gar nicht meine Pflicht, sondern Ihre.«

»Obwohl Sie Zeuge sind? Sie sind derjenige, der diese Leiche gesehen hat. Womöglich als Einziger.«

Ben war sich nicht sicher, ob ihm Eric Langeskovs Tonfall gerade gefiel. »Zweifeln Sie an mir?«

»Nein, nein, überhaupt nicht.«

»Ich verrate Ihnen noch etwas Merkwürdiges.«

»Ja?«

»Er steckte in Skisachen, aber es gab weit und breit weder Skier noch Stöcke, noch einen Helm. Er trug nicht mal Handschuhe.«

»Viele Leute machen sich auf den Weg zum Gipfel der Aussicht und unseres exklusiven Restaurants wegen. Das ist ein unglaubliches Erlebnis. Er könnte zum Frühstück gefahren sein ohne jede Absicht, Ski zu laufen. Nicht jeder hier fährt Ski oder Snowboard.«

»Er trug Skistiefel.«

»Die Liftstation und das Restaurant trennt ein Fußweg. Vielleicht hielt er Skistiefel für besonders geeignet.«

»Niemand bei Verstand würde freiwillig Skistiefel tragen, um auch nur ein kurzes Stück zu gehen.« Ben verlor allmählich die Geduld mit Eric.

»Es muss einen logischen Grund dafür geben.«

»Dass daraufhin die Leiche verschwindet?« Ben wollte die Einzelheit des rätselhaften Speichels und Schnodders vorerst für sich behalten.

»Es ist eine lange Seilbahn«, sagte Eric. »Sie legt über zweitausend Meter zurück. Es gibt viele Gondeln. Und wenn das Hotel auch voll ist, die Skilifte sind es nie.«

Ben fühlte das harte, kantige, schwere Designertelefon an seinem Ohr heiß werden. »Können Sie den Lift gründlich durchsehen lassen, jede Gondel, unverzüglich, bitte?«

»Ja, ja, dem kann ich nachgehen.«

»Viel Glück«, sagte Ben. »Ich habe ja versucht, ihn zum Halten zu bringen, als ich zuerst am Zwischenhalt ausstieg. Leider gelang es mir nicht, dem Mitarbeiter das Problem auseinanderzusetzen. Die Leiche fuhr weiter, und der Seilbahnwärter reichte mir meine Skier. Also machte ich wieder kehrt, um es unten zu versuchen, wieder mit wenig Erfolg.« Ben war klar, dass er sich wiederholte, aber er musste sein Anliegen unmissverständlich auf den Punkt bringen.

»Das tut mir leid«, sagte Eric. »Es ist unzureichend, egal in welcher Situation. Gästen muss sich immer angenommen werden.«

»Wer betreibt eigentlich die Skilifte? Das G?«

»Wir haben einen Liftbetreiber unter Vertrag, beschäftigen das Personal also nicht selbst. Das ist so üblich. Wir sind keine Fachleute bei so etwas wie Seilbahnen oder Pistenpflege. Ich glaube übrigens, dass der Firmenchef zufällig heute Morgen im Hotel war. Das sind mit die besten Konstrukteure und Betreiber von Skiliften auf der Welt – ein französisches Unternehmen. Es hat einen tadellosen Ruf. Sie arbeiten überall in den Alpen und vielen anderen Gebirgsketten.«

»Ich finde, dass keiner mehr zum Lift vorgelassen werden sollte, bis er richtig überprüft worden ist«, sagte Ben einmal mehr in Gedanken beim Thema Tatortsicherung.

»Wir müssen allen unseren Gästen gerecht werden«, sagte Langeskov, »und zwar besonders an einem so schönen Tag. Im Übrigen dürfen wir niemanden im Stich lassen. Solange wir Leute irgendwo am Berg haben, muss der Lift laufen, das ist nun mal die Regel. Können Sie mir sonst noch irgendwelche Einzelheiten nennen?«

»Er war ungefähr in meinem Alter – Anfang fünfzig. Vielleicht etwas schlanker, volles Haar. Blasser Hautton – wobei er gerade gestorben war und Frost herrschte. Ist irgendwer heute Morgen vermisst gemeldet worden?«

»Nein, meines Wissens nicht.«

»Sie sind voll ausgelastet, ja?«

»Ja.«

»Ist irgendwer heute früh abgereist? Ist irgendjemandes Abreise vorgesehen?«

»Ich hab das jetzt nicht alles griffbereit, aber in diesem Saisonabschnitt checken täglich Leute ein und aus. Sie stellen eine Menge Fragen, Mr Martin.«

Ben erwog, weiter aus der Deckung zu gehen, immerhin

spielten sie sozusagen in derselben Mannschaft. Doch seine Vorbehalte gegenüber dem Hotel, der ganzen Aufstellung hier waren geblieben, und er wurde mit Eric Langeskov nicht warm. Zumal in seinem Hinterkopf der Gedanke umging, Hideaway nicht bloßstellen und noch einen Auftrag versemmeln zu dürfen – noch nicht. »Wie sollte ich nicht?«, gab Ben zurück. »Man trifft nicht alle Tage auf eine Leiche im Skilift. Das verdirbt mir meinen Aufenthalt.«

»Was ich zutiefst bedaure. Aber beim größten Respekt, Sir, ist dies eine höchst merkwürdige Situation – was Sie mir erzählen und worum Sie bitten. Im Augenblick haben wir keinerlei Beweis eines Todesfalls oder für sonst etwas Unbotmäßiges. Wir haben nur Ihr Wort.«

»Oh, ich habe den Beweis«, sagte Ben.

»Ja? Was ist das für ein Beweis?« Erics Stimmlage erhöhte sich.

»Fotos auf meinem Handy.« Kaum zu glauben, dass er dermaßen infrage gestellt worden war und das von einem so jung klingenden Duty Manager. Er war immer der Meinung gewesen, dass der Gast recht hatte. Es war das eine Grundgebot in der Hotellerie. Selbst wenn der Gast klar im Unrecht war – wie häufig der Fall –, musste ihm dennoch versichert werden, er sei im Recht, und das Hotel werde ihn bestmöglich unterstützen. »Zweifeln Sie an meiner Geschichte?«, fragte er, um das Maß vollzumachen.

»Ginge es in Ordnung, wenn ich mir diese Fotos ansehen könnte? Vielleicht hilft es uns, den Toten zu identifizieren.«

»Ja«, sagte Ben. »Wobei wir natürlich behutsam vorgehen müssen. Wir wissen nicht, ob er in Begleitung oder mit Freunden hier war oder allein.«

»Wiederum sollte derlei unsere Sorge sein und nicht Ihre. Nebenbei, Mr Martin, wissen wir nicht mal, ob diese Person überhaupt im Hotel wohnte.«

»Gewiss ist es doch zu so früher Morgenstunde und in einer

hoteleigenen Liftgondel am wahrscheinlichsten, dass sie es tat, oder?« Ben hätte noch die zusätzlichen Verdachtsmomente anführen können, die sich aus seiner späteren Inaugenscheinnahme von Spind 22 ergeben hatten. Doch er entschied, dass sie nur das waren – Verdachtsmomente. Eric Langeskov war offenbar jemand, der sich lieber mit Handfesterem beschäftigte, sofern er sich überhaupt gern mit etwas beschäftigte.

»Sie wären überrascht. Jeder in Gesellschaft eines Hotelgasts kann mit unseren Liften fahren. Blinde Passagiere hatten wir auch schon. Es gibt keine Schranken oder Pässe, und wer unser Skigebiet nutzt, kann unsere Lifte kraft Übereinkunft benutzen. Wobei solche Übereinkünfte eher dehnbar und offen sind. Uns ist es lieb, wenn unsere Gäste in den anderen Skigebieten, die sie von hier aus aufsuchen könnten, gut betreut werden.«

Für Ben klang das alles viel zu lässig. »Trotzdem, so früh am Morgen?«, fragte er. »Wäre er aus einem anderen Skigebiet über einen der Hochgebirgspässe gekommen, dann keineswegs morgens als Erster. Das würde zu lange dauern.«

»Vielleicht war er Nachtskifahrer? Wir sind in einer sehr abgelegenen Gegend, und das räumliche und wintersportliche Einzugsgebiet des Hotels umfasst eine weite Fläche Wald und Gebirge. Das ist unmöglich alles einzuzäunen, was das Hotel auch überhaupt nicht anstrebt.«

»Ich bin mir nicht sicher, ob das meinen Einwand beantwortet. Außerdem hatte der Mann keine Skier dabei. Ich habe nirgends welche gesehen.«

»Können Sie mir die Fotos mailen?«, bat Eric, »an die Hauptanschrift des Hotels und zu meinen Händen? Das dürfte der rascheste und sinnvollste Weg sein, um diese Angelegenheit zu klären.«

»Tatsächlich nein, lieber nicht«, sagte Ben. »Diese Fotos sind eindeutig verstörend, und wir wollen nicht, dass sie in die falschen Hände gelangen.«

»Sie zweifeln hoffentlich nicht an der Sicherheit und Diskretion des Hotels.«

»Wir wollen wirklich nicht, dass solche Bilder in die falschen Hände gelangen. Ich komme runter – sie sind auf meinem Mobiltelefon gespeichert.«

»Gut, das wäre freundlich von Ihnen, wenn es nicht zu viele Umstände macht. Ich kann gerade schlecht meinen Arbeitsplatz verlassen.«

Den ganzen Morgen über ging das sehr gut, dache Ben. »Ich muss mich duschen und umziehen. Dann komm ich runter.« Es bestand wenig Grund mehr zur Eile, entschied Ben. Der Mann war seit geraumer Zeit tot. Ben rief sich neuerlich den trocknenden Speichel in seinem Mundwinkel vor Augen – eine Vorstellung, die ihn bereits zu verfolgen begann. Könnte er vergiftet worden sein?

»Ich erwarte Sie am Empfangstresen.«

Ben legte den Hörer auf seine gleichermaßen scharfkantige, metallharte Gabel. Er brauchte länger als sonst, um sich die restlichen Sachen auszuziehen. Steifheit, Muskelkater und Schmerzen infolge seiner Abfahrtsbemühungen mitsamt Sturz forderten mehr als ihren Tribut. Weitere Minuten kostete es ihn, die Dusche auf die richtige Temperatur und Sprühstärke einzustellen. Wie so oft der Fall, gab es viel zu viele übermäßig empfindliche Skalen und Drehknäufe. Die Kabine allerdings war für das normalgroße Zimmer geräumig – zwei Leute hätten locker hineingepasst.

Die kostenlosen Badezusätze waren ebenfalls ausgezeichnet. Ihre eigentlichen Hersteller waren schwer zu ermitteln, denn alle Tinkturen kamen in Flaschen, Tuben und Päckchen mit Hotellogo. Den Düften und Konsistenzen meinte Ben schon begegnet zu sein. Nur wenige Hideaways setzten auf standortnahe Erzeugnisse. Es war unwirtschaftlich, wobei die Ausnahmen von dieser Regel glänzten. Kundenrezensionen hoben immer auf so etwas ab, umso mehr bei einheimischen, handwerklichen und umweltschonend hergestellten und verpackten Produkten. Beinahe so, als ließe sich die ungeheure Verschwendungssucht solcher Luxushotels übersehen, solange es ein paar ökogelabelte Gratisproben gab.

Als er aus der Dusche trat und sich in ein riesiges, flauschiges silbergraues Badetuch wickelte, schaute Ben sehnsüchtig zum Bett – nicht das größte natürlich, aber die Laken, Kissen, Steppdecke und Matratze waren alle von höchster Güte. Alles würde dementsprechend auf den verschiedenen Formularen vermerkt werden. Der Bergblick aus dem Zimmerfenster war obendrein atemberaubend, auch wenn die steilen Pisten nun zumeist in klirrekaltem Schatten lagen. Er hatte ganz vergessen, welch schieren Genuss solch froststarrende Ansichten von einem warmen, gemütlichen, bald schon zu heimeligen Hotelzimmer aus bereiteten.

Er schlüpfte in einen seiner weichsten Old-Town-Anzüge, stieg in seine Budapester und besah sich im Spiegel. Die Dusche hatte seine Gliederschmerzen etwas gelindert. Es tat gut, sich sauber und erfrischt zu fühlen. Seine Erscheinung bekümmerte ihn allerdings. Sah er dem Toten wirklich so ähnlich?

Da gab es nur eines. Er suchte in seinen Taschen nach seinem Telefon, um sein Ebenbild zu begutachten, ehe er hinuntergehen und alles vor dem Duty Manager offenlegen würde. Er hatte das Telefon nicht bei sich. Natürlich, es steckte noch in einer Tasche seiner Skijacke.

Da war es aber nicht. Er zog die Jacke aus dem Wandschrank und ging neuerlich ihre Taschen durch. Es war keinesfalls dort. Dann kehrte er in den Wohnbereich zurück und suchte überall, sogar unter Bettdecke und Kissen. Er überflog sämtliche Oberflächen, dann die Badezimmerborde, eher er zum Wandschrank zurückkehrte. Diesmal zerrte er sämtliche Skiausrüstung hervor einschließlich seiner Skihose und ging jede Tasche jedes Kleidungsstücks zwei Mal durch. Er sah unterm Bett nach. Es freute ihn, dort makellos staubfreie Reinlichkeit vorzufinden – doch jetzt war nicht die Zeit, irgendwelchen Hideaway-Prüfabläufen zu genügen.

Kein Handy lag darunter noch sonst wo auf dem Fußboden seines Zimmers, stellte er auf allen vieren kriechend fest. Er kam hoch, und ihn verließ der Mut. Was zum Teufel hatte er damit angestellt? Er versuchte, sich zu erinnern, wann er es zuletzt benutzt hatte. Denk nach!, befahl er sich, während seine Panik wuchs. Er fühlte sich wie ein Kind, das sein Lieblingsstofftier verloren hatte.

Endlich entsann er sich, wann er es zuletzt in der Hand gehalten hatte. Es war im Flur zum Sitzungsraum gewesen, mit dem Blick auf den verschneiten Innenhof. Er hatte erwogen, die Ansicht zu fotografieren – und ganz vergessen, dass der Akku leer war –, und war gleichsam dabei ertappt worden.

Die Kellnerin hatte sich regelrecht angeschlichen, ihn im Flur gestellt und ihm nachdrücklich bedeutet, die andere Richtung einzuschlagen. Wie wichtig war diese verdammte Sitzung eigentlich? Er erinnerte sich, wie er hastig das Telefon verstaute, ehe er die Skijacke auszog, weil ihm heiß war, teils aus Verlegenheit. Das Telefon musste herausgefallen sein. Wahrscheinlich lag es immer noch im Flur auf dem Boden. Und falls jemand es gefunden hatte, würde es am Empfang abgegeben worden sein.

Schließlich war es die Sorte Hotel dafür. Die Leute ließen ihre Spinde unverschlossen und Skiausrüstung unbewacht zurück. Nichts ging hier verloren. Und doch hatte jemand sein Leben verloren, einfach so. Jemand war verschollen. Ben begriff, dass er das aufklären musste, nicht nur um des armen Mannes und seiner Angehörigen, sondern auch seiner eigenen geistigen Gesundheit willen. Abermals würden seine Dienstpflichten dahinter zurücktreten müssen.

Dienstag, 13:55 Uhr

Draußen auf dem Gang fand Ben einen großen Rollwagen vor, beladen mit Stapeln frischer Bettwäsche und Kartons voll Toilettenartikeln. Sein Zimmer war früher am Tage gereinigt worden, irgendwann vor seiner Rückkehr. Wie gut die Raumpflege ausfiel, würde er morgen feststellen müssen, machte er sich klar – da er inzwischen geduscht hatte und auf Händen und Knien umhergekrochen war. Auch dafür gab es jetzt ein neues Hideaway-Formular.

Er trat näher. Der Rollwagen stand einsam da, wobei die Zimmertür gleich dahinter offen stand. Sie lag gegenüber seinem Zimmer und ein paar Türen weiter unten. Ben konnte jemanden, vermutlich das Zimmermädchen, drinnen herumwerkeln hören.

Ein glücklicher Zufall, handelte es sich doch um Zimmer 22. Er verharrte am Eingang und versuchte, einen Blick hineinzuwerfen. Vor einem großen Fenster am anderen Ende des Zimmers waren die Gardinen zurückgezogen. Das Zimmer befand sich im ersten Stock des zweigeschossigen Flügels, und er konnte den Innenhof dahinter ausmachen. Es hatte keinen Bergblick, sondern ging geradezu auf einen anderen Teil des Hotels. Wenn Ben sich nicht irrte, lag es im selben Trakt wie der Gang zu den Sitzungsräumen, in dem er erwischt worden war und höchstwahrscheinlich sein Telefon verloren hatte. Sonnenstrahlen schimmerten auf der langen Wand aus Glas.

Ben lehnte sich weiter ins Zimmer hinein, konnte aber keine persönlichen Habseligkeiten, keinen Hinweis auf den Gast oder die Gäste erkennen. Flink wich er zurück auf den Flur, als das Zimmermädchen mit einem Bündel Handtücher in den

Armen aus dem Badezimmer auftauchte. Sie war eine kleine Frau mittleren Alters, die Ben scheu zunickte, während sie hinter den Rollwagen trat und die Handtücher in einen daran befestigten hohen Behälter stopfte.

»Ich wohne in Zimmer 29«, sagte Ben und deutete hinter seine Schulter. »Ich dachte, ich würde diesen Gast hier noch erwischen.« Er zeigte auf die offene Tür und das Zimmer, das die Frau gerade reinigte. Er wiederholte alles auf Französisch. Sie schaute ratlos drein und schüttelte den Kopf. Mit Deutsch kam er durch und erfuhr, dass das Zimmer gerade für neue Gäste gemacht werde. Ben dankte der Frau, überließ sie ihrer Arbeit und nahm den Weg nach unten, zurück durch die Empfangshalle und Gesellschaftsräume, die merklich mäßiger besucht wirkten, in den Korridor, der zu den Tagungszimmern führte.

Zum Glück war er leer. Ben ging auf und ab, schaute unter die Barcelona-Sessel und andere modernistische Möbelstücke. Als er sich dabei zu rasch wieder aufrichtete, wurde ihm schwindlig, fast wäre er umgekippt. Er brauchte etwas im Magen, wurde ihm klar, ein Mittagessen. Es würde ein spätes Mittagessen sein müssen. Fürs Abendessen hatte er einen Tisch im großen Speisesaal des Hotels reserviert, nur so lange hielt er nicht mehr aus. Eine deftige Zwischenmahlzeit an der Bar war nötig, dringend. Schließlich hatte er sämtliche Einrichtungen und Dienstleistungen geflissentlich zu überprüfen und zu erproben. Irgendwann würde er vermutlich auch in den Außenpool des Hotels springen müssen, der zu den herausragenden Merkmalen der Anlage gehörte.

Auch ein weiteres Abschreiten des Flurs förderte kein iPhone zutage. Er ging bis ans Ende und drückte gegen die Tür, die mutmaßlich zum Haupttagungsraum führte. Sie gab nicht nach. Er versuchte es noch mal mit mehr Kraft. Dasselbe bei der Tür daneben. Beide waren abgeschlossen. Um ein Betreten zu verhindern, bevor die nächste Sitzung begann? Er legte ein Ohr an die Tür und war überzeugt, eine Stimme oder

Stimmen zu hören. So gedämpft allerdings, dass er die Sprache nicht bestimmen konnte. Möglicherweise war es auch der Ton aus einem Fernseher oder einer Audioanlage.

Zügig kehrte er in den Haupttrakt des Hotels zurück, wieder durch die Empfangshalle und mit Kundschafterblick in die Library Bar, in der sich nun weder Milliardäre noch irgendwer sonst verlustierte. Die Hotelgäste mussten sich draußen auf den Pisten vergnügen, ehe das Wetter umschlug. Wer wollte es ihnen verübeln? Bloß ein Gast würde sich nie wieder irgendwo vergnügen.

»Hi«, sagte Ben, als er sich der Rezeption näherte. Die ältere Frau vom Morgen versah noch immer ihren Dienst, ihr kurz angebundener junger Kollege aber war nirgends in Sicht. Sie zuckte regelrecht zurück, als sie gewahr wurde, wer da vor ihr stand.

»Mr Martin?«

»Ja.« Er lächelte, so warm er konnte.

»Was kann ich jetzt für Sie tun? Hat der Duty Manager Sie angerufen?«

»Ja, deshalb bin ich hier. Ich soll ihn hier unten treffen.«

»Richtig. Er war vor ein paar Minuten hier. Ich will zusehen, ob ich ihn ausfindig mache.« Sie wandte sich um, nahm einen Hörer ab – den gleichen wie in Bens Zimmer. Eine Weile verbrachte sie am Telefon, ehe sie auf ihren Bildschirm sah und sich dann auf Zehenspitzen gestellt in der Empfangshalle umblickte. »Weit kann er nicht sein«, sagte sie.

»Noch was, hat jemand zufällig ein Handy abgegeben, ein schwarzes iPhone? Ich habe meines eben verloren.«

Sie schüttelte den Kopf. »Nicht dass ich wüsste, tut mir leid. Wo haben Sie es verloren?«

»Sicherlich im Hotel. Es muss wohl irgendwo hier unten aus einer Tasche gerutscht sein, in einem der Korridore, womöglich in der Empfangshalle. In meinem Zimmer ist es nicht.«

»Ich werde Rücksprache mit den Kollegen halten, Mr Martin, ob irgendwer auf ein Telefon gestoßen ist und das noch anzeigen muss. Es wird sicher wieder auftauchen, wenn es im Hotel verloren ging. Solche Dinge werden immer abgegeben. Viele Leute verlegen ihre Telefone.«

»Okay, danke.« Zweifelte auch sie an, was er sagte? *Verlegen?* Ben schüttelte den Kopf. »Ich warte dann da drüben auf Mr Langeskov«, sagte er und zeigte auf eine Sitzgruppe gleich neben dem Eingang zur Library Bar.

Einmal auf einem antik geformten Sessel niedergelassen, der allerdings mit sehr modernem schockviolettem Samt bezogen war, hielt Ben nach der Bar-Speisekarte Ausschau. Was er einzig vorfand, war ein Schildchen auf dem niedrigen Tisch vor ihm. Es wies das Hotellogo auf, die Worte *Library Bar Menu* und einen QR-Code. »Gott steh mir bei«, murmelte er unhörbar und suchte nach einem Kellner. Ohne ein verfluchtes Handy war man wohl heutzutage selbst bei der Essensbestellung aufgeschmissen.

»Entschuldigung«, sagte Ben angesäuert und winkte einem Mann. Er war schlank, hatte eine beginnende Glatze und einen gepflegten rotbraunen Bart. Sein dunkler Anzug hätte durchaus eine Uniform sein können. Bestimmt gehörte er zur Belegschaft.

Er eilte herüber. »Ja, Sir, wie kann ich Ihnen helfen?«

»Gibt es auch Speisekarten aus Papier? Ich habe kein Handy.«

»Ja, natürlich. Aber Sie sind Mr Martin?«

»Ja.«

»Ich bin Eric Langeskov, der Duty Manager. Ich war Sie gerade suchen. Tut mir leid, dass ich nicht am Empfang war, als Sie herunterkamen. Ich wurde kurzfristig abgerufen.«

»Aha, schön.« Ben erhob sich. »Jetzt sind Sie ja da.«

»Bleiben Sie doch sitzen.«

»Sie entschuldigen mich bitte, ich habe großen Hunger und Durst«, sagte Ben und blieb stehen.

»Möchten Sie mich gern in mein Büro begleiten? Oder zuerst eine Stärkung zu sich nehmen?«

»Es gibt da ein Problem. Mein Telefon ging verloren, darum kann ich Ihnen die Fotos nicht gleich zeigen. Es muss irgendwo im Hotel sein. Es kam mir abhanden, nachdem ich von den Pisten zurück war.«

»Sie haben es verloren?«

»Es muss mir wohl aus der Jackentasche gefallen sein. Auf alle Fälle hatte ich es noch, ehe ich auf mein Zimmer ging. Ganz gewiss zuletzt im Gang, der den Innenhof überblickt. Er sah so hübsch aus, dass ich ein Foto machen wollte.« Eric musste nicht erfahren, dass er es mangels Akkuladung nicht gekonnt hatte. »Eine tolle Anlage haben Sie hier. Den Verlust habe ich bereits Ihrer Kollegin am Tresen gemeldet.«

»Es wird sicherlich bald auftauchen«, sagte Eric. »So etwas tut das ausnahmslos. Darf ich Ihnen unterdessen einen Kellner rufen?«

»Gehe ich richtig in der Annahme, dass kein Leichenfund in den dreißig Minuten seit unserem letzten Gespräch angezeigt worden ist?«

Eric schüttelte den Kopf.

»Und niemand wurde vermisst gemeldet?«

Wieder schüttelte Eric den Kopf. »Noch immer keine Bestätigung durch Dritte, fürchte ich. Allerdings habe ich die Seilbahnwärter zu erreichen versucht, den jeweiligen Stationsleiter.«

Ben seufzte. »Ich muss mich mal setzen.« Ihm war wieder schwindlig zumute. Alles drehte sich im Kreis. »Bitte, leisten Sie mir doch Gesellschaft.«

»Wenn es Ihnen nichts ausmacht, ich bin sehr eingespannt. Ich werde woanders gebraucht.«

»Wegen dieser Sondersitzung.«

Erics Lächeln hielt noch etwas länger an.

»Setzen Sie sich einfach mal, ja?«, sagte Ben bestimmt. »Notfalls kann ich die Fotos auf meinem Laptop aufrufen. Sie werden in der Cloud abgespeichert worden sein. Aber da wir nun schon mal beide hier sind, hätte ich gern ein paar Dinge von Ihnen erläutert bekommen.«

»Ich werde mein Bestes tun.« Eric ließ sich ungeschickt auf einem gleichartigen Sessel mit violettem Samtbezug nieder.

»Warum halten sich Leibwächter im Hotel auf?«

Eric lächelte abermals. »Leibwächter haben wir hier häufig. Wir sind im Hotel G. Obendrein findet heute eine besondere Tagung bei uns statt. Ein paar sehr bedeutende Leute weilen gerade hier. Und die müssen sich hier allerbestens aufgehoben und betreut fühlen.«

»Nun, es ist ein Hideaway«, seufzte Ben. »Nichts weniger würde ich erwarten.«

Wieder lächelte Eric, bloß weniger überzeugend.

»Und was machen die jetzt alle hier? Worum geht es bei dieser Tagung, diesem Konsortium? Ich dachte, dies sei ein Wintersporthotel und kein Konferenzzentrum.«

»O bitte, Mr Martin, es ist keine Konferenz, und Sie werden gewiss einsehen, dass unsere Gäste Anspruch auf Privatsphäre haben. Sie stellen laufend diese doch recht unangebrachten Fragen. Dazu sage ich, dass ich derlei Einzelheiten nicht erörtern kann, selbst wenn sie mir bekannt wären. Wohl ist dies ein Hideaway, und ich erkenne an, dass Sie ein treuer Hideaway Gast sein müssen«, er schenkte Ben einen starren, herausfordernden Blick, »aber es ist vor allem auch das Hotel G – das exklusivste Hotel der Hochalpen.« Darauf sah er sich schnell und verstohlen über die Schulter in der Empfangshalle um, ehe er seinen kalten Blick wieder auf Ben richtete. »Alle möglichen Leute kommen hierher: eines Abenteuers, der Liebe, Familie und ja, der Geschäfte wegen. Wir haben unseren guten Ruf auf Exklusivität, Diskretion und unsere Lage zwischen drei Ländern aufgebaut. Sie hat viele Vorteile, so eine Grenznähe, oder eigentlich eher Grenzenlosigkeit.« Er rang sich ein Lachen ab, das viel zu trocken war, ziemlich unecht und matt klang.

»Es hat auch viele Vorteile, so entlegen und abgeschieden zu sein«, fuhr er fort. »Die nächste größere Stadt mit Bahnhof und Privatflugplatz liegt weit über eine Stunde entfernt. Ja, wir haben Aosta und Courmayeur in Italien, Chamonix in Frankreich, Martigny in der Schweiz, die allesamt eine gute Verkehrsanbindung bieten. Trotzdem ist es von allen diesen Städten noch eine lange, kurvenreiche Anreise. Manchmal ist es sogar unmöglich, hierher zu fahren. Deshalb haben wir den Hubschrauberlandeplatz, und um für das beste Heliskiing in den Alpen zu sorgen.« Er räusperte sich. »Nun, Heliskiing ist ein Freizeitvergnügen, mit dem die Franzosen wegen ihrer Gesetzeslage nicht dienen können, aber die Küche wird von französischen Chefköchen besorgt. Die Architektin kam aus Italien wie auch die Raumgestalter, während unsere Inhaber Schweizer sind. Wir schöpfen aus dem Besten der Region, der drei Länder, an die wir grenzen oder vielmehr und treffender, zwischen denen wir uns aufteilen. Aber das dürften Sie ja wissen. Schließlich sind Sie hier, haben Sie uns gewählt.«

»Ja«, sagte Ben, »aber werde ich's wieder tun? Diese Verkaufe können Sie sich bei mir sparen.« Er verlor die Geduld, und das heute nicht zum ersten Mal.

Eric beugte sich vor. »Manchmal ist so schlechtes Wetter, dass man nicht mal einfliegen kann. Es hat auch seine Kehrseiten.« Fast flüsterte er unheilschwanger. »So abseits gelegen, nutzen uns die vielen kommunalen Schneepflüge auf den öffentlichen Straßen wenig. Wir geraten leicht in Vergessenheit hier oben mit unseren wenigen Pisten und dem grandiosen Fernblick. Manche Leute schwärmen dafür. Andere sind weniger begeistert, besonders in einem Schneesturm. Aber es gibt Pläne, große Pläne für die Gegend, diverse Bauvorhaben, um sie besser zu erschließen, zu vernetzen. Alles sehr spannend.«

»Womit ein verdächtiger Todesfall diesbezüglich keine gute Nachricht sein dürfte«, sagte Ben. »Solche Entwicklungen vertragen sich nicht mit Skandalen jeglicher Art.«

»Niemand hat Skandale gern, am wenigsten das Hotel G. Soweit ich aber im Bild bin, gibt es keinen Skandal, gibt es keinen verdächtigen Todesfall. Nicht mal einen Todesfall – keinen, für den ich ein handfestes Indiz hätte.«

»Sie können sich in Kürze meine Fotos ansehen, falls nötig auf meinem Laptop. Hübsch sind sie nicht. Solange wir aber hier unten sind: Darf ich Sie einfach mal fragen, wer gestern in Zimmer 22 war? Ist heute abgereist, glaube ich«, fügte er hinzu. »Ich muss etwas für ihn tun, hab aber nie seinen vollen Namen erfahren.«

»Wirklich?« Eric schüttelte den Kopf.

»Ich könnte ordentlich auf den Putz hauen«, sagte Ben. »In Anbetracht dessen, was mir heute Morgen schon zugemutet wurde. Ich reise viel. Ich weiß, was man von Hotels dieser Kategorie erwarten darf, und ich weiß, wie man sich beschweren muss, damit etwas bereinigt wird. Glauben Sie mir.« Beinahe hatte er schon vergessen, wie streng er sich im Zorn anhören konnte.

»Bitte warten Sie hier einen Augenblick.« Eric erhob sich rasch und verschwand in Richtung Empfangstresen.

Ben sah sich Hilfe suchend um. In seiner Eile hatte der Duty Manager sogar versäumt, eine richtige Speisekarte aufzutreiben oder jemanden zu rufen. Schließlich gewahrte Ben eine Kellnerin, die aus der Library Bar kam. Wenn er sich nicht täuschte, war es die junge Frau, die sich im Gang zu den Tagungsräumen an ihn herangeschlichen hatte. »Hallo?«, rief Ben möglichst freundlich.

Doch sie hatte die Halle schon halbwegs durchquert und sah sich erst ganz am anderen Ende über die Schulter um. Und statt kehrtzumachen und sich um ihn zu kümmern, schaute sie schleunigst geradeaus und war bald außer Sicht. Ben lehnte sich wieder zurück und versuchte, sich einen Reim darauf zu machen, was hier vor sich ging. Es gefiel ihm kein bisschen.

Er stand auf und betrat die Library Bar. Zwei Leute saßen an einem Ecktisch, es waren die einzigen Gäste. Zum Glück nahm ihn der Barmann sofort wahr. »Hi«, sagte Ben, »könnte ich bitte Ihre Speisekarte haben?«

»Es gibt QR-Codes an allen Tischen, Sir.«

»Ich bin ohne Handy hier.« Ben zog ein schiefes Gesicht. »Papier, alte Schule, wenn es keine Umstände macht?«

»Ja, haben wir auch.« Der Barmann langte hinter sich und wandte sich mit einer Karte im DIN-A5-Format um.

»Danke. Ich sitze draußen in der Halle. Wenn Sie in Kürze wen rausschicken könnten, um meine Bestellung aufzunehmen, wäre das toll. Ich bin am Verhungern.«

»Ja, Sir.«

Eric wartete schon wieder draußen bei der Sitzgruppe auf Ben. Ben bedeutete Eric, Platz zu nehmen, während er sich selbst etwas länger Zeit nahm, seinen wehen Leib in den üppigen violetten Samt abzusenken. »Also, was können Sie mir über den Gast von Zimmer 22 sagen?«

»Er hat heute Morgen ausgecheckt.«

»Stimmt, und sein Name?«

Eric richtete einen Blick auf Ben, als läge zwischen ihnen ein langer, tiefer, bis auf den Grund vereister Fjord. »Mr Martin, sicherlich würden Sie von mir nicht wollen, dass ich Ihren Namen jedem mitteilte, der danach zu fragen beliebt.«

Ben seufzte und schüttelte den Kopf. »Irgendwas Neues am Frontdesk über mein Telefon? Wurde es schon abgegeben?«

»Nicht dass ich wüsste.«

Eine Kellnerin erschien. Wiederum eine junge Frau in vorschriftsmäßiger dunkler Anzughose und weißem Hemd, diesmal ein sauberes. Ben wusste den Umstand zu schätzen, dass Männer und Frauen hier so gut wie die gleiche, wenn auch eine recht langweilige Kluft trugen. Immer noch besser als manche der modischeren Uniformen – Kasacks und Overalls –, die heutzutage aufkamen.

»Sir, darf ich Ihre Bestellung aufnehmen?«

»Bitte.« Er sah auf die Speisekarte, die sich als ausführliches, seitenlanges Leporello erwies. Allein eine ganze Seite war Gin-Longdrinks, eine andere Martinis und noch eine Drinks auf Absinthbasis gewidmet. Der Mont Absinthe reizte ihn. Es gab sogar einen Death in the Afternoon nach Hemingway. »Tod am Morgen« wäre vielleicht angezeigter gewesen.

Als er endlich eine Liste herzhafter Speisen ausfindig machte, wusste er sofort, was er haben wollte. »Ich nehme die Tartes flambées valais und dazu Prosciutto grand cru helvetica. Und noch eine Portion Pommes, bitte.« Er hatte keinen Schimmer, was der Teil mit *helvetica* aussagen sollte.

»Und zu trinken?«, fragte sie.

Rasch blätterte er die Weinliste durch. Sogar er wusste, dass ein Cocktail um diese Stunde, zumal es eine solch unvorhergesehene Tagesordnung zu erledigen galt, kein guter Einfall wäre. »Ein großes Glas Château Lichten bitte.« Eine regionale Petite Arvine würde seine Bestellung glänzend ergänzen. Er warf Eric einen Blick zu. »Sie trinken vermutlich nichts?«

»Ich bin im Dienst«, sagte Eric trocken.

»Selbstverständlich.« Die Kellnerin eilte davon. »Alsdann, der Name des Mannes? Wer war genau in Zimmer 22?«

»Sie machen es mir äußerst schwer.«

»Wie gesagt, ich muss wirklich etwas für ihn tun. Und ich will keinen unnötigen Wirbel machen, weder bei Hideaway noch Ihren Vorgesetzten.«

Eric schüttelte den Kopf. »Meinen Sie, es könnte der Tote sein, den Sie heute früh gesehen haben? Fragen Sie mich deshalb?«

»Ich möchte es gern ausschließen«, sagte Ben voll Anerkennung für Erics Gedankengang.

»Was machen Sie beruflich, Mr Martin?«

»Ich war mal Journalist mit Bezug zu dieser Welt hier, der Hotellerie. Jetzt, tja, ich schreibe immer noch, Krimigeschichten, um genau zu sein, bin aber vorwiegend Inspektor.«

»Jetzt verstehe ich.« Eric lächelte. »Sie sind Hotelinspektor. Sie stellen uns mit diesen wüsten Anschuldigungen auf die Probe.«

»Schön wär's«, sagte Ben. »Ja, ich bin Hotelinspektor und räume das einem Gewerbekollegen gegenüber zu so einem Zeitpunkt gerne ein. Ich stelle Sie jedoch nicht auf die Probe. Was ich Ihnen über den Toten gesagt habe, ist alles wahr.«

Eric seufzte. »Wie lange werden Sie hier sein?«

»Bis morgen. Auf einen Husch, wie man so sagt.« Es überraschte Ben, dass Eric sich nicht nach seinem Arbeitgeber erkundigte. Zum Schnäppchenpreis würde er damit nicht herausrücken – fürs Erste hatte er genug offenbart.

»Sie nutzen das gute Wetter nicht eben aus hier drinnen.«

»Da fällt mir einer ein, der nie wieder irgendwelches Wetter ausnutzen wird, auf ewig nicht.«

»Nachher wird es wohl schneien«, sagte Eric, der offenbar die Unterhaltung umzulenken versuchte. »Das Wetter in diesen Breiten hat die Neigung, rasch umzuschlagen. Häufig ist die Vorhersage falsch. Die Einheimischen verstehen sich ungleich besser darauf als irgendeine App. Die Altbauern, die Skiguides, die Liftwärter, die wissen immer, woher der Wind weht. Und glauben Sie mir, der kann jederzeit aus jeder Richtung blasen. Als würden wir in einem Hexenkessel stecken – freilich einem gefrorenen zu dieser Jahreszeit.«

»Was wird nötig sein, um die Skilifte, das ganze Resort durchkämmen zu lassen?«, fragte Ben. »Dass ich zur Polizei gehe wie auch zu Ihren Vorgesetzten?«

»Die Polizei?« Eric erschrak sichtlich. »Wozu sollte das gut sein? Auf alle Fälle haben wir heute einige sehr wichtige Leute hier – Leute mit Verbindung zum Hotel und der Gegend. Gerade jetzt kann ich unmöglich irgendwelches unnötiges und potenziell schädliches Aufheben dulden. Bitte, Sie müssen verstehen, wie wichtig das alles für das Gebiet hier ist. Für das Auskommen Hunderter, vielleicht Tausender Leute. Es ist auch Ihr Gewerbe.«

Ben erhob sich erbost. Da mochten sich ein paar Wirtschaftsführer, Immobilienentwickler und korrupte Beamte gesundstoßen, mehr aber auch nicht. Eric Langeskov musste noch viel über sein Gewerbe lernen und was dabei Vorrang hatte. Er würde zurück auf sein Zimmer gehen, um den Festnetzanschluss und das Internet zu nutzen. Bloß fühlte er sich geschwächt und neuerlich benommen, und ihm fiel seine eben aufgegebene Bestellung ein, daher setzte er sich wieder. »Warum denke ich nur, dass hier etwas vertuscht wird und Sie sich dran beteiligen?«

»Tut mir leid, wenn Sie das so wahrnehmen.« Auch Erics Stimme klang ein, zwei Oktaven angehoben. »Ich kann Sie meiner größtmöglichen Offenheit und Ehrlichkeit versichern. Ich verberge gar nichts, sollten Sie das andeuten. Nicht mehr, als Sie es selbst getan haben, Mr Martin.«

Ben lächelte ihn an. »Ich habe Ihnen gesagt, was ich mache.« Teilweise jedenfalls, dachte er. »Ich habe rein gar nichts mutwillig verschwiegen. Wenn Sie wissen, was gut für Sie ist, für Ihr Hotel, dann werden Sie mir verraten, wer in Zimmer 22 war. Ist doch eine ganz einfache Frage. Oder sind Sie schon so überfordert, dass Sie nicht antworten werden und bereit sind, die Folgen zu tragen? Die, wie Sie vielleicht wissen, verflucht schnell eintreten können in dieser Branche.«

»Uns fehlen unser Generaldirektor und unser Sicherheitschef, das ist wahr«, sagte Eric langsam und gleichzeitig wachsam. »Nichtsdestotrotz stellen wir nach besten Kräften sicher, dass sich angemessen um jeden Gast gekümmert wird.«

»Da fällt mir ein Gast ein, um den sich nicht angemessen gekümmert wurde.« Ben schüttelte den Kopf. Genug war genug. »Liam Roth, so heißt der Mann aus Zimmer 22, wenn Sie es denn wissen müssen«, sagte Eric leise. »Er ist ganz früh heute Morgen abgereist.«

»Danke dafür, es mir zu sagen.« Ben lächelte wohlwollend. »Wissen Sie sonst noch was über ihn? Ist er früher schon mal hier abgestiegen? Ist er Stammgast im Hotel G?«

Eric sah sich wiederum über die Schulter um und richtete dann seine Aufmerksamkeit erneut auf Ben. »Hier ist er zuvor laut unseren Unterlagen noch nie gewesen.« Seine Nervosität war zurück.

Die Halle war fast leer – sie waren wohl alle draußen auf den Pisten oder wanderten auf den Schneisen im Schnee durch die Kiefernhaine, genossen den Nachmittag, das Wetter, ehe es wieder umschlagen würde.

»Ich glaube allerdings, dass Liam Roth und Sie etwas gemein haben.« Eric musterte Ben aufmerksam. »Er ist Wirtschaftskorrespondent, aus Zürich. Das wussten Sie nicht?«

»Aha und nein, wusste ich nicht.« Die Sache wurde von einer Minute zur nächsten beunruhigender.

»Bitte fragen Sie mich nicht nach seinen Kontaktdaten und beschädigen meine Stellung noch weiter«, sagte Eric. »Ob Sie nun Inspektor sind oder nicht.«

»Keine Sorge, bestimmt werde ich die nötigen Angaben auch unschwer im Netz finden. Ob ich hingegen ihn selber finde, lebendig und guter Dinge, steht auf einem anderen Blatt. Haben Sie ihn heute früh gesehen, als er auscheckte?«

»Nein, da hatte ich keinen Dienst. Der fing erst um neun Uhr an.«

»Wann genau hat er ausgecheckt?«

»Da müsste ich im System nachsehen, vorher jedenfalls, sonst wäre ich da gewesen und hätte seinen Auszug bearbeitet.«

»Wie ist er aufgebrochen, wissen Sie das? In einem Taxi?«

»Ich glaube, in einem Auto, seinem Auto. Er hat sein Zimmer mitsamt Parkbucht gebucht, das tun viele. Wir haben eine Tiefgarage.«

»Ich weiß, hab sie gesehen. Sein Kennzeichen werden Sie irgendwo stehen haben, nehme ich an?«

»Tatsächlich nein, nicht unbedingt. Wir erfragen solche Details nicht grundsätzlich. Wissen müssen wir nur, wie viele Autos zu einem gegebenen Zeitpunkt hier sind. Die Parkflächen reichen nicht aus, dass jeder mit eigenem Fahrzeug anreist. Ist aber eigentlich kaum je ein Problem. Viele kommen mit dem Taxi oder anderen Fahrdiensten – oder im Hubschrauber. Andere haben Leihwagen, und wer weiß da schon sein Nummernschild. Selbst die mit eigenem Wagen geben nicht immer gern so viele Einzelheiten an. Wir bemühen uns, so was aufs Nötigste zu beschränken.«

»Drum trägt auch keiner von Ihnen ein Namensschild? Ziemlich unüblich für Hotelpersonal, vor allem am Empfang.«

»Die Inhaber nehmen es mit der Privatsphäre sehr genau. Wir müssen da strenge Vorschriften einhalten. So verlangt es die Mehrheit unserer Gäste.«

»Natürlich«, sagte Ben. »Aber Sie müssen doch neugierig sein. Unter Kollegen wird sich doch immer nach Gästen erkundigt und wer diejenige oder derjenige ist.«

»Ich versuche nur, meinen Job nach bestem Vermögen zu tun.« Eric starrte Ben streng an.

»Also wie ich.« Ben war sich bewusst, dass das nicht ganz stimmte. Hotels unter die Lupe nehmen war das eine, anderer Leute Leben unter die Lupe nehmen aber weitaus interessanter und kurzweiliger – insbesondere dann, wenn etwas mörderisch schiefging.

»Guten Appetit«, wünschte Eric.

Die Kellnerin war mit Besteck und dem Wein zurückgekehrt und deckte den Couchtisch vor ihm. »Geb mir Mühe«, sagte Ben und trank einen Schluck. Sein Wein war gut, spritzig mit der leichten Süße, für die die Petite-Arvine-Traube bekannt war. »Sie wissen wohl nicht zufällig, weshalb Liam Roth hier war?«

»Winterurlaub machen?«, bot Eric an. »Wie alle.«

»Außer diese wichtigen Leute hier auf der Tagung, die Vorstände dieses Konsortiums. Die machen keinen Winterurlaub. Könnte auch Liam Roth gearbeitet haben? Könnte er Teil des Ganzen gewesen sein?«

»Nicht offiziell, keinesfalls«, höhnte Eric geradezu. »Ich weiß genau, wer dazugehört.«

»Das will ich hoffen«, sagte Ben.

»Journalisten wären zu so einem Forum nicht geladen.«

»Warum nicht?«

»Ich vermute, weil Dinge erörtert werden könnten, die noch nicht für die Ohren der Allgemeinheit taugen. Genaues weiß ich nicht, nur haben die Veranstalter betont, dass wie so viel Security, Privatsphäre und Diskretion wir möglich bewerkstelligen müssten. Es soll zu keinerlei Öffentlichkeit oder Medienbeachtung kommen. Unser Job ist es sicherzustellen, dass es dabei bleibt. Es ist schon schlimm genug, einen Inspektor hier zu haben – da ich nun weiß, womit Sie sich beschäftigen.«

»Meine Berichte werden niemals veröffentlicht.« Bens Essen wurde serviert, und das schrie ganz sicher nach Beachtung. »Was jedoch nicht bedeutet, dass sie keinen Einfluss hätten.«

»Sie sollen in Ruhe essen. Bitte lassen Sie es sich schmecken.« Eric erhob sich höflich, als habe er ein Einsehen.

»Wer sind die Veranstalter?«, rief Ben ihm hinterher.

Eric blieb stehen, ging zurück, schneeweiß leuchtende Blässe im Gesicht. »Das Hotel steht hinter der Tagung, wenn Sie das unbedingt wissen müssen. Jammerschade, dass der Generaldirektor im Krankenhaus liegt, statt hier alles zu leiten.«

»Und dass der Sicherheitschef tot ist, womit Sie jetzt praktisch das Sagen haben.«

»Ja, das ist richtig«, sagte Eric getragen. »Ich tue mein Bestes, sie zu vertreten.«

»Kein Wunder, dass Sie unter Druck stehen. Ich fühle mit Ihnen.« Eine Sympathiebekundung bereitete oft den Boden, fand Ben. »Wie viel Geld steht auf dem Spiel für die Region? Es geht um ein großes Entwicklungsvorhaben, richtig, mit dem Hotel im Zentrum?« Er wusste, wie solche Sachen liefen.

Eric nickte langsam, ergeben. »Vielleicht mehr als eine Milliarde Euro, weshalb alles wie am Schnürchen klappen muss.«

»Und weshalb ein neugieriger Investigativreporter nicht in die Quere kommen darf?«

Der Duty Manager eilte davon, ohne zu antworten, sodass Ben sich über seinen Prosciutto gran cru helvetiva hermachen konnte. Ein Bissen von den Tartes flambées ließ ihn rätseln, ob auch die Küche unterbesetzt war. Oder der Koch war – wie Ben – mit seinen Gedanken woanders.

Bei einem zweiten Bissen ging Ben auf, warum Eric ihn nicht gefragt hatte, für welche Organisation genau er als Inspektor arbeitete. Er wusste es schon.

Dienstag, 16:14 Uhr

Bevor Ben in seinem Zimmer eintraf, wurde es allmählich dunkel, und die Sonne war längst hinter das nächstgelegene Gebirgsmassiv geschlüpft. Er zog die Vorhänge zurück und stellte fest, dass es nicht wirklich schon dämmerte, sondern sich dicke Wolken ballten. Heute sah es besonders düster aus. Er beobachtete, wie eine Reihe Skifahrer und Snowboarder den letzten Abschnitt der Piste herabsausten und schnurstracks dem Hotel entgegenstrebten. Der Weg zur Liftstation lag verwaist da.

Immer noch sah er die Designergondeln über die Talsohle hinwegschweben. Offensichtlich war es Eric nicht gelungen, die Anlage stillzulegen. Was Ben nicht überraschte. Es hätte keinen guten Eindruck gemacht bei den anwesenden VIPs des sogenannten Konsortiums, an dem angeblich auch der Chef des Liftbetreibers teilnahm. Ben vermutete, dass der Lift in Kürze den Betrieb bis zum nächsten Morgen einstellen würde, sobald die Maschinisten jede Gondel überprüft hätten.

Als er die vom Boden zur Decke reichende Glastür zum zimmereigenen kleinen Balkon aufzog, überkam Ben ein grimmiger Kälteschwall. Er trat hinaus, nur um sogleich wieder zurückzuweichen und die Tür fest zu schließen. Ihm war klar, dass er sich auf den Weg hinüber zur Liftstation machen müsste, um nachzuprüfen, wie sorgfältig die Maschinisten tatsächlich vorgingen. Ebenso klar war ihm, wie wenig wahrscheinlich die Leiche immer noch in der Blase sein würde. Zu viele Stunden waren verstrichen. Sicherlich mussten zu viele Leute in den Lift gestiegen sein – selbst in dieser exklusiven Anlage, in der es keine Warteschlangen gab.

Schließlich war es ein herrlicher Tag gewesen. Und sollte es bei der Schließung des Lifts eine Leiche zu entdecken geben, dann würden Eric und sein Stab ohnehin bald davon wissen. Falls nicht irgendwer etwas anderes im Sinn hatte. Gut möglich, dass dem so gewesen war, schon vor einer ganzen Weile am heutigen Tag.

Bens Gedanken verfielen auf den Range Rover, den er am Morgen mit Pulvereis bespritzt hatte. Wohin waren die drei gepflegten Schlägertypen davongefahren mitsamt ihren schwarz getönten Scheiben und tödlichen Blicken? Hatte sich irgendwas im Laderaum befunden? Diese Wagen waren riesig. Eine Leiche darin zu verstecken, wäre ein Leichtes gewesen, mit oder ohne Skistiefel.

In Wahrheit hatten sich die Portion Fritten und zwei Gläser mehr Château Lichten dagegen verschworen, dass er sich heute noch einmal hinauswagen würde. Das Abendessen war für acht Uhr gebucht, womit die Zeit kaum ausreichte, um sein Zimmer angemessen zu begutachten, zumal er es jetzt mit noch mehr neuen Formularen und neuer Ausrüstung aufnehmen musste. Als ob Hideaway seinen Inspektoren nicht länger zutraute, der Aufgabe gerecht zu werden. So ganz krumm konnte er es der Firma nicht nehmen.

Trotzdem ging es mit seiner Stimmung auf Talfahrt. Ein weißer Handschuh, nicht zu fassen. Ihm war nun auferlegt worden, erst einen Handschuh überzustreifen und dann mit der Hand über alle Oberflächen zu fahren. So tief würde er niemals sinken.

Er griff nach seinem Laptop und fiel regelrecht aufs Bett. Es gab eine Reihe neuer E-Mails, alles Arbeit, und ein paar Textnachrichten, die auf seinem Rechner gelandet waren. Wendy Spurling, die Reservierungs-Oberin bei Hideaway, war wie stets äußerst erpicht darauf zu hören, wie es lief. Ob er vollen Gebrauch von sämtlichen Einrichtungen mache und nicht zu viel esse und trinke. Ob er irgendjemanden Interessantes kennengelernt habe – eine eher kürzliche Hinzufügung zu ihren Erkundigungen. Sogar ob Emily Muller, ihrer aller Chefin, ihn »wieder behelligt« habe. Wendy war sowohl mütterlich wie eifersüchtig. Eine fürchterliche Kombination.

Es gab eine Mitteilung von Marc Hoffman, inzwischen Abteilungsleiter in Sachen Digitale Sicherheit, der ein neues, plattformunabhängiges Diskussionsforum testete. Und eine von seiner Tochter Natalie, die sich dafür entschuldigte, seinen Anruf vom Vorabend verpasst zu haben, aber »voll auf dem Schlauch« gewesen sei »bei der ganzen Scheiße, die hier abgeht«. Und wirklich, sie fragte nach, ob es ihm gut gehe, weil sie ihn auf dem Handy nicht erreichen konnte. »Du musst es echt aufladen, Dad.«

Das rief ein Lächeln auf seinem Gesicht hervor. Sie kannte ihn nur zu gut. Er simste ihr eine Nachricht zurück: *Sorry, jetzt hab ich mein Telefon verloren! Werde Dich bald auf FaceTime kontakten. Was ist da los? Ist Deine Mum okay? Dad X.*

Er hatte in jüngerer Zeit nicht genug mit Natalie geredet. Am Wochenende war er in Vorbereitung auf die Reise quer durch Frankfurt gejagt, während ein Nachbar lange und zermürbend seinen fünfzigsten Geburtstag feierte. Als er mal nicht durch die Gegend hetzte, saß er an seinem Schreibtisch und versuchte endlich, an seinem verflixten Krimi weiterzuschreiben – bevor es wieder auf Reisen ging. Er hatte einen Neujahrsvorsatz gefasst und sich ein Abschlussziel gesetzt. Es wäre das letzte Ziel, schwor er sich, das er sich je setzen würde. Sollte er es verfehlen und das wöchentliche Kapitelpensum, dann wäre es das Ende des Vorhabens und ehrlicherweise der ganzen Bestrebung. Bislang hatte er darin versagt, im Verlauf des Jahres eine Seite zu schreiben, geschweige denn ein Kapitel.

Sein Blick auf den Laptop bestärkte ihn nur darin, jetzt erst recht mit der echten Aufgabe weiterzumachen. Über wessen Leiche war er gestolpert, wie war derjenige gestorben, warum, und wer vertuschte es? Leichen verschwanden nicht einfach, nicht mal in den Hochalpen.

Vom Launchpad aus öffnete Ben Fotos. »Was?« Er scrollte rauf und runter, schloss die Anwendung, öffnete sie wieder. »Das darf nicht wahr sein!« Doch, und er schrie jetzt sogar. Als letztes Foto tauchte der Bahnhof von Martigny auf, ein tristes Stück Bahnsteig in schiefem Winkel. Er hatte das Bild gar nicht aufnehmen wollen, aber die Kamera seines Telefons musste aufgerufen gewesen sein, als er es aus der Tasche zog. Er musste versehentlich ein Foto geschossen haben, während er das Fenster zu schließen versuchte. So etwas war ihm nicht zum ersten Mal passiert. Vielmehr war sein Album voller solcher Bilder und Videos. In Abständen löschte er sie.

Es gab keine Fotos von der Leiche. Ihm war schleierhaft, weshalb sie sich nicht von selbst auf die Cloud hochgeladen hatten. Oder doch nicht. Er hatte die Fotos und das kurze Video oben auf dem Berg aufgenommen, wo der Empfang bestenfalls lückenhaft gewesen war. Ehe er wieder zum Fuß des Berges und in einen Bereich mit besserer Mobilfunkabdeckung gekommen war, musste sein Telefonakku entladen gewesen sein. »Scheiße.«

Was er gleichfalls unterlassen hatte, wurde ihm nun klar, als er die Einstellungen seines Laptops überflog, war eine Aktivierung der iPhone-Suchfunktion. So eine Unterstützung hatte er nie benötigt, da sein Telefon stets bei ihm gewesen war. Wo befand es sich derzeit? Warum hatte keiner es abgegeben? Schließlich kam in diesem Hotel nichts »abhanden«. Von wegen. Von seinem Handy war er wahrscheinlich abhängiger als seine siebzehnjährige Tochter von ihrem. Er verlor keine Habseligkeiten. Außer vielleicht den Verstand, kam es ihm allmählich vor.

Er kletterte aus dem Bett und trat hinüber an die Fenster. Draußen sah es jetzt sogar noch furchteinflößender aus. Sich stetig verfinsternde Wolken und die Dämmerung wälzten sich über den Kamm und zum Pass herunter wie etwas aus einem endzeitlichen Science-Fiction-Streifen. Der Pistenabschnitt, den er einsehen konnte, war nun leer, doch der Skilift lief noch immer!

Immerhin war das Innere seines Zimmers ein wärmendes Zusammenspiel aus Kiefer, Stahl und poliertem Beton. Es gab genügend Möbelpolster, um die nackten, harten Materialien zu bemänteln. Eine clevere Mischung. Vielleicht war er zum Hotelinspektor geboren – mehr jedenfalls als zum Krimischriftsteller. Die einzige Fehlanzeige in seinem Deluxe-Standardzimmer war ein schicker moderner Holzkaminofen. Derlei war den echten Zimmerfluchten vorbehalten, soweit er wusste.

Sich übervorteilt fühlend, plumpste Ben zurück aufs Bett und googelte alsbald einen gewissen Liam Roth, Wirtschaftsjournalist, Zürich. Binnen Minuten hatte er herausgefunden, dass Roth ein unerschrockener Investigativreporter, Produzent und Autor war, der sich mit der Aufdeckung von Korruption in der Unternehmenswelt einen Namen gemacht hatte. Er hatte für alle wichtigen deutschen und Schweizer Zeitungen gearbeitet und einmal auch eine eigene Spalte im *Wall Street Journal* innegehabt.

Das letzte Jahrzehnt über hatte Roth unabhängig gearbeitet. Er war vielsprachig und laut eines sehr alten Profils begeisterter Radfahrer und Hobbykoch. Vater von drei Kindern, hatte er einmal eine Affäre mit einer bekannten französischen Schauspielerin gehabt, wobei sein gegenwärtiger Familienstand im Dunkeln lag. In der Tat schien es, als habe er absichtlich seit Jahren unter dem Radar zu fliegen versucht. Je mehr Ben las, umso widersprüchlicher wirkte Liam Roth auf ihn.

Das jüngste Foto, das er finden konnte, war auf 2012 datiert. Es zeigte einen schlanken Mann etwa mittlerer Größe mit dunkelbraunem Haar. Er trug eine dick umrandete Brille und sah eher wie ein Gelehrter aus denn wie ein Lebemann. Nicht auszuschließen, dass es der Mann war, den Ben am Morgen zusammengesunken in der Blase gesehen hatte. Er betrachtete aufs Neue die Bilder von Liam Roth und versuchte, sich an sein eigenes Aussehen 2012 zu erinnern. Etwas schlanker, vielleicht ein wenig zufriedener. Aber Liam Roth auf den Fotos ähnlich? Ohne weitere zeitnahe fotografische Belege – zum Beispiel die Bilder auf seinem Telefon – konnte sich Ben nicht sicher sein, dass er hier gerade den Toten vor sich hatte, den er heute Morgen gesehen hatte.

Verbindungsaufnahme erfolgte über Roths »Agenten« in Zürich. Ben schoss eine E-Mail los.

Suche dringend Kontakt zu Liam Roth. Traf ihn eben im Hotel G. Wollte eine wichtige Unterhaltung vertiefen. Bitte geben Sie ihm alsbald meine Daten.

Er hinterließ seine E-Mail-Anschrift und Telefonnummer – falls sein verdammtes iPhone bald auftauchen sollte. Er schaute auf die Uhrzeit in der oberen rechten Ecke seines Bildschirms. Bald würden die Büros schließen. Er mutmaßte allerdings, dass es sich um die Sorte unverbindlichen Mailkontakt handelte, der nur unregelmäßig abgerufen wurde.

Ohnedies wollte er nicht dableiben und das Zimmer inspizieren. Er wuchtete sich vom Bett, stieg in seine Budapester, streifte einen dicken Pullover über sowie seine Skijacke und sammelte seine Mütze, Handschuhe als auch Zimmerkarte ein, doch natürlich kein Telefon. Mangels Handy fühlte er sich trotz der zahllosen Kleiderschichten beinahe nackt.

Zur Zimmertür hinaus stürmte er einen Flur hinunter und durch den Haupteingang des Hotels, um festzustellen, dass ein großes Rudel schwarzer Geländewagen und Mercedes-Limousinen die verschneite Auffahrt verstopften. In vielen der Fahrzeuge saßen geduldige Chauffeure bei laufenden Motoren. Es fanden sich keine Elektroautos darunter, und Abgase kräuselten fröhlich in der reinen Alpenluft. Ben machte ein böses Gesicht und hastete vorbei in Richtung Liftstation. In Budapestern kam er viel müheloser vorwärts als in Skistiefeln, zumal in seinem Lieblingspaar mit Winterprofilsohlen.

An der Liftstation waren keine Skifahrer und Snowboarder, wenngleich die Gondeln weiter ein- und ausfuhren, indes der Seilbahnwärter auf dem Gummibelag an der Ausstiegsstelle stand. Ben ging geradewegs auf ihn zu. »Hallo, ich bin's wieder.«

Der Mann schaute verdrießlich drein. »Tja, was kann ich tun?«

»Haben Sie schon eine Leiche gefunden?«

De Mann schüttelte den Kopf und lachte. »Ist nichts gesichtet worden. Tut mir leid.«

»Sie haben jede einzelne Gondel überprüft?«

»Ich war den ganzen Tag hier. So etwas würde ich nicht übersehen. Davon abgesehen sehe ich gerade nach.« Er kicherte beinahe schon.

»Sind Sie von hier?«

»Ja, ich wohne in einem kleinen Dorf fünfundvierzig Minuten von hier.«

»Gefällt Ihnen Ihr Job?«

»Ja.« Der Mann machte zusehends ratlose Miene.

»Werden Sie gut bezahlt?«

»Es ist Saisonarbeit. Im Winter, ja, werden wir gut bezahlt. Diese Anlage ist etwas Besonderes.«

»In einer besonderen Alpenregion«, hängte Ben für ihn an. »Wir lange dauert es noch, bis Sie den Lift über Nacht abstellen? Ist schon ein bisschen spät dafür, dass er noch läuft, oder?«

»Ski gefahren wird heute nicht mehr. Aber der Abend fällt aus dem Rahmen. Das Bergrestaurant hat wichtige Gäste. Der Lift wird weiterlaufen, bis die Gäste alle wieder nach unten gekommen sind.«

Die Kälte kroch allmählich durch Bens Kleider. Selbst hier unten hatte der Wind ungeheuer zugelegt. »Oh. Wann wird das sein?«

»Das ist Sache der Veranstalter und Gäste.« Er zucke die Schultern.

»Dann sind jetzt alle da oben?«

Er nickte. »Gibt es sonst noch was? Andernfalls würde ich gern reingehen.« Er machte eine Geste in Richtung der verglasten Führerkabine, in der Ben ihn am Morgen angetroffen hatte.

Ben konnte es ihm nicht verübeln. Es war bitterkalt, und in der Station blies der Wind wie durch einen Trichter. »Ich dachte, Sie überprüften jede Gondel?«, fragte er.

»Sehen Sie die da?« Der Seilbahnwärter zeigte auf eine Blase, die langsam ihre Runde durch das Innere der Station drehte. »Das ist die letzte. Ich habe sie jetzt alle überprüft.«

»Woher wissen Sie das? Die sehen alle gleich aus.«

»Sind alle nummeriert, wenn man weiß, wo man hinsehen muss.«

»Nur nicht fortlaufend, haben Sie mir doch gesagt.«

»Wenn Sie diesen Job mal so lange gemacht haben wie ich, kennen Sie alle Nummern, selbst wenn sie aus der Reihe tanzen.«

Ben schenkte ihm keinen Deut Glauben. Er wollte einfach nur raus aus der Kälte und weiteren Fragen ausweichen. Entweder erledigte der Seilbahnwärter bloß seine Arbeit und war nicht Teil irgendeiner Verschwörung, oder er wusste, dass die Leiche inzwischen aus dem Weg geräumt war. »Wie lange arbeiten Sie schon für das Resort?«

»Seit seinen Anfängen.«

»Arbeiten Sie für den Liftbetreiber?«

Er nickte, doch abermals mit ratloser Miene.

»Wie wird das Wetter in den nächsten vierundzwanzig Stunden?«

Der Mann ging ans Ende des Gummibelags und spähte hinaus. Draußen schien es sehr dunkel zu sein von Bens Standpunkt aus gesehen. Er kam zurück und rieb sich die bloßen Hände.

»Wird Schnee geben. Viel Schnee. Vielleicht einen Schneesturm.«

»Das können Sie kommen sehen?«

»Ich kann es riechen«, sagte er.

Dienstag, 17:37 Uhr

Die dunklen, umweltverschmutzenden Autos verstopften immer noch den Haupteingang zum Hotel. Vermutlich warteten sie darauf, dass die Sondergäste wieder vom Berg herabkamen, um dann schleunigst zu ihren verschiedenen Sitzen an den wichtigsten europäischen Finanz- und Industriestandorten befördert zu werden.

Ben machte einen Schlenker zum Empfangstresen. Er wollte nachhaken, ob sein Handy aufgetaucht war – war es nicht. Im Vorbeigehen an der Library Bar sah er, dass die Milliardäre zurück waren und es offensichtlich auf heftiges, zweideutiges und geschmackloses Après-Ski anlegten.

Der Kaminofen mit seinen sich den Glaszylinder emporkringelnden Flammen lud wunderschön zum Verweilen ein. Die Ruhe vor dem Sturm, musste Ben unwillkürlich denken. Er ging weiter durch zum Korridor, in dem er sein iPhone verloren zu haben glaubte. Auf ganzer Strecke graste er noch einmal den Fußboden ab und gelangte schnurstracks vor die Türen zum Sitzungssaal, um beide verschlossen vorzufinden. Als er diesmal ein Ohr an die Füllung legte, hörte er nicht das Geringste.

Zurück auf seinem Zimmer, hatte er neue E-Mails und Textnachrichten, darunter eine automatisierte Antwort von Liam Roths Kontaktanschrift, wonach die Nachricht bearbeitet und eine Erwiderung erfolgen werde. Ben wunderte sich, dass die automatisierte Antwort nicht auf der Stelle versandt worden war.

Er beschloss, noch einmal Google zu durchforsten. Mit derart angesehenen und erfolgreichen Journalisten, Fernsehleuten, Moderatoren und Autoren war doch nicht so schwer in

Verbindung zu treten, oder? Sicher nicht, solange sie am Leben waren. Doch je tiefer Ben grub, desto klarer wurde ihm, dass Roth sich vorsätzlich im Schatten bewegt hatte, indem er durchblicken ließ, seit Jahren nicht von Zürich aus zu arbeiten, sondern seinen Mittelpunkt abwechselnd in Paris, Mailand, London, Madrid und Lissabon zu haben. Ob dies Nebelkerzen waren angesichts seiner Nachforschungen und Enthüllungen?

Da gab es grenzübergreifende Geschichten von Marktmanipulation, Insiderhandel, Umweltverbrechen, Sklaven- und Kinderarbeit, Betrug, Steuerhinterziehung, Firmenspionage, Geldwäsche durch Banken und Regierungen in kolossalem Ausmaß, Sanktionsumgehung, Waffenhandel, Kartellrechtsverletzungen, Korruption, Falschgeld und Bandenkriminalität. Ben lehnte sich zurück und wischte sich die Stirn. Es war heiß im Zimmer. Noch heißer schien es im Wirtschaftsleben zuzugehen.

Seine eigene Finanzberichterstattung hatte sich stets eher den Erfolgen als dem Scheitern gewidmet, jenen Unternehmen, die tatsächlich taten, was sie zu tun behaupteten. Die Zeitschriften, für die er tätig gewesen war, traten letztlich für Wachstum, freie Märkte und das Unternehmertum ein. Was immer nach Korruption oder ungesetzlichem Treiben schmeckte, wurde entweder links liegen gelassen – kraft Anweisung der Medienmagnaten – oder anderen Nachrichtenquellen anheimgestellt. Die letzte Zeitschrift, für die Ben gearbeitet hatte, war genau darüber im Bilde, was ihre Leser und wichtiger noch Anzeigenkunden sehen wollten. Angesichts Liam Roths Lebenslauf fühlte sich Ben nur mehr müde und alt und schon wieder hungrig.

Dennoch wusste er, dass er verbissen und beharrlich sein konnte, wenn er das wollte – die richtige Motivation und gute Absichten vorausgesetzt. Er war noch nicht ganz so weit, sich die Pantoffeln überzustreifen und sich zur Ruhe zu setzen. Das hatte noch Jahre Zeit. »Mach weiter, Ben«, sagte eine

Stimme, seine innere Stimme laut. »Wir können nicht alle die Karrieren haben, zu denen wir angetreten sind, aber du kannst ihnen immer noch zeigen, woraus du wirklich gemacht bist.« Er wusste, dass er es zur Genüge auf Mallorca und in New York bewiesen hatte. Emily Muller wusste es auch.

Einige Minuten darauf scheuchte ihn ein elektronisches Klingeln auf. Er sah sich nach seinem Telefon um, ehe ihm einfiel, keines mehr zu haben. »Du alberner Trottel«, rief er laut. Dann machte er den Ursprung ausfindig – sein geöffneter Laptop meldete ihm einen eingehenden FaceTime-Anruf. Er warf einen prüfenden Blick auf den Bildschirm. Es war Alex. Sehr ungewöhnlich. Sie rief ihn nie über FaceTime an. Überhaupt nahm sie kaum je Kontakt zu ihm auf und überließ Natalie immer öfter eine Vermittlerrolle.

»Hi«, sagte er, als er den Anruf annahm. »Geht's dir gut?«

»Kannst du dir bitte ein Hemd anziehen, Ben?«

Ben sah an seiner bloßen Brust hinunter, das Handtuch um die Taille geschlungen. »Sorry, ich war vorhin duschen.«

»Hast du zugenommen?«

Wieder sah er auf seine Brust, seinen Bauch. Er hatte das Handtuch sehr eng festgesteckt. »Mag sein. Du weißt ja, was meine Arbeit mit sich bringt.«

»Du musst mehr Sport treiben.«

»Schon ulkig, dass du das sagst. Ich habe mich heute verausgabt – beim Skifahren draußen auf den Pisten und Rumlaufen auf endlosen Hotelfluren.«

»Wo bist du diesmal?«

»Am Mont Blanc – ein Hideaway mitten in den Alpen. Ist hinreißend schön hier.« Beinahe sagte er romantisch.

»Hoffentlich kriegst du da keinen Ärger. Wundert mich richtig, dass sie dich nach New York behalten haben.«

»Letzten Endes habe ich ihnen ausgeholfen, beziehungsweise Natalie und ich, wie du sehr genau weißt, indem wir die Wahrheit aufgedeckt und dafür gesorgt haben, dass die echten Täter vor Gericht kamen.« Er hielt inne, als er sich selbst in dem kleinen Fenster auf seinem Bildschirm sah. Er hatte tatsächlich an Gewicht zugelegt. »Natalie deutete an, dass etwas zu Hause im Argen liegt. Ich bekomme so das Gefühl, sie macht sich richtig Sorgen um dich, weshalb ich mir Sorgen um dich mache. Ist alles in Ordnung?«

»Natalie geht's gut. Gerade ist sie außer Haus, drüben bei Hannah, glaube ich. Sie haben sich versöhnt.« Alex war in ihrer Küche, konnte er sehen, saß am modernen Eichentisch. Eine offene Flasche Weißburgunder war im Bild. Sie hatte schon immer einen teuren Weingeschmack gehabt. Als ausgesprochen erfolgreiche Firmenanwältin konnte sie es sich leisten.

»Das höre ich gern«, sagte Ben, den es freute, dass Natalie sich mit ihrer besten Freundin und Gefährtin in New York vertragen hatte. »Und bei dir?«

Alex wirkte angespannt. Sie versuchte ein Lächeln, das aber nicht überzeugte. »Deshalb rufe ich an.«

»Du lieber Gott, Alex. Bist du krank?«

Sie schüttelte den Kopf. »Nein, mir geht's gut, körperlich jedenfalls. Es ist nur«, sie hob eine Hand und rieb sich kräftig die Stirn, »Gabby und ich, wir trennen uns. Ich hielt es für richtig, dir das zu sagen, weil es sich auf Natalie auswirken wird. Es war eine Weile lang eher schwierig zwischen Gabby und mir, um ehrlich zu sein.«

»Bis gestern hat Natalie nie was gesagt.«

»Du weißt doch, wie sie ist. Sie redet nie darüber, was sie wirklich denkt, ihre Gefühle, was ihr unter die Haut geht.«

Genau wie du, dachte Ben. Alex war so ziemlich der eingekapseltste und am schwersten einzuschätzende Mensch, dem er je begegnet war. Ihre Familie und ihr Berufsleben hatten dem nicht abgeholfen. »Das tut mir leid«, sagte Ben. Nachdem die Bestürzung ob der Affäre und rasch anschließenden Hochzeit von Alex und Gabby vor langer Zeit abgeklungen war, hatte es ihn aufrichtig gefreut, Alex glücklich zu sehen. Er mochte Gabby und war sehr dankbar dafür, dass Natalie ein liebevolles und Halt bietendes Zuhause hatte.

»Tja, nun, so was passiert eben, schätze ich. Hab's nicht kommen sehen. Sie hat jemand anderes kennengelernt.«

»Tut mir leid. Ehrlich.«

»Ich weiß, was ich dir alles zugemutet habe, aber unsere Beziehung war anders.«

Versuchte sie eben, ein Schluchzen zu unterdrücken? Sie drehte sich vom Bildschirm weg. »Alex, gerade möchte ich darauf nicht weiter eingehen«, sagte er, »wenn das okay ist?«

»Ja, ja, natürlich. Ich wollte nur, dass du über mich und Gabby Bescheid weißt für den Fall, dass Natalie irgendwas gesagt hat.«

»Sie hat gestern was erwähnt«, sagte Ben. »Mehr aber nicht.«

»Meinst du, sie kommt klar?«

»Das kannst du besser beurteilen als ich. Du hast mehr von ihr gesehen in letzter Zeit.«

»Sie steht vor der Abiprüfung, wie du weißt. Sie hat sich großartig geschlagen. Ich will nicht, dass etwas sie durcheinanderbringt. Und wer weiß, mit wem sie Umgang hat. Kein Anzeichen für einen Freund. Oder eine Freundin.«

»Ich werde rüberkommen und mich mit ihr treffen«, sagte Ben. »Sobald ich kann.« Er rief seinen Terminkalender in einem anderen Fenster auf. »Wenn ich noch einen Flug erwische, könnte ich es sogar dieses Wochenende schaffen.« Schlagartig und schmerzlich sehnte er sich danach, Natalie zu sehen, sie an sich zu drücken. Genauso wollte er Alex sehen. London dieses Wochenende – der bloße Gedanke gab ihm Auftrieb.

»Bitte versuch's«, sagte Alex. »Das wäre wunderbar. Du kannst hier jederzeit übernachten. Wäre auch schön, dich mal wieder zu sehen.«

»Ich geb dir Bescheid. Hör mal, pass auf dich auf. Und ich bin da, wenn du mich brauchst.«

»Bist du aber nicht, du bist in den Alpen oder wo immer gerade.«

»Du weißt doch, wie ich das meine.«

Er beendete den Anruf, als ein anderer einging. Es war Olly, sein vermeintlich bester Freund. Ben wurde sich bewusst, auch Olly zuletzt wenig achtsam begegnet zu sein. Schon komisch, wie viel mehr Zeit Arbeit, Alltagskram und liebe Gewohnheiten zu kosten schienen, je älter man wurde. Es fiel schwer, alles unter einen Hut zu kriegen. Vielleicht trat der Ruhestand gerade rechtzeitig ein – um einem zu erlauben, bei einfachen, aber entscheidenden Dingen wie Freunden und Angehörigen etwas gut zu machen.

Ben hatte sich Ollys jüngste Playlist noch nicht angehört. In Wahrheit die letzten zwei nicht. Es lag nicht bloß an Zeitmangel, vielmehr schien Olly eine besonders experimentelle Phase aus endlosen wilden *Sonic Beats* und *Cut-up-Grime* zu durchlaufen; zuweilen war alles zusammengemixt. Olly hatte sich schon immer ins Randständige vertieft, was unweigerlich eine viel jüngere Musikszene bedeutete. Jetzt schien es, als würde er nicht eine, sondern zwei Generationen überspringen. Ben fehlte jeder Bezugspunkt, er fand dazu keinerlei Zugang. Selbst Natalie hatte Ollys Musikgeschmack unlängst infrage gestellt.

So lieb Ben auch Ollys Freundschaft und Gesellschaft war, fragte er sich doch langsam, ob sie wohl das Alter oder ihr verschiedener Umgang damit auseinandertrieb. Ganz ehrlich, er wünschte sich, Olly würde bei seiner zweiten großen Liebe und Versessenheit bleiben – auf edle Speisen und Getränke und darauf, der gute Gastronom zu sein, der er war. Letzteres war um so vieles verträglicher und einladender. Ben hielt es auch für seiner Begabung, nicht bloß seinem Lebensabschnitt weitaus angemessener.

Sicherlich galt für Ben, dass ihm mit zunehmendem Alter zusehends mehr an gutem Essen und Wein lag. Manche Leute, Natalie und Alex nämlich, warfen ihm Gier vor. Wahrscheinlich würde er ihnen beipflichten, doch als er nun Ollys Anruf für den Augenblick abwies, wusste er, wonach er immer stärker gierte, da seine verbleibende Zeit scheinbar schnell dahinschmolz. Es war das Leben. Konnte man davon je genug kriegen?

Mit den Gedanken beim Essen, beim Trinken, beim leiblichen Wohl – Lebenserhaltung in den köstlichsten Formen –, dazu vereint mit dem Bedürfnis, mehr über das Hotel zu erfahren, die Liftbetreiber, das Konsortium, darüber, was mit dem Toten geschehen war, zog sich Ben rasch ein paar adrette Sachen an. Er stieg in eine Köperstoffhose von Old Town und verzichtete auf ein Hemd zugunsten eines marineblauen Kaschmirpullovers mit Rundhalsausschnitt (beim Packen hinten in seinem Kleiderschrank gefunden). Er fand, das Oberteil habe eine gewisse lässige Eleganz, wie sie in solch einem Wintersportort und bei einem Hideaway-Treuekarteninhaber seines Alters und Formats angebracht war.

Sein Äußeres sollte zu einem Drink oder zwei vorm Abendessen an der Hotelbar passen, oft der beste Ort für Erkundigungen.

Als er schließlich einen Platz an der Theke ergattert und sich auf einen üppig gepolsterten Hocker gewuchtet hatte, wurde er beinahe sofort mit einem herzhaften Klaps auf die Schulter bedacht.

»Wie wär's jetzt mit dem Drink, mein Freund?«, sprach ihn der rotgesichtige Milliardär an.

Ben versuchte, um den Berg von einem Mann herumzuschauen. Es war nicht ersichtlich, wo er den Rest seiner Gruppe gelassen hatte. Außerdem ging Ben auf, dass es recht vermessen von ihm war, den Mann als Milliardär zu betrachten. Aber es gab von denen ja genug heutzutage, oder? Er konnte sich vorstellen, dass in noch mal zwanzig Jahren Billionäre über die vornehmen Flure der Hideaways stolzieren würden, wenn die Welt bis dahin nicht untergegangen war. »Sind Sie allein hier?«, fragte er ihn.

Der Mann strahlte. »Gerade war ich am Austrinken, da hab

ich Sie gesichtet. Meine Kumpels sind auf ihre Zimmer zurück, sich vorm Abendessen frisch machen. Milchtrinker, wenn Sie mich fragen.« Er trug noch immer einen Gutteil seiner Skibekleidung und schwitzte stark.

»Wie war's beim Skilaufen, wie war das Mittagessen?«

»Ein paar Abfahrten haben wir hingelegt, das meiste auf unseren Hintern. Das Mittagessen war freilich begnadet. Was für eine Lage. Was für eine Küche. So ein gut bestückter Weinkeller, und stell sich einer vor, dass sie alles an Speisen und Getränken den Berg hochschaffen müssen. Keine Ahnung, was der Luftdruck bei Wein ausrichtet, doch er trank sich allemal sehr gut da oben. Sie haben die übliche Auswahl Burgunder und Bordeaux, aber wir haben einen leichteren Schweizer Roten entdeckt namens Nez Noir. Ist eine Mischung aus Merlot, Syrah und Gamaret. Perfekt für den Mittagstisch. Perfekt für den ganzen Tag.«

»Lassen Sie mich hier unten einen ausgeben«, sagte Ben, der sah, dass die Barfrau mit dem strengen Haarschnitt geduldig auf seine Bestellung wartete. »Was möchten Sie?«

»Das ist sehr nett von Ihnen. Ich nehme dann einen Morand. Die haben hier einen großartigen fünfzehn Jahre alten Tropfen.« Er schmatzte genießerisch.

Ben warf der Barfrau einen Blick zu, sorgte sich um seine Spesenabrechnung und ihre Selbstachtung. Doch sie steckte es mühelos weg und lächelte. »Und Sie, Sir?«

»Für mich gerade noch keinen Obstbrand. Ich nehme einen Gin.« Er hatte bereits eine Flasche Tanqueray No. 10 auf einem der Borde aus abgelagerter Kiefer und Stahl erspäht. »Was haben Sie für Tonic Water?«

Sie teilte ihm mit, dass sie ein Swiss Mountain Spring Tonic hätten, und fragte, ob er Eis und Zitrone wolle.

»Ja, hört sich gut an, danke«, antwortete er und wandte sich dem Milliardär zu. »Ich bin Ben, Ben Martin.«

»John Brenan, Firma Brenan and Brenan, Venture und Adventure, sag ich immer«, entgegnete der Mann und streckte seine riesige Hand aus.

Sie war schlaff und grässlich klebrig. »Wie lange sind Sie schon im G? Wie lange bleiben Sie?«

»Wir sind seit Sonntag hier, los am Samstag. Das Wetter war nicht so toll, bis heute nicht, und jetzt höre ich, dass es sich wieder zuzieht. Aber bitte schön – ich bin nicht nur zum Skilaufen hier.« Er wieherte lauthals. »Wobei die Aussicht da oben«, er zeigte zur Decke, »an einem Tag wie heute den Winter vergessen lässt. Während das Essen und die Drinks hier unten einen fürs ganze Jahr aufpäppeln.«

»Wie oft waren Sie schon Gast im G?«

»Das jetzt ist mein – mal überlegen – sechstes Mal. Nein, siebtes. Bei Zahlen vertue ich mich immer öfter. Und ich war mal so schlau.«

»Das Hotel gefällt Ihnen?«

»Wie gesagt, die Sicht ist unschlagbar und das Essen auch.«

»Und die Belegschaft?«

John Brenan linste schamlos nach der Barfrau, die ihnen inzwischen den Rücken gekehrt hatte. »Sehr einnehmend, und ich bin ein sehr anspruchsvoller Gast. Bloß der Generaldirektor ist mir diesmal nicht über den Weg gelaufen. Netter Kerl – gewöhnlich macht er sich die Mühe, vorbeizukommen und Hallo zu sagen.«

»Haben Sie es nicht gehört?«, fragte Ben. »Er liegt im Krankenhaus. Wurde von einer Lawine erfasst, die sich leider für eine andere Person als tödlich erwies – den Sicherheitschef des Hotels.«

»Mich laust der Affe. Hab wohl von einem großen Abgang gehört, den es hier letzte Woche gab, aber mir war nicht klar, wer davon mitgerissen wurde. Das erklärt dann vielleicht auch das eine oder andere mehr.«

»Was denn?« Ben schmeckte sein Gin Tonic nicht. Er war zu kalt und zu süß. Ein Champagnercocktail wäre die bessere

Wahl gewesen. Vielleicht kam es daher, Brenan seinen Obstbrand genießen zu sehen, weshalb ihm nach etwas mit mehr Wärme und Reife war. Getreide konnte sich niemals wirklich mit der überlegenen Frucht messen, seiner Meinung nach.

»Der Service ist nicht immer da gewesen, wenn man ihn brauchte.« Wieder sah er zur Barfrau hinüber. »Außerdem laufen hier ein, zwei Leute rum, als gehörte ihnen der Laden, mit eigener Security. So was seh ich nicht gern im Urlaub, nicht an einem Ort wie diesem. Es sollte nicht nötig sein. Ich bin zweihundert Millionen schwer laut letztem Kassensturz, muss das aber nicht rausposaunen.«

»Sie sind kein Milliardär?« Ben versuchte, es wie einen Witz klingen zu lassen, und dachte sich im Stillen, dass sein Gegenüber seinen Reichtum durchaus hinausposaunte.

John Brenan schüttelte seinen großen roten Kopf. »Sorry, nie gewesen. Nicht mal auf dem Papier. Einmal war ich nah dran an ’ner halben Milliarde. Aber selbst da hatte ich nie eigenen Personenschutz, obwohl ein paar Feinde zusammenkamen. So viel Geld machst du nicht in dieser Welt, ohne allen möglichen Schwachsinn anzuziehen. Trotzdem habe ich mich nie davor abgeschirmt. Widersachern muss man frontal begegnen, sonst finden sie eine Schwachstelle und stemmen dich auf. Ich fürchte mich vor nichts und niemandem, wenigstens nicht mehr. Du musst dein Leben leben, als ob es dir in jeder einzelnen Minute eines jeden Tages ernst damit ist.«

»Das hier ist ein guter Ort, um sich lebendig zu fühlen, so viel ist sicher«, sagte Ben und dachte sogleich an die Leiche.

»Ohne Einschränkung, ja. Wir wären immer noch im Bergrestaurant, wenn sie uns nicht rausgeschmissen hätten. Kaum zu glauben, was? Dabei hatte ich den Eindruck, die Einrichtungen hier, alle Einrichtungen blieben so lange geöffnet, wie sich Gäste dran erfreuen. Es hieß, sie müssten den Laden für einen besonderen Empfang herrichten. Für wen? Die Wichser mit den Waffen? Entschuldigen Sie meine Wortwahl.«

»Hier sollte jeder Gast besonders sein«, sagte Ben.

»Stimmt. Bei zu viel Gedöns aber nicht mehr.«

Ben würde John Brenans Beobachtungen oder vielmehr Beschwerde in seinen Bericht aufnehmen, sie auf der vermaledeiten neuen Seite »Besonderes Augenmerk auf Gäste und ihr Wohlbefinden« festhalten. »Dennoch ist nicht zu leugnen, dass mit Geld eine gewisse Bevorzugung erkauft wird, was an einem Ort wie diesem immer ein gewisses Gedöns, wie Sie es nennen, mit sich bringt. Oder bringen sollte.«

»Solange alles allen offensteht, zu jeder Zeit – würde ich meinen. Wir sind eh schon in einer exklusiven Umgebung. Da kann es keine weiteren Ebenen der Exklusivität geben.« Er trank von seinem Glas und schwenkte den edlen Obstbrand sekundenlang im Mund herum, eher er ihn runterschluckte. »Ich habe ein sehr offenes Unternehmen geführt. Hielt mich stets verfügbar. Mir ist alles Elitedenken zuwider.«

Ben nahm ein Schluck von seinem zu süßen Getränk und machte sich klar, dass Elitedenken einem Hideaway-Kunden wie John Brenan, der im G abgestiegen war, gar so zuwider nicht sein konnte. Doch die Reichen und Bevorzugten hatten ihre eigenen Regeln, die nur ihnen selbst wirklich einleuchteten.

»Schauen Sie, hören Sie nicht auf mich, sonst tut das auch keiner mehr«, fuhr der Mann fort.

Ben war sich gar nicht sicher, ob er es denn groß tat.

»Ich habe mich schon halb zur Ruhe gesetzt. Einmal kommt der Punkt, da man sich mit seinen Beschränkungen abfinden muss. Ich fahre beispielsweise Ski wie ein Clown. Besser werde ich nie mehr werden. Ab jetzt geht's schnurgerade bergab.« Er wieherte erneut drauflos. Als er sich endlich wieder im Griff hatte, fixierte er Ben mit einem entnervend bohrenden Blick. »Was treiben Sie so beruflich?«

Ben schaute auf seine Armbanduhr und sah, dass er noch etwa dreißig Minuten hatte, ehe er in den Speisesaal weiterziehen konnte. »Ich arbeite in der Hotelbranche.«

»Wow, muss sich für Sie bezahlt machen, wenn Ihnen der Aufenthalt in so einem Laden möglich ist.«

»Tatsächlich werde ich für meinen Aufenthalt hier bezahlt.« Brenan war aufrichtig genug gewesen. Ben fand, jetzt sei er an der Reihe. »Ich bin zum Arbeiten hier.«

»Toller Job.«

»Schon, ich nehme Kost- und Stichproben von allem hier.«

»Sind Sie so einer von diesen Inspektoren, diesen Michelin-Sterne-Leuten?«

»Ich bin Inspektor, ja, aber anders als bei den Michelin-Inspektoren ist mein Aufgabenbereich weiter gefasst – erstreckt sich auf die Zimmer, alle Einrichtungen, die Geschäftsführung –, und ich bin wohl auch weniger unabhängig. Ich arbeite für die Hideaway-Gruppe, und die Hotels zahlen für ihre Mitgliedschaft. Wiewohl nur geeignete Hotels, die den Ansprüchen genügen, aufgenommen werden. Ich werde nicht dafür bezahlt, einen vorteilhaften Bericht zu schreiben, sagen wir's mal so. Eine gewisse Unabhängigkeit gibt es.« Oder gab es, dachte Ben bei sich.

»Trotzdem dürften Sie einiges Interessante zu sehen kriegen.«

»Sie würden es nicht glauben.«

»Möchten Sie mir davon erzählen?«

»Vorher lassen Sie mich Ihnen noch einen Drink bestellen. Auf mich«, sagte Ben. »Was soll's sein? Dasselbe noch mal?«

»Etwas anderes vielleicht«, sagte John. »Sollten Sie nicht alles probieren und prüfen oder mindestens andere mit einem gewissen Umfang an Wissen und Erfahrung bitten, Ihnen das Verkosten abzunehmen?«

Ben nickte.

»Hey, brauchen Sie einen Partner? Ich bin noch nicht ganz so weit, mich vollends zurückzuziehen. Haben Inspektoren nicht immer einen Assistenten zur Seite?«

»Polizeiinspektoren vielleicht«, sagte Ben und lachte.

Mittwoch, 9:54 Uhr

Mitten im pulsierenden, brennenden Aufruhr konnte er nichts anderes sehen und schmecken als das Reh an Pfifferlingen, Brombeeren und Sellerie. Stunde auf qualvolle Stunde, während Bilder von schwebenden Leichen in einer frostigen weißen Landschaft durch seinen an Schlafentzug leidenden Kopf huschten. Wer immer meinte, Brombeeren vertrügen sich mit Sellerie, gehörte zurück in die Kochschule. Und das Reh, in Wirklichkeit Hirsch, wäre wahrscheinlich bekömmlich gewesen ohne den übersüßen Jus und gar so viel Weinbrand vor dem Rotwein.

Die Aprikosentorte mit Tonkabohnen stieß ihm nicht wieder auf, nur warum hatte Ben solche Mengen Käse vertilgen müssen? Womöglich weil das Käsebrett länderübergreifend ausgezeichnete regionale Schweizer, französische und italienische Bergkäsesorten bot und es sein Job war. Die Coulis von Trockenfrüchten war dennoch völlig überflüssig gewesen, das hatte guter Käse gar nicht nötig. Selbst wenn sie köstlich schmeckte.

Die Bettdecke umschloss ihn wie ein Mumienwickel. Er trat wüst um sich und kämpfte darum, ein Bein und einen Arm frei zu bekommen. Seine Kehle war wie ausgedörrt, seine Nase vollkommen verstopft. Er hatte vergessen, was die Höhenluft den Nebenhöhlen antun konnte. Wenigstens war es jetzt hell, Morgen, und er brauchte nicht mehr daran zu denken, wieder einzuschlafen.

Warum war er so gierig? Mit diesem, seinem sogenannten Luxusleben, seinem Job musste es ein Ende haben, ehe es ihn umbrachte. Er schüttelte das Kissen hinter seinem Kopf auf und schob sich hoch. Immerhin könnte er die Völlerei des vergangenen Abends mit ein, zwei Stunden auf den Pisten teilweise ausgleichen. Seine Hotelprüfpflichten konnten warten. So wie sein Verstand arbeitete, könnten sie wahrscheinlich ewig warten. Er durfte so eine Gelegenheit nicht vergeuden, sich in Form zu bringen, diese reine Bergluft zu atmen. Sich wahrlich lebendig zu fühlen.

Als es ihm gelang, sein anderes Bein von der verdrehten Decke zu befreien, schwang er beide Beine aus dem Bett. Langsam, schwankend richtete er sich auf. Er hatte übelstes Kopfweh – noch eine Auswirkung der Höhe. Zumindest sagte er sich das. Selbstverständlich lag es nicht an den Aperitifs, dem Weinbrand, dem Wein, mehr Weinbrand, zuletzt dem Schnaps.

Allmählich kehrte die Erinnerung zurück. Nach dem Abendessen war er wieder in der Library Bar aufgeschlagen, mit John Brenan und anfangs auch ein paar seiner Kumpane. Er konnte sich wirklich nicht entsinnen, um wie viel Uhr er zu Bett gegangen war, nur dass er nicht als Letzter die Bar verlassen hatte. John Brenan war geblieben, hatte Standfestigkeit bewiesen, so eben noch.

Bens Augen grasten sein Zimmer nach seinem Telefon ab, nur damit ihn der Umstand kalt erwischte, dass er es tags zuvor verloren hatte. Es war noch immer nicht gefunden worden. Wenigstens hockte sein Laptop auf dem breiten Band aus wunderschön abgelagerter Kiefer, das längs einer Betonwand des Zimmers als Schreibtisch diente. Darüber befand sich ein langer, hoher Spiegel, der teils den Zweck erfüllte, das Zimmer größer wirken zu lassen.

Noch zwei Schritte mehr, und Ben zog die vielen Vorhangbahnen zurück. Als sie endlich den Blick freigaben, fiel dieser weder klarer noch heller aus. Als hätte sich eine stürmische Schneewolke auf das Hotel gesenkt. Feiner, trockener Schnee zerstob auf der Dreifachverglasung. Der Wind schien aus allen Richtungen zu blasen. Es war keine Spur von der Skipiste, ganz zu schweigen von irgendeinem Berggipfel zu sehen. Die Sicht konnte nicht mehr als zehn, höchstens zwanzig Meter betragen. An Skifahren war im Augenblick wohl kaum zu denken.

Ben trat hinüber an seinen Laptop und sah, dass er einen FaceTime-Anruf von Natalie verpasst hatte. Außerdem sah er, dass eine E-Mail von Liam Roths Kontaktadresse eingegangen war.

Lieber Mr Martin,

vielen Dank für Ihre Anfrage. Liam Roth arbeitet an einem Projekt und ist gegenwärtig verhindert. Könnten Sie bitte erläutern, weshalb Sie ihn erreichen möchten, und dabei so viele Angaben wie möglich machen?

Freundliche Grüße,

Simone

Zumindest gab es jetzt einen Namen, einen Menschen am Ende dieser Verbindung. Ben konnte allerdings kaum vom Bildschirm ablesen, ohne dass es seine Kopfschmerzen verschlimmerte. Eine Antwort würde warten müssen. »Verdammte Hacke«, sagte er, als ihm die Uhrzeit klarwurde. Eben war es zehn geworden, und dabei hatte er irgendwie kaum Schlaf gefunden. Ihm war schleierhaft, wo die Zeit geblieben war. Natürlich hatte er keinen Weckruf an seinem Telefon einstellen können wie üblich. Wie konnte man heutzutage ohne solche Apparate noch überdauern?

Er sprang unter die Dusche, raffte dann hastig so viele Schichten Kleidung zusammen, wie er nur überstreifen konnte. Beim Verlassen seines Zimmers stellte er überrascht fest, wie still es in den Fluren, der Empfangshalle und Lounge zuging. Als er schon dachte, dass niemand bei Verstand und diesem Wetter draußen Skilaufen würde, sah er am Tresen eine Tafel verkünden, dass derzeit die Seilbahnen der schlechten

Witterung halber außer Betrieb seien. Außerdem wurden Abreisende auf dem Schild darum gebeten, sich zunächst an den Empfang zu wenden.

In der Tat plauderten ein paar Leute mit den Angestellten – die Frau von gestern, wie Ben sah, und eine ihrer Kolleginnen –, während eine dritte Person darauf wartete, an die Reihe zu kommen. Ben, dem der Schädel pochte und dem zu heiß wurde unter seinen vielen Schichten, vollzog eine Kehrtwende und trat schnurstracks zum Haupteingang hinaus. Er hatte einstweilen keine Absicht, aus dem Hotel abzureisen und ganz sicher nicht zu Fuß, wollte aber frische Luft schnappen und zusehen, dass er den Kopf freibekam. Auschecken sollte er am frühen Nachmittag.

Er versuchte, geradeaus zu linsen, nach links zu schauen, nach rechts, in die Höhe. Gleich jenseits des halbwegs schützenden Eingangsbereichs wurde er vom Eiswind und Schnee nahezu zerfetzt. Den Weg zur Liftstation konnte er nicht ausmachen, ganz zu schweigen von der Station selbst. Auf kurzen Abstand hinter ihm lösten sich die Umrisse des Hotels bereits im schneidend kalten Schneestrudel auf. Hier und da glommen Lichter. Er konnte nicht sagen, ob drinnen oder draußen.

Ein paar Schritte weiter, und der Wind fühlte sich an, als stoße er die Bergflanken hinab und die Passsohle entlang wie durch einen Trichter, ehe er geballt auf das Hotel traf. Schon häuften sich Schneewehen an Mauern, an vereinzelt geparkten Fahrzeugen und jedem mehr als ebenerdigen Bauwerk und Gebüsch. Es war unglaublich, unmöglich, und doch fühlte sich Ben darüber merkwürdig lebendig, und seine Höhenkrankheit oder ehrlicherweise sein Kater besserte sich mit jeder Minute.

Er wollte noch nicht gleich sofort wieder hinein. Sich im Schneesturm verlaufen wollte er aber auch nicht und beschloss daher, auf dem Hotelgelände zu bleiben, insofern er es erkennen konnte. Das war es schließlich, was seine Dienstpflichten von ihm als Hotelinspektor einforderten.

Doch mochten Emily Muller und ihr Aufsichtsrat solche gewöhnlichen Pflichten nicht als lebensbedrohlich vorgesehen haben. Wäre Emily besorgt, könnte sie ihn jetzt sehen, wie er draußen im Schneesturm seinen Pflichten nachging? Durchaus enttäuschter sein könnte sie angesichts seiner derzeitigen Verfassung infolge seiner Völlerei vergangenen Abend. Aber war er nicht bloß gründlicher als üblich gewesen? Nebenbei hatte er auch noch einen Mitstreiter gefunden. Zumindest einen Kumpan.

Auf dem Gelände zu bleiben, erwies sich als schwieriger denn gedacht. Von der Windabweichung abgesehen war es unklar, auf welchem Steig er sich befand oder welchen er nehmen sollte. Er entschied sich für eine andere Taktik – in Greifweite einer Hotelmauer oder sonstigen Baulichkeit bleiben. Auf diese Weise kam er besser voran.

Als er einen Gebäudeflügel umrundete, war er plötzlich nicht mehr der ganzen Gewalt des Sturms ausgesetzt. Er ging ein paar Meter weiter durch knietiefen Pulverschnee, ehe er anhielt, um sich zu orientieren. Er wähnte sich ziemlich sicher in dem Innenhof, der zwischen dem Flur zu den Tagungsräumen und seinem Zimmerflügel lag. Er stapfte weiter unter dem Eindruck, der Weg müsse zur Rückseite des Spas und zum Außenpool führen.

Nun konnte er zahlreiche Schlafzimmerlampen hinter den Vorhangbahnen schimmern sehen. Und gegenüber bildete der zu den Tagungsräumen führende Durchgang eine Wand aus mattem, aber einladendem Licht. Am Ende des Innenhofs wurde Ben zu seiner Linken andere Leute draußen im Gestöber gewahr. Außerdem konnte er nur darüber staunen, wie sich dort offenbar eine fette Dampfsäule aufs Geratewohl in die Höhe schraubte.

Gütiger Himmel, vergnügten sich die Leute etwa bei diesem Wetter im Außenpool? Im Näherkommen begann er, Stimmen durch den Wind herauszuhören. Sie klangen nicht nach Leuten, die lustvoll kreischten. Nach ein paar weiteren Schritten fiel Ben beinahe ins Becken. Dampf und Schnee sorgten dafür, dass die Sicht hier auf bestenfalls zwei Meter geschrumpft war. Vorsichtig schob er sich am Beckenrand entlang, indes die Stimmen immer wieder außer Hörweite gerieten. Es schien nicht so, als würde irgendwer im Wasser sein und Sport treiben oder Spaß haben.

Er erreichte das jenseitige Ende, als das Gestöber wundersam nachließ und er über den ganzen Pool hinweg zurückblicken konnte, der am anderen Ende unter einer Glaswand in einem Flügel des Hotels verschwand. Natürlich stieg man in der behaglichen Wärme des Innenbereichs ins Wasser und schwamm dann hinaus in die Tiefen eines alpinen Winters, wenngleich bei einundzwanzig Grad Wassertemperatur. Derlei Extravaganz eines Hotels konnte Ben immer noch bestürzen. Nicht gar so sehr jedoch wie das, was er nun auf halber Höhe des Pools seitlich darin wahrnahm.

Ein Körper trieb im Wasser, bekleidet, bewegungslos. Drei Leute hockten an der Kante und mühten sich ab, ihn richtig zu fassen zu bekommen. Eine Person war anscheinend mit einem Poolkescher ausgerüstet. Eine andere hantierte mit einer Poolnudel für Übungen im Wasser. Sie schienen alle nicht zu wissen, was sie taten. Andere Leute waren keine zu sehen, das übrige Becken war leer. Ben winkte und nahm vorsichtig den Weg zu ihnen, wurde aber erst bemerkt, als er auf Armeslänge herangekommen war. Der Körper schwamm bäuchlings im Pool, doch Ben konnte an seiner Form und nassen Bekleidung erkennen, dass es ein Mann war. Ein sehr großer Mann in Cordhose und Karohemd. Die Sachen wirkten vertraut.

»He, was machen Sie hier? Wo sind Sie hergekommen? Der Pool ist geschlossen wegen des Unfalls. Sie müssen jetzt reingehen – bitte. Wir kümmern uns darum.« Es war Eric Langeskov, panisch und blass und nur in seinem Anzug den Elementen ausgesetzt.

Ben hielt seine behandschuhte Rechte hoch. »Was ist hier passiert?«, rief er. »Ich war mir in der Anlage die Beine vertreten, den Kopf freikriegen, das Wetter genießen«, er machte einen Wink hinter sich, »und ich stoße auf das.« Ben ging in die Hocke, um einen besseren Blick auf den Körper zu erhaschen. Der Mann trieb auf dem Bauch, Gesicht nach unten, reglos. Ja, er war eindeutig tot.

Eric nickte. »Wir sind seit einigen Minuten hier und versuchen, die Leiche zu bergen. Der Mann wurde gefunden, als das Spa und der Pool heute Vormittag um zehn geöffnet wurden. Normalerweise öffnet der Pool um acht. Bei diesem Wetter allerdings und aufgrund knappen Personals wurde beschlossen, später als üblich zu öffnen. Wir wissen nicht, wie lange er da drin gewesen ist.«

»Warum brauchen Sie so lange, ihn herauszubekommen?«, fragte Ben. Die beide anderen Leute bei Eric, ein junger Mann und eine Frau, trugen weiße Spa-Uniformen mit dem grauen Hotelabzeichen. Der Mann hatte die Schwimmnudel und die Frau den Poolkescher. Keiner schaute glücklich drein oder sah der Aufgabe gewachsen aus. Beide bibberten.

»Ich wurde sofort gerufen. Selbstverständlich sind Pool und Spa geschlossen geblieben«, sagte Eric laut. »Wir warten auf weitere Angestellte.« Er stampfte mit den Füßen.

»Hier, lassen Sie mich helfen.« Ben langte hinunter und angelte nach der Schulter des Mannes, während er die volle Gewalt des Sturms im Rücken zu fühlen bekam.

»Wir dachten, wir könnten ihn ins Haus schieben«, sagte Eric, »und dann versuchen, ihn aus dem Wasser zu ziehen.«

Jetzt ging Ben auf, was sie im Sinn gehabt hatten. »Verstehe.« Ben blickte über den Pool hinweg, der von bemerkenswert dunkler bläulich-grauer Farbe war, und dann hinter sich. Es war unerheblich, ob hier ein Tatort vorlag oder nicht. Der Schneesturm hätte es unmöglich gemacht, irgendwelche Spuren zu sichern. Er festigte seinen Griff, und gemeinsam gingen sie es an, die Leiche mühselig dem überdachten Teil des Beckens entgegenzuziehen.

Rasche Fortschritte machten sie nicht. »Eric«, sagte er, »kriegen Sie einen Fuß zu fassen zum Anschieben, ja? Und Sie«, er sah hoch zu dem jungen Spa-Bediensteten, »versuchen mal, die Nudel um seinen anderen Arm zu hängen und dran zu ziehen.«

Langsam und umständlich gelang es ihnen, die Leiche ins Innere zu bewegen. Ben rätselte, weshalb der Körper solchen Auftrieb hatte und ob es bedeutete, dass sich Gase gebildet hatten und er einige Zeit im Wasser gelegen hatte. Er hatte nicht genug Ahnung von den entsprechenden physikalischen und biologischen Vorgängen.

Drinnen, außerhalb der Wetterunbilden und unter einer Milchstraße wärmender Halogenbirnen, wurde der Grund für die eigenartige Farbe des Pools ersichtlich. Er war reichlich auffällig mit blankem Aluminium ausgekleidet. An einem sonnigen Tag würde es sogar noch eindrucksvoller aussehen, vermutete Ben. Er wünschte, ihn tags zuvor besichtigt zu haben. Ob es wohl mal wieder aufklarte? Als er sich nach draußen umsah, kam ihm der Gedanke, hier festzusitzen. Sie alle taten das. Kein Weg würde herein oder hinaus führen. Weder zu Land noch in der Luft.

Leider lag der Wasserstand am seichten Ende des Pools etwa zwanzig Zentimeter unterhalb der Beckenkante. Es würde kein Leichtes sein, die Leiche herauszuholen. Ohnehin schien niemand sonderlich bemüht zu sein, das zu tun. Eric und seine Mitarbeiter zögerten. »Kommen sie«, sagte Ben schließlich, »schaffen wir den Ärmsten ins Trockene. Sie beide packen ihn bei den Beinen«, Ben zeigte auf die Spa-Bediensteten, »und wir hieven ihn am Oberkörper raus, an den Armen.« Nun deutete er auf Eric.

Alle begaben sich in Stellung, suchten möglichst guten Halt. Das Wasser war wirklich sehr warm. Die Leiche fühlte sich warm an. »Bei drei«, sagte Ben. Es bedurfte einer Reihe Anläufe, ihn über den Rand zu zerren und auf die schicke Holzbeplankung, die den Innenbereich des Pools einfasste. »Schön, drehen wir ihn um.«

»Sollten wir das überhaupt tun?«, fragte der Spa-Bedienstete.

Ben sah ihn an.

»Ich meine, sollten wir nicht die Einsatzkräfte rufen?«

»Die Feuerwehr, die Polizei?«, fragte Ben.

Der Mann zuckte die Schultern. »Vielleicht.« Seine Kollegin bibberte, oder sie zitterte vor Entsetzen.

»Es gibt nirgendwo in der Nähe Einsatzkräfte«, sagte Eric. »Nicht bei so einem Wetter. Wir können ihn nicht einfach hier liegen lassen und müssen wissen, wer er ist.«

»Und wie er starb«, sagte Ben.

»Ist das nicht offensichtlich?«, gab Eric zurück.

»Nein.« Ben war es gelungen, den Körper allein herumzuwälzen. Als er sich erhob und wieder auf das Gesicht des Mannes sah, fühlte er etwas in sich zerbröckeln. »O nein, nicht der.«

»Sie kennen ihn?«, fragte Eric.

»Sie nicht?«

Eric schüttelte den Kopf. »Bekannt kommt er mir schon vor, aber ich hab vor lauter Arbeit keinen Fuß mehr auf den Boden bekommen. Ich konnte nicht mehr jeden Gast persönlich begrüßen.«

»Ein Gast ist er allerdings«, sage Ben und fügte eilig hinzu: »War er. Ein sehr wichtiger Gast.«

»Alle unsere Gäste sind wichtig, Mr Martin«, wandte Eric ein.

»Freut mich, das von Ihnen zu hören.« Ben setzte seine Wollmütze ab. Es war heiß, so umschlossen von drei Wänden und einem Glasvorhang, der bis auf einen Meter über dem Wasser herabreichte, ehe der übrige Pool draußen verschwand. Die Decke wurde von einer Verbindung aus gewaltigen Fichtenbalken, nackten Eisenstreben und mehr poliertem Beton gestützt. Die Heizung musste angesichts des nach draußen reichenden Beckens außerordentlich leistungsstark und verschwenderisch sein, drängte sich Ben die Überlegung auf, damit die Leute in nicht mehr als Bikinis und Badehosen faulenzen konnten. Nur dass John Brenan vollständig bekleidet war. Wie es schien, war er im tiefen Außenbereich ins Wasser gelangt.

Was hatte er da draußen getan und wann? Es war wahrscheinlich spätnachts gewesen, überlegte Ben, der mit Sicherheit die Kleider wiedererkannte, die der Riese von einem Mann am Ende des Abends in der Library Bar getragen hatte.

Zuvor hatte Ben John Brenan mit einer ähnlich angezogenen Gruppe groß gewachsener Amerikaner im Restaurant beobachtet. Ein Gang nach dem anderen, Teller auf Teller waren der ungebärdigen Tischgesellschaft serviert worden, neben endlos vielen Flaschen und Karaffen Wein. An seinem eigenen Tisch ein kurzes Stück entfernt hielt Ben nach besten Kräften mit, gab sich aber irgendwann nach noch mehr Käse und mit halb gefülltem Hideaway-Inspektoren-Notizbuch geschlagen. Er hatte sich schließlich an die Bar zurückgezogen, nur damit John Brenan bald darauf zu ihm gestoßen war.

»Er hat diesen Ort geliebt«, murmelte Ben mit Blick zum jenseitigen Ende des Beckens und Schneesturm und eingedenk Johns Äußerungen über die Lage des Hotels und die gebotene Fernsicht. Ebenso dachte er, die Library Bar werde zukünftig eine gewisse Sorte Mensch entbehren müssen, auch wenn Johns Bemerkungen unzeitgemäß und geschmacklos waren.

»Es ist ein ganz besonderes Hotel«, ergänzte Eric einfallslos, der Ben gehört hatte.

Ben warf ihm einen Blick zu.

»Es gibt üblere Orte zum Sterben«, hängte Eric an.

»Da bin ich mir nicht so sicher und ganz gewiss nicht bei Ihnen«, sagte Ben mit finsterem Gesicht. »Ich meine, gibt es irgendeinen guten Ort zum Sterben? Im Übrigen scheint

Todesfällen hier regelmäßig angemessene Würdigung versagt zu bleiben.« Wieder ging er in die Hocke und suchte nach Kampfspuren, nach irgendetwas Unbotmäßigem. Er befühlte den Hals des Toten, sein linkes Handgelenk, bemerkte das Fehlen der Patek Philippe. Könnte es sich hier um Raub handeln, einen Überfall?

»Wer ist es?«, fragte Eric.

»Sie meinen, wer er *war*?«, erwiderte Ben. »Ein Amerikaner namens John Brenan – ein Stammgast hier. Er ist noch immer warm, wissen Sie, hat aber keinerlei Puls.« Die Augen des Mannes waren geöffnet und starr, und er hatte etwas Seltsames um den Mund. Eine weißliche Substanz trotz des Wassers.

»Das Wasser ist warm«, sagte der Spa-Bedienstete.

»Wie lange ist er schon tot?«, fragte Eric.

»Ich bin kein Arzt oder Rechtsmediziner«, sagte Ben.

»Aber Sie waren Journalist«, entgegnete Eric, als wäre es von Belang.

»Er trägt dasselbe, worin ich ihn gestern beim Abendessen und dann an der Bar sah«, äußerte Ben. »Er war mit einigen Freunden hier.«

»Ob er sich wohl zu einer Runde Schwimmen entschlossen hat?«, meinte die Angestellte. »Die Leute tun so was. Ist eigentlich nach Feierabend nicht gestattet. Aber von draußen besteht ja immer Zutritt zum Pool, wenn einer es drauf absieht.«

»Vollständig bekleidet?«, fragte Ben.

»Er könnte nach dem Abendessen spazieren gegangen und ins Becken gefallen sein«, sagte Eric.

»Mich wundert, dass es so einfach zugänglich ist«, sagte Ben. »Was ist mit Kindern unter den Gästen?«

»Dies ist kein Familienhotel. Die Mitnahme von Kleinkindern wird nicht unterstützt.«

Ben kam zum Schluss, diesen Umstand bei seiner Lektüre der Hotelbroschüren übersehen zu haben, falls er daraus hervorging. Häufig fehlte der ausdrückliche Hinweis.

»Außerdem gibt es Mauern und Zäune, die den Pool und Innenhof abschirmen«, fuhr Eric fort. »Man kann das Hotelgelände nicht einfach so betreten.«

»Aber aus der Anlage heraus? Ich bin hergelangt, ohne große Hürden auf meinem Weg zu nehmen, und das in einem Schneesturm«, sagte Ben.

Erics Züge strafften sich. »Er muss einen Herzinfarkt gehabt haben, einen Herzstillstand vielleicht oder Schlaganfall beim Verdauungsspaziergang«, sagte er, »und reingefallen sein. Er ist ein großer Mann und dem Anschein nach nicht besonders jung oder gesund. So was kommt vor.«

»Ein Rechtsmediziner wird es uns beizeiten sagen können. Einstweilen bin ich mehr als ein wenig beunruhigt, dass dies die zweite Leiche ist, die mir binnen zwei Tagen unterkommt. Die können schlecht beide zufällig gerade Herzinfarkte oder Schlaganfälle gehabt haben, während sie sich allein an solchen Orten aufhielten, oder?«

Eric schaute nun sogar noch aufgeschreckter drein. »Können wir unter vier Augen darüber sprechen?« Er streckte eine Hand aus, legte sie auf Bens Schulter und versuchte, ihn von den anderen fortzusteuern. »So tragisch es ist, ich bin mir sicher, dass es eine logische, natürliche Erklärung gibt.«

»Erklärungen, meinen Sie«, berichtigte Ben, der abermals auf John Brenans Mund schaute. Da war wirklich die deutliche Spur von etwas Weißem rings um seinen Mund. Nunmehr rücklings gedreht, schien der Leichnam bereits zu trocknen.

»Ich habe jetzt viel zu tun«, sagte Eric, »und das Wetter wird keine Hilfe sein. Bitte«, er wandte sich an seine Angestellten, »schaffen wir die Leiche in einen Behandlungsraum, bis die Behörden hier sind. Ich weiß, das Spa ist geschlossen, aber die Leute sollen die Leiche nicht von draußen sehen können, sobald es aufklart. Dann müssen wir seine Angehörigen unterrichten und die Gruppe, mit der er hier ist.«

»Haben Sie irgendwo in der Nähe Videoüberwachung?«,

fragte Ben und ließ den Blick über die Wände und die hohe, geneigte Decke wandern. Er konnte nichts entdecken, das einer Kamera ähnelte.

»Dies ist ein Spa«, sagte Eric. »Solche Kameras haben wir selbstredend nirgendwo innerhalb des Spas.«

»Ich habe nicht gefragt, ob sie solche Kameras innerhalb des Spas, des Poolbereichs, ganz zu schweigen von den Duschen und Umkleiden haben, sondern außen am Gebäude.« Das gehörte zur Grundausstattung eines Hideaway.

»Da müssen wir auch vorsichtig sein«, sagte Eric. »Das halbe Becken liegt draußen. Und bei gutem Wetter haben wir da Liegestühle und Heizpilze.«

»Vielleicht könnten Sie mir dann verraten, was genau die Videoüberwachung abdeckt?« Ben dachte auch an die Liftstation. Die musste auch überprüft werden, falls es da Kameras gab. Dem hätte Eric schon nachgegangen sein sollen.

»Ja, ich werde tun, was ich kann, so bald wie möglich«, sagte Eric. »Jetzt muss ich aber ins Büro gehen, dringend – das werden Sie sicher verstehen –, und mich mit meinen Kollegen besprechen.«

»Ich schlage vor, Sie besprechen sich mit der Polizei«, sagte Ben.

»Ja, ja.« Eric wandte sich um und strebte dem Ausgang entgegen. Offensichtlich hatte ihn Panik erfasst, und nun war er verzweifelt bemüht fortzukommen.

Ben folgte ihm zur Tür. »Sie vergessen etwas. Sie müssen zuerst mithelfen, die Leiche aus dem Weg zu schaffen. Das können Sie nicht einfach den Spa-Bediensteten überlassen. Er ist ein großer Mann.«

»Ach ja. Wie dumm von mir.«

»Außerdem schlage ich vor, Sie beruhigen sich. Schauen Sie, ich werde Ihnen zur Hand gehen. Ich glaube, Sie werden meine Hilfe ebenso brauchen wie ich Ihre, um dem Geschehen hier auf den Grund zu gehen. Gestern Abend hatte ich mit dem armen Mann hier einen Drink und bin dabei erst gestern Morgen über eine andere Leiche gestolpert. Zu viele Todesfälle, zu viele Ungereimtheiten für meinen Geschmack.«

Während beide zum Poolbereich unter dem Sternenhimmel aus Leuchten umkehrten, konnte Ben sehen, dass Erics Hände zitterten. Er wirkte noch blasser und dem Zusammenbruch nahe.

»Warum waren Sie an diesen Orten zu solchen Zeiten?«, brachte er zornig heraus. »Das kommt *mir* nämlich seltsam vor.«

»Falscher Ort, falsche Zeit? Im Übrigen bin ich Inspektor, wie Sie wissen. Ich bin gründlich, aufmerksam, und ich kann so was einfach nicht auf sich beruhen lassen. Konnte ich nicht, als ich Journalist war, und kann ich jetzt nicht.«

»Genau, was mir fehlt«, flüsterte Eric mit langem Gesicht. Er seufzte heftig. »Wer hat Sie denn nun hergeschickt? Das habe ich gestern nicht gefragt.« Er musterte Ben mit seinen durchdringenden blauen skandinavischen Augen.

»Nein, haben Sie nicht. Aber vermutlich wissen Sie es schon. Sie haben Zugang zu allen Buchungs- und Reservierungsangaben. Sie haben sogar meine Heimatanschrift. Es würde nicht viel Aufwand kosten, den Rest rauszukriegen.«

»Vielleicht will ich einfach von Ihnen die Bestätigung.«

»Ja?« Ben wollte ihn auf die Probe stellen.

»Hideaway?«

»Korrekt.«

»Aber Hideaway hat keinen Anteil am Konsortium, am Ausbauvorhaben.«

»Meines Wissens nicht.«

»Warum sind Sie dann hier? Warum bespitzeln Sie uns? Oder versuchen Sie, diese Pläne zu sabotieren?«

»Zufall«, sagte Ben, der wusste, dass es einer war, aber auch, dass er nicht wirklich an Zufälle glaubte.

Eric schüttelte den Kopf. »Wie kann ich Ihnen glauben?«

»Ich bin mir nicht sicher, ob Ihnen eine Wahl bleibt. Sorgen wir dafür, dass der Leichnam von hier wegkommt, damit sich die Behörden seiner annehmen, wenn sie erst mal hergelangen. Und dann können wir uns dem Schutz und der Sicherheit unserer verbliebenen Gäste widmen. Sie und ich müssen zusammenarbeiten.«

John Brenan wäre ein weitaus vergnüglicherer Partner gewesen, war sich Ben im Klaren. Und er wäre auch weitaus entgegenkommender und aufrichtiger gewesen. Dennoch zahlte es sich zuweilen aus, eng mit jenen zusammenzuwirken, denen man nicht vertraute, die man im Auge behalten musste. Früher oder später würde ihnen ein Patzer unterlaufen.

Mittwoch, 11:10 Uhr

Das Wetter ist ganz abscheulich«, sagte Ben, während sie einen weiteren Flur entlanggingen, dessen gläserne Wand ein schneeweißes Rauschen einrahmte. »Sieht auch am Horizont nicht sehr nach Besserung aus.« Er war sich ziemlich sicher, dass diese Gebäudeseite zum Berg hin lag. Er fand sich endlich wieder zurecht, obwohl er den Luxus seines Telefonkompasses entbehren musste.

»Dermaßen heftiges Wetter hat selbst uns überrascht«, entgegnete Eric, der weit ausschritt. »Die Erderwärmung dürfte etwas damit zu tun haben, schätze ich.«

»Woher wird Hilfe, woher werden die Einsatzkräfte kommen?«

»Im Augenblick halte ich das für unmöglich.«

»Ich soll heute Nachmittag abreisen. Ich muss eine Fahrt nach Martigny bestellen.« Sie näherten sich der Empfangshalle.

»Auch das wird vielleicht nicht möglich sein.«

»In dem Fall werde ich meinen Aufenthalt verlängern müssen.« Unter keinen Umständen würde Ben an diesem Nachmittag aufbrechen, nicht mal bei strahlendem Sonnenschein.

»Das Hotel ist zwar ausgebucht, aber wenn die neuen Gäste nicht anreisen können, werden wir Platz haben. Und für Sie bestimmt.«

»Was ist mit der Tagung zur Gebietsentwicklung, die gestern lief – sind die Teilnehmer noch alle hier?«

»Ich glaube, dass viele spät gestern Abend oder sehr früh heute Morgen dem Schneesturm zuvorgekommen sind. Die kennen diese Berge, das Wetter. Sie wissen es zu vermeiden, eingeschneit zu werden. Ein paar Mitglieder des Konsortiums mögen zu Freizeitzwecken geblieben sein. Entschuldigen Sie mich kurz.«

Eric hastete hinüber zum Empfangstresen und ließ Ben mitten in der Halle zurück. Es herrschte mehr Betrieb als zuvor, da Grüppchen die verschiedenen Sitzgelegenheiten belegten und andere plaudernd umherstanden. Die meisten trugen lässige Garderobe, hatten sichtlich jeden Gedanken ans Skifahren heute aufgegeben. Da das Spa gegenwärtig gesperrt war, konnte sich Ben ausmalen, dass in Bar und Küche heute mehr denn je los sein würde.

Während er abermals den Gesellschaftsraum überflog, ging ihm auf, nach wem er suchte – irgendwen aus John Brenans Clique. Von denen war allerdings keiner in Sicht. Er wechselte hinüber zur Library Bar, doch auch die ermangelte reicher, lauter Amerikaner. Einmal hier und das auf einem guten Platz an der Theke mit reichlich Ellbogenfreiheit, ertappte er sich dabei, einen Schnaps zu bestellen. Immerhin war es neuerlich ein erschütternder Morgen gewesen.

Die streng aussehende Barfrau lächelte, als sie Ben den Drink vorsetzte. Ben lächelte zurück. »Danke und Verzeihung, darf ich Sie einfach mal was fragen?« Mochte ihr Haar scharf auf Kante geschnitten sein, ihr Lächeln war liebenswert und freundlich. Er war froh, dass John Brenan nicht mit einer krassen Bemerkung zur Stelle war. Obgleich er nicht im Mindesten froh war, dass John Brenan nie wieder die Library Bar betreten würde, zumal beim Gedanken daran, wie sehr der arme Mann seinen Wein, seinen Obstbrand, seine Freunde, das Hotel geschätzt hatte.

Was hatte er noch gleich gesagt? »Dieser Ort ist so besonders wie sonst keiner.« Könnte er wirklich einfach verschieden und in den Pool gefallen sein? Der Mund des Toten kam Ben in den Sinn – die seltsamen weißlichen Spuren.

»Ja, Sir?«

»Wie lange arbeiten Sie schon hier?«

»Das ist jetzt meine vierte Saison.«

»Dann kennen Sie sich hier ziemlich gut aus?«

Sie nickte.

»Gibt es je mal Ärger unter den Angestellten oder den Gästen?«

»Ärger, was meinen Sie damit?«

»Meinungsverschiedenheiten oder Missverständnisse. Dass sich Leute unpassend benehmen, schlecht.«

Sie schüttelte den Kopf.

»Irgendwelche Sachen, die vielleicht mal aus dem Ruder laufen könnten?«

»Aus dem Ruder?«

»In Gewalt ausarten.«

»Nein.« Sie klang erschrocken. »Das ist ein sehr angenehmes Hotel hier. Alle haben viel Spaß. Paare kommen für ein paar romantische Tage her.«

Ben wusste nur zu gut, wie leicht Romantik, Liebe, Eifersucht und Betrug in Gewalt umschlagen konnten. Davon las man doch ständig in der Zeitung. Es war genau der Stoff, den er bei seiner eigenen Schreiberei zu spinnen versucht hatte.

»Wurden Sie je gewahr, dass Dinge abhandenkamen, gestohlen wurden, von Angestellten oder anderen?« Jetzt dachte er eher an John Brenans Fünfundzwanzigtausend-Dollar-Uhr, weniger an sein eigenes Handy.

Sie schüttelte heftig den Kopf. Vielleicht zu heftig. »Nein, überhaupt nicht. Warum stellen Sie mir diese Fragen? Über solche Sachen müssen Sie mit der Hotelleitung sprechen.«

»Sorry, ich wollte Sie in keine peinliche Lage bringen. Mir sind zwei sehr unselige Vorfälle untergekommen, seit ich hier bin«, sagte er. Seinen Schnaps hatte er in einem Zug getrunken und bestellte daher noch einen. Er wusste, dass er ihr keine solchen Fragen hätte stellen sollen. Aber nach seiner Erfahrung ließ sich aus Nachwuchskräften stets mehr herausholen als aus der Geschäftsführung.

»Was für Vorfälle?«, frage sie.

»Todesfälle«, sagte Ben ernst.

Sie schenkte Schnaps in ein frisches Glas ein und stellte es vor ihm auf den Tresen. »Meinen Sie die Lawinenopfer?«

»Nicht nur die. Mir ist bekannt, was letzte Woche geschehen ist, wenn ich auch kaum Einzelheiten kenne.«

»Der Sicherheitschef wurde getötet und der Generaldirektor schwer verletzt. Er liegt im Krankenhaus.«

»So viel weiß ich auch.«

»Eine weitere Person in der Gruppe, ein Skiguide, der hatte Glück und blieb gänzlich unverletzt.«

Ben dachte darüber nach. »Was für eine Sorte Guide würde andere so einer Gefahr aussetzen und es fertigbringen, selber davonzukommen?« Könnte das mit den Toten dieser Woche zusammenhängen? Hatte jemand den Generaldirektor und den Sicherheitschef Tage vor dem großen Treffen der Gebietsentwickler ausschalten wollen?

»Abseits der Piste kann es immer gefährlich werden, egal wie geübt man ist«, warf die Barfrau ein.

»Fahren Sie Ski?«

»Ich fahre Snowboard, wenn ich die Zeit habe und der Schnee gut ist. Aber dieses Jahr hat das Wetter verrücktgespielt, und wir haben so viel zu tun.«

Diesmal schüttete Ben seinen Schnaps in zwei Schlucken hinunter. »Gestern fand hier eine wichtige Tagung statt«, sagte er. »Die waren anscheinend da, um ein Ausbauvorhaben für diese Gegend durchzusprechen. Ganz klar ist mir nicht, warum einige der Teilnehmer Leibwächter brauchen. Wussten Sie davon? Kommt es öfters zu so hochrangigen Treffen?«

»Uns wird nichts Näheres gesagt. Ich arbeite in der Library Bar. In den Sitzungsräumen bediene ich nicht.«

»Aber Ihre Kollegen, haben die irgendwas erzählt? Oh, und warum nicht, ich nehm noch einen, danke.« Er winkte ihr mit dem kleinen Glas zu.

»Einige hatten mit der Tagung zu tun, ja, mehr weiß ich auch nicht.« Sie schenkte ihm einen weiteren Schnaps in noch einem frischen Glas ein.

»Sind irgendwelche der Teilnehmer hierher in die Bar gekommen, tagsüber, abends?«

»Wäre eher schwierig zu erkennen, denke ich. Die Bar ist unter allen Gästen des Hotels beliebt.«

»Ich hatte hier gestern am frühen Abend einen Drink und später nach dem Essen noch einen mit einem anderen Gast – einem großen amerikanischen Burschen. Dröhnende Stimme. Reißt fürchterliche Witze. Da haben Sie auch bedient.«

Sie nickte. »Ja, ich weiß, wen Sie meinen. Er kommt jedes Jahr.«

»Mir ist nicht klar, wann ich die Bar verlassen habe. War wohl ziemlich spät. Aber mein Freund blieb da, trank und lachte in einem fort weiter.«

Ihr Nicken hielt an.

»Wissen Sie, um welche Zeit er gegangen ist?«

»Die Bar hat um zwei Uhr früh zugemacht. Das weiß ich, weil wir uns in unseren Dienstplänen austragen müssen.«

»War er da schon fort?«

»Ja, muss er gewesen sein, denn die Bar schließt erst, wenn der letzte Gast gegangen ist. Wir können aber auch die ganze Nacht offen bleiben, solange Gäste hier sind und weitertrinken wollen.«

»War irgendwer sonst noch hier? Ist er allein gegangen?«

»Spielt das denn eine Rolle?«

Ben warf einen Blick über die Schulter. Niemand anderes war in Hörweite. »Schon, weil ich Ihnen leider sagen muss, dass er tot ist. Seine Leiche wurde heute Morgen gefunden, wie sie im Pool schwamm. Das ist einer der Toten, auf die ich seit meiner Ankunft hier gestoßen bin.«

Die Barfrau keuchte regelrecht auf, und das bisschen Farbe auf ihren Wangen schwand jäh. »Woher wissen Sie das?«

»Ich half ihn gerade rausziehen, gemeinsam mit den Spa-Angestellten und dem Duty Manager.«

»Davon habe ich rein gar nichts gehört. Hab um acht die Bar aufgeschlossen und seitdem den ganzen Morgen gearbeitet.«

»Bedaure erneut, die Nachricht zu überbringen.«

Sie blieb bestürzt und verwirrt. »Und Sie wollen noch jemanden sterben sehen haben?«

»Gestern früh stieß ich auf eine weitere Leiche, das ja. Im Skilift. Ich wurde nicht Zeuge, wie der Mann starb, sondern habe seine Leiche in einer Gondel recht bald nach seinem Tod vorgefunden.«

Sie schmunzelte, brach dann in Gelächter aus, ein nervöses. Lachen stand ihr nicht. »Sie scherzen doch, ja? Jetzt blick ich durch – der berühmte britische Sinn für Humor.«

Warum glaubten hier alle, er würde Scherz mit solchen Dingen treiben? »Bin mir gar nicht sicher, ob es den berühmten britischen Sinn für Humor wirklich gibt. Wenn doch, dann bestimmt noch nicht lange. Die britische Regierung mag ja ein Witz sein, aber der britische Sinn für Humor ist darüber ziemlich abgestumpft. Jedenfalls scherze ich nicht. Ich meine es todernst.« Er hatte dringend noch einen Schnaps nötig, zwang sich aber zum Verzicht. »Hinzu kommt«, sagte er, »dass ich Zweifel habe daran, ob es in beiden Fällen ein natürlicher Tod war, aus verschiedenen Gründen, auf die ich gerade noch nicht eingehen kann. Und jetzt stecken wir in diesem Hotel in einem Schneesturm fest.« Ben warf rasch noch einen Blick über die Schulter. »Wir sitzen in der Falle, allesamt, weshalb es mir wirklich lieb wäre, Sie würden sich erinnern, mit wem John Brenan letzte Nacht zusammen war, ehe er die Bar verließ. Womöglich geht von irgendwem wer weiß was für eine Gefahr aus.«

»Was lässt Sie glauben, das aufklären zu können? Wer sind Sie überhaupt, dass Sie solche Fragen stellen?«

»Ich bin jemand, der in diesem Gewerbe arbeitet, und ich habe Erfahrung in solchen Dingen. Ich glaube, behilflich sein zu können.«

Die Barfrau dachte lange nach, bevor sie schließlich sagte: »Sie wollen wissen, mit wem der Amerikaner vergangene Nacht vor seinem Aufbruch zugange war? Die letzte Person?«

Ben nickte.

»Sie«, sagte sie schließlich. »Sie waren als Letzter bei ihm, ehe er ging.«

Ben langte darauf nach seinem Schnapsglas, um zu merken, dass es leer war. »Kann ich Sie um einen Gefallen bitten?«, sagte er langsam.

Sie nickte wachsam.

»Macht es Ihnen was aus, diesen Umstand vorerst für sich zu behalten? Die Sachlage ist sehr stark im Fluss, und ich möchte nicht, dass irgendwer vorschnell falsche Schlüsse zieht.« Er kletterte vom Barhocker, während ihm allerlei Szenarien durch den Kopf schwirrten sowie der aufkeimende Verdacht, für etwas benutzt zu werden.

Sie nickte nicht. Sie sah wie versteinert aus.

»Wie heißen Sie eigentlich?«

»Petra. Petra Bauer. Bitte, ich möchte in nichts davon verwickelt werden.«

»Werden Sie nicht, glauben Sie mir. Ich bin es aber, darum habe ich diese Fragen gestellt.«

»Weil Sie in dieser Branche arbeiten, der Hotelleriebranche?« Sie schien sich etwas zu entspannen. »Sie haben Erfahrung mit solchen Vorfällen? Wie? Warum? Was genau machen Sie in dieser Branche, Mr Martin?«

Natürlich kannte sie seinen Namen, seine Zimmernummer. Er hatte genügend Drinks auf letztere anschreiben lassen. »Ich erstelle Gutachten«, sagte er. »Ich bin Hotelinspektor.« Sie verdiente ganz gewiss eine ehrliche Antwort. Außerdem wollte er nicht, dass sie das Falsche zu den falschen Leuten sagen würde darüber, wo er gestern spätabends war und gemeinsam mit wem – wenn er es vermeiden konnte.

Jetzt lachte sie doch. »Aber das hier ist eine Mordgeschichte, oder? Sie sind die verkehrte Sorte Inspektor.«

»Unsere Fähigkeiten lassen sich aber sehr leicht anpassen. Wir können uns recht nützlich machen.« Ben musste nun seinerseits lachen.

Mittwoch, 12:18 Uhr

Die Rezeptionistin von gestern und ihr Kollege standen in Habachtstellung hinter dem Empfangstresen. Beide zuckten merklich zusammen, als Ben sich näherte. »Mr Martin«, sagte der Mann, »wie können wir Ihnen heute Morgen behilflich sein?«

»Ich suche nach Eric Langeskov.« Einmal davongeeilt und Ben in der Halle im Stich gelassen, war der vermaledeite Kerl noch immer nicht zurückgekehrt. Ben hasste es, auf Leute warten zu müssen, selbst wenn es einen Schnaps oder auch zwei und einen freundlichen Plausch mit sich brachte.

»Mr Langeskov ist heute Morgen durch eine sehr wichtige Angelegenheit verhindert.«

»Das weiß ich sehr wohl, und deshalb muss ich ihn ja sehen. Ich bin ihm damit behilflich. Eben war ich noch bei ihm, bevor er irgendwohin verschwand.«

»Einen Augenblick, bitte«, sagte die Rezeptionistin. Sie wandte sich ab und griff nach dem Telefon.

Leider war Ben diesen Ablauf langsam gewohnt.

»Tut mir leid mit dem Wetter«, fügte ihr Kollege hinzu. »Es ist höchst ungewöhnlich.«

»Es ist nicht das einzige Ungewöhnliche, was sich vor Ort ereignet hat«, sagte Ben.

Der Mann lächelte einfältig.

»Arbeiten Sie gerne hier?«, fragte Ben ihn, während er auf Neues über Eric Langeskovs Verbleib wartete.

»Es ist ein sehr besonderes Hotel in schönster Lage. Wir haben viele wunderbare Gäste.«

Ben war unschlüssig, ob er etwas anderes nahelegen sollte,

als dass alle Gäste wunderbar seien. »Und die Belegschaft, sind da auch alle wunderbar?«

»O ja, ganz wunderbar.« Wieder lächelte er einfältig.

Auch hier war Ben unschlüssig, ob das gut in seinen Ohren klang. »Macht es Ihnen was aus, wenn ich Sie nach Ihrem Namen frage? Ich weiß immer gern, mit wem ich in Hotels spreche, besonders am Empfang, und keiner von Ihnen trägt ein Namensschild.«

»Ist hier so geregelt, fürchte ich«, sagte der Mann. »Ich heiße Daniel Farke. Ich habe nichts zu verbergen.«

Behauptete jemand, nichts zu verbergen zu haben, traf unweigerlich das Gegenteil zu. »Wo stammen Sie her, Daniel?«

»München.«

»Wo haben Sie zuvor gearbeitet?«

»Ich war in London. Im InterContinental, Park Lane.«

»Das ist ein großes Hotel.«

»Ja, es war eine gute Lehrzeit. Dort trugen wir alle Namensschilder, sogar der Generaldirektor.« Darüber lächelte er breit. »Es war eine Hilfe, denn bei so vielen Angestellten konnte man sich nie jeden Namen merken. Aber dieses Hotel ist um vieles freundlicher und vertraulicher. Ich bin auch nicht so scharf auf Großstädte.«

»Sie sind gern im Freien?«

»Ich wandere, klettere und gehe liebend gern, wenn die Zeit reicht, auf Skitouren.«

»Und Abfahrt?«

»Das ist weniger meins. Ich steige gern den Berg hoch und lausche dem Frieden.«

Schon beim Gedanken daran kam sich Ben geschafft vor.

»Mr Langeskov sagt, er werde Sie kontaktieren, sobald er frei ist.« Die Rezeptionistin war vom Telefon zurück.

»Wie kann er mich kontaktieren? Mir fehlt mein Handy – ganz vergessen? Außer, es ist aufgetaucht. Ist es?«

»Ah ja, ich erinnere mich, natürlich. Nur fürchte ich, dass

es immer noch spurlos verschwunden ist. Bedaure. Mr Langeskov kann Sie in Ihrem Zimmer erreichen. Es sei denn, Sie möchten in einer der Sitzgruppen warten oder in der Bar?«

Ben war brütend heiß, da er noch in seiner halben Skibekleidung steckte, die er angezogen hatte, um sich vor dem Schneesturm zu wappnen. »Ich war gerade in der Bar – und habe bereits gewartet. Ich werde auf meinem Zimmer sein«, sagte er in dem Bewusstsein, dass er bequemere Sachen anlegen musste. Und dass er umgehend Verbindung mit Hideaway aufnehmen und seinen Nachrichteneingang prüfen musste.

»Augenblick noch, bitte«, rief sie ihn zurück. »Ich sehe gerade, dass heute Ihre Abreise vorgesehen ist.«

»Ja. Nur hatte ich den Eindruck, dass die Straße wegen des Schneesturms gesperrt ist und gegenwärtig für keinen ein Weg hier heraus führt. Eric Langeskov stellte in Aussicht, dass trotzdem alle untergebracht werden.«

»Ich glaube, einige Gäste haben einen Schneepflug gemietet. Normale Fahrzeuge kommen allerdings nicht durch, das ist wahr, und der Shuttledienst mit dem Hubschrauber ist vorläufig eingestellt.«

»Dann sieht es so aus, als würde ich bleiben, zumindest bis sich das Wetter bessert.«

Sie musterte ein paar Atemzüge lang einen Bildschirm auf dem Tresen, ehe sie den Kopf hob. »Sie haben Glück. Wir hatten ein paar Stornierungen.«

»Das ist mal eine Überraschung, und welches Glück«, sagte Ben.

»Ihr Zimmer können Sie auch behalten.« Sie lächelte und senkte wieder den Blick. »Sie sind ein Hideaway-Vorzugsgast, wie ich sehe. Damit steht Ihnen ein zehnprozentiger Rabatt je zusätzliche Nacht zu, falls erforderlich.«

»Und wenn ich mir das nicht leisten könnte?«, fragte Ben. »Würde ich rausgeschmissen werden in den Schneesturm, um da zu erfrieren?«

»Nein, Sir, ganz gewiss nicht.«

»Einen Schlafplatz würden wir immer für Sie finden«, warf Daniel Farke ein. »Gelegentlich stecken Bergsteiger und Skitourenfahrer am Pass fest oder sogar oben am Gipfelrestaurant. Wir geben allen so gut Obdach, wie wir nur können.«

»Kann recht gemütlich werden«, fügte die Frau hinzu.

Ben schmunzelte. Flirtete sie etwa mit ihm? »Tut mir leid, ich kenne den Namen Ihres Kollegen – Daniel Farke –, aber Ihren nicht trotz all der Gespräche, die wir schon hatten. Ich verbinde immer gern einen Namen mit einem freundlichen Gesicht.«

»Ich bin Isabella Ferrari.«

»Freut mich sehr, Isabella. Sollten Sie zufällig Italienerin sein?« Flirtete er da zurück? Sie hatte schon ein einnehmendes Lächeln und auch wunderschöne dunkelbraune Augen.

»Sollten Sie zufällig Engländer sein?«

Er lachte. »Gut geraten. Wobei ich derzeit in Deutschland wohne.«

»Gefällt Ihnen Deutschland?«, brachte sich Daniel flott wieder ein.

»Ich liebe Deutschland. Aber ich habe Familie in London.«

»Sie muss Ihnen fehlen«, sagte Isabella.

»Furchtbar.« Ben dachte nicht nur an Natalie, sondern auch an Alex – seit Kurzem eine alleinstehende Alex, sollte es wirklich Ernst damit sein. In Gedanken ging er rasch eine Liste von Leuten durch, die er sehr vermisste. Da waren Kiara Williams in New York, Helen Jones nun wieder in Sydney, Olly Andrews in London, und Emily Muller in Frankfurt natürlich (nicht dass sie sich dort je mit ihm außerdienstlich getroffen hätte). Sie schlug allerdings gern in diesem oder jenem Hotel auf, das er zufällig gerade begutachtete.

»Und Ihre Familie, fehlt sie Ihnen bei der Arbeit hier?«, fragte er Isabella.

»Ich komme aus keiner großen Familie. Jetzt gibt es nur noch mich und meine Kollegen.«

»Sie arbeiten eng zusammen?« Ben erhaschte Daniel Farkes Blick, als er das sagte. Der junge Mann schaute hektisch weg.

»Ja, sehr«, entgegnete Isabella. »Wir sind immer füreinander da. Das muss man an einem so abgelegenen Ort wie diesem.«

Ben verabschiedete sich und kehrte auf sein Zimmer zurück, war sogar noch beunruhigter und verstörter. Kaum dachte er, mit der Belegschaft voranzukommen, wurde er weiter ins Abseits geführt. Sehr enge Zusammenarbeit? Jeder klatschte gern – Hotelangestellte mehr als die meisten anderen, selbst in diskreten Hideaway-Häusern, wie er bereits hatte feststellen müssen. Was wussten sie wirklich?

Hatten sie sich heimlich abgesprochen? Falls ja, warum?

Mittwoch, 13:10 Uhr

Marc, ich muss Sie dringend sprechen. Über Teams? Marc Hoffman, der Mann für die Digitale Sicherheit, scheute FaceTime. *Ich bin ohne eigenes Handy und möchte lieber nicht über das Hotelfestnetz telefonieren.* Ben tippte auf Senden und lehnte sich im üppig gepolsterten, aber unbequemen Sessel zurück, den er an das Wandbord beziehungsweise den Schreibtisch gezogen hatte. So verhielt es sich ausnahmslos in solchen Hotelzimmern: Für echtes Arbeiten waren sie nicht ausgelegt.

Selbst die am stärksten auf Geschäftsreisende zugeschnittenen Häuser ließen es an vernünftigen Bürostühlen, Schreibtischen, ausreichend Beleuchtung oder Steckdosen missen. Alles war immer nicht ganz an der richtigen Stelle. Auch wenn man als Gast in einer Urlaubsanlage wie dem G fehl am Platz war, wenn man an einem Schreibtisch zu arbeiten hatte. Ben fragt sich, ob Liam Roth mit solchen Unannehmlichkeiten zu kämpfen gehabt hatte.

Frustriert und missbehaglich stand Ben auf und tat etwas, von dem er sich tagelang versichert hatte, es nie zu tun. Er langte in seine Rollentasche und zog den weißen Handschuh hervor, den er eigentlich auf Nimmerwiedersehen dort hineingestopft hatte. Doch hier war er nun in all seinem Aberwitz. Er streifte ihn über seine Rechte. Er lag eng an, dabei waren seine Hände nicht sonderlich groß. Ben hatte keine Ahnung, ob es diese Handschuhe in unterschiedlichen Größen gab. Ihm war dieses Ding einfach überreicht worden.

Umgehend spürte er die abstoßende Künstlichkeit des Materials. Die Oberfläche machte auf Sämischleder, und ihr strahlendes Weiß erinnerte Ben an das Requisit eines Zauberkünstlers. Er winkte damit seinem Spiegelbild über dem Schreibbord zu. »Hallo«, sagte er noch immer winkend, »willkommen in Bens Zauberreich, Hort heimtückischer Taten aller Art einschließlich meuchlerischsten Mordens.« Er pausierte, wischte sich mit dem verfluchten Ding über die Stirn – was er eigentlich vermeiden müsste, denn anscheinend konnte Schweiß den schmutzaufnehmenden Eigenschaften abträglich sein.

Er winkte sich erneut zu, sah seinen Arm sinken und alle Fröhlichkeit aus sich entweichen. Unglaublich, was aus seinem Job, seinem Berufsweg geworden war. Zornig fuhr er damit fort, die Holzoberfläche mit dem Handschuh entlangzufahren, ehe er auf das falsche Wildleder starrte. Nicht ein Stäubchen oder Krümel war zu sehen, dabei war das Zimmer heute nicht einmal gemacht worden.

Natürlich war es nicht gemacht worden, denn er hätte ja nachher ausziehen sollen. Wann erführe die Zimmerreinigung, dass er wie fast alle anderen auch mindestens eine weitere Nacht bleiben würde? Keinesfalls würde er auf einen Schneepflug klettern, selbst wenn seine Lage hier zusehends zwiespältiger, wenn nicht gefährlicher wurde.

Er ging hinüber zum Nachttisch und fuhr mit der Hand darüber. Wieder nichts. Er wischte über jede Oberfläche, die er finden konnte. Immer noch nichts. Das Zimmer war makellos sauber. Doch was war mit dem Inneren der Gondel, Liam Roths Kleidung und seiner Leiche – vorausgesetzt, es war Liam Roth?

Oder dem Poolbereich? Auf John Brenan? Gab es da Spuren von jemand anderem, der in der Nähe gewesen war? Außer ihm selbst, dachte er mit einem Mal. Ben hätte Spuren, Fasern, womöglich DNA an beiden Tatorten hinterlassen – wenn es denn Tatorte waren. Wer könnte ihm eine Falle zu stellen versuchen? Warum?

Er hatte noch nicht einmal seinen Bericht geschrieben und war kaum seinen eigentlichen Prüfpflichten nachgekommen.

Abermals schaute er auf seinen Handschuh. Das dämliche Ding strahlte ebenso weiß wie gerade, als er es übergestreift hatte. Er rupfte ihn sich von der Hand und warf ihn aufs Bett. Nicht mal die Polizei konnten sie derzeit herbekommen, ganz zu schweigen von der Spurensicherung.

Nach außen hin sah er kaum fragwürdig aus, welchen Umstand Ben meinte, in eigener Sache mit etwas Erleichterung aufnehmen zu können. Der Finger mochte nicht schon jetzt in seine Richtung weisen.

Was war mit dem seltsamen weißen Speichel auch um John Brenans Mund? Eine gerichtsmedizinische Untersuchung würde die Frage klären. Mord oder natürliche Ursache? Dann allerdings würde es unweigerlich zu spät sein. Irgendein Verdächtiger wäre längst über alle Berge, er selbst inbegriffen – sofern es aufklarte. Falls es das jedoch nicht tat, würden auch keine Einsatzkräfte herankommen – und die allermeisten Gäste wie Angestellte nicht fortkönnen. Verdächtige und Mörder eingeschlossen.

Der Laptop bimmelte, nahm Ben wahr – ein Anruf über MS-Teams. Er schob seinen Mauszeiger auf das grüne Annahmesymbol und tippte das Touchpad an. Marc Hoffmans gepflegt bebrilltes und bärtiges Antlitz erschien.

»Sie sehen etwas gerötet aus, Ben, wenn ich das so sagen darf. Ich dachte, Sie wären in den Alpen. Geht es da nicht kalt und verschneit zu?«

»Ich zeige Ihnen mal was«, sagte Ben, nahm seinen Laptop hoch und trug ihn durchs Zimmer. Mit der linken Hand zog er die zahllosen Vorhänge auf, drehte das Gerät herum und richtete die Kamera so, dass Marc nach draußen sehen konnte. »Das ist ein ausgewachsener Schneesturm, Marc. Verflucht kalt da draußen – richtig lebensgefährlich. Hier drin aber – na, Sie wissen ja, wie gut Heizung und Dämmung in einem schicken Alpenhotel sein können. Regelrechte Saunatemperaturen überall.«

»Werden Sie das in Ihren Bericht schreiben? Wir wollen nicht, dass unseren Kunden zu warm und unbehaglich in ihren Luxuszimmern wird.«

Ben stellte den Laptop zurück auf das Schreibbord, setzte sich erneut auf den ungeeigneten Stuhl und erhaschte einen Blick auf das rot angelaufene Gesicht im Wandspiegel. Die Temperatur war nicht das Einzige, das ihm Unbehagen bereitete. Die Höhe wirkte sich auf seinen Blutdruck aus, im Verein mit den Riesenmengen an Speisen und Getränken, die er vereinnahmt hatte, und mutmaßlich der Auffindung zweier Leichen binnen vierundzwanzig Stunden.

»Marc, wie Sie wissen, sind meine Berichte immer gründlich. Alles von Bedeutung wird vermerkt, sogar in diesen verdammten neuen Formularen, die ich verwenden soll. Wird von uns erwartet, dass wir anständige Arbeit leisten und dazu unseren Verstand, unsere Erfahrung und gute alte Beobachtungsgabe gebrauchen? Ein Spitzenhotelinspektor zu sein, besteht nicht nur aus Kästchenankreuzen. Ich habe Jahre gebraucht, um auf meiner Laufbahn so weit zu kommen.« Ben mied den Anblick seiner selbst im großen Spiegel.

»Wie kommen Sie mit dem Handschuh zurecht?«, feixte Marc.

»Zufällig habe ich ihn eben noch benutzt. Mein Hotelzimmer, kann ich freudig melden, ist frei von Staub und Schmutz.« Er sah zum Stück Stoff hinunter, das ungeliebt auf dem ungemachten Bett lag. »Was nicht heißen soll, dass es keine anderen Probleme gibt.«

»Neben den überheizten Zimmern?«

»Ja – weshalb ich Sie so dringend sprechen musste. Sind Sie bereit dafür?«

»Besser, es lohnt sich, Ben. Ich muss zu einem Meeting und bin spät dran.«

»Sie kennen mich – ich würde Sie andernfalls nicht behelligen.« Ben fuhr fort, indem er Marc die Todesfälle im

Einzelnen schilderte und nichts zurückhielt. Es dauerte eine Weile.

»Warum haben Sie mich gestern nicht angerufen«, sagte Marc schließlich, »nachdem Sie auf die erste Leiche gestoßen waren?«

»Da dachte ich noch bei mir, es wird sich schon von selbst klären. Ich habe angenommen, man würde die Leiche finden und das Hotel würde hinter den Kulissen tun, was es könnte, und das Ganze würde auf irgendeine logische Erklärung wie Unfall oder Unglück oder natürliche Ursache hinauslaufen.«

»Aber gegen Ende des Tages, als die Leiche nicht gefunden und weiter nichts aufgedeckt worden war?«

»Ehrlich gesagt, Marc, habe ich mich da allmählich um meine eigene geistige Gesundheit gesorgt und ob ich mir da nicht etwas vorgaukelte, halluzinierte.«

»Zu viele Schnäpse?«

Ben zog es vor, nicht darauf einzugehen. »Es hat nicht gerade geholfen, dass mein Telefon verloren ging und ich dann feststellen musste, dass sich meine damit gemachten Fotos nicht in die Cloud hochgeladen hatten.«

»Warum nicht? Weil es kein Netz gab?«

»Entweder das, oder es hatte sich entladen, ehe ich wieder Empfang hatte. Es ist ein altes Telefon. Schrottiger Akku.«

»Und Sie glauben, dass Sie diesen John Brenan als Letzter lebend gesehen haben?«

»Nein, nicht ganz. Ich war als Letzter mit ihm in der Bar – zusammen mit der Barfrau. Nur weiß ich nicht, was er danach tat oder wohin er dann ging. Wem er begegnet sein mochte. Ich bin zu Bett gegangen.«

»Und dann haben Sie ihn heute Morgen als Wasserleiche im Außenpool des Hotels gefunden? Ist es im alpinen Winter nicht ein bisschen kalt für so was? Einen Außenpool?«

»Viele Alpenhotels haben welche, schon immer gehabt – auf jeden Fall sind sie jetzt wieder in Mode.«

»Was ist an einem guten alten Whirlpool verkehrt?«

»Whirlpools sind voll gestern, Marc. Pools, vor allem solche, die mit Metall wie Aluminium, Kupfer oder Zink ausgekleidet werden, sind heutzutage das Ding. Sie wirken vor all dem Schnee oder vor einem bergigen Hintergrund unglaublich. Wenigstens bei Sonnenschein.«

»Glauben Sie, er könnte ausgerutscht sein, hat sich vielleicht den Kopf gestoßen und ist ertrunken? Oder könnte er einen Herzinfarkt gehabt haben oder Schlaganfall, und fiel dann rein?«

»Das ist die Lesart, die das Hotel verkaufen will.«

»Kann ich denen nicht verübeln. Hört sich ganz einleuchtend an.«

»Sicher, aber zwei Todesfälle in zwei Tagen – und beide in unliebsamer Nähe zu mir? Außerdem gefiel mir nicht, was ich bei beiden rings um den Mund sah, und Brenan fehlte die Armbanduhr.«

»Sind Sie sicher, dass er sie an dem Abend in der Bar trug?«

»Da kann ich mir nicht sicher sein. Sie fiel mir bloß zuvor am Tag auf. Wüsste nur nicht, weshalb er sie zum Abendessen abgelegt haben sollte.«

»Ben, ich führe bei den Hotels die Sicherheitsüberprüfungen durch – alles aus der Ferne, alles digital – und versehe allerlei finanzielle Sorgfaltspflichten hinsichtlich Partnerbewerbungen. Und ich überprüfe die verschiedenen Buchungssysteme. In der Hauptsache ist das heutzutage meine Arbeit. Wird irgendetwas als vermisst oder gestohlen gemeldet, und es gibt Probleme rund um die Versicherung, und es betrifft einen Gast von Hideaway, dann, ja, dann kann ich hinzugezogen werden. Aber das hier geht weit über meine Erfahrung oder Gehaltsstufe hinaus.« Er hielt inne, kratzte sich seinen gepflegten Spitzbart und sah Ben dank des Wunders der Bildtelefonie direkt an. »Sie sind ganz bestimmt wohlauf, Ben?«

»Nein, ich fühle mich mitnichten wohlauf – weit davon

entfernt. Abgesehen von der Hitze und Stickigkeit in diesem Zimmer habe ich letzte Nacht kaum ein Auge zubekommen.«

»Sagen Sie das bloß nicht den Behörden, wenn sie anrücken.« Wieder feixte Marc. »Sonst werden die nach dem Warum fragen und danach, was zum Henker Sie stattdessen getan haben. Vielleicht sollte ich Sie das auch fragen.«

»Zu viel schweres Essen und die Höhe, wenn Sie es genau wissen wollen. Da verstopft sich einem alles.«

»Und dazu Schnaps, könnte ich mir denken.«

Wieder ritt er darauf herum. Ben wollte sich dem auch diesmal nicht stellen und blieb stumm.

»Sie müssen öfter raus und Sport treiben. Es kann keinem guttun, sich in all diesem Luxus zu lümmeln und so viel Essen und Trinken testen zu müssen.«

»Ich wäre jetzt draußen beim Skilaufen, gäbe es keinen Schneesturm und zwei verdächtige Todesfälle zu untersuchen.«

»Ist das wirklich Ihre Sache? Setzen Sie sich doch einmal in den hinteren Rang. Dauernd lassen Sie sich in solche Vorfälle verwickeln, die Sie eigentlich nichts angehen. Oder etwa doch?«

»Als ob ich es mir aussuchen würde, Marc. Und da ist noch etwas. Letzte Woche ging hier ein großer Rutsch ab.«

»Eine Rutsche? Wozu haben die so was? Ich dachte, das Hotel G wäre ein kinderfreies Hideaway.«

»Keine Rutsche, eine Lawine. Sind Sie je Ski gefahren?«

»So seltsam sich das anhören mag, tatsächlich nicht. Lag mir nie was dran.«

»Mit Rutsch meine ich Abgang, ein anderes Wort für Lawine – kommt jedenfalls gern bei Skibegeisterten vor. Klingt so wahrscheinlich netter, als es ist.« Ben erinnerte sich, wie Doug ständig von kleinen Abgängen hier und kleinen Abgängen da redete. »Der hier reichte mir nur bis zur Taille«, pflegte er dann zu sagen – so was in der Art.

»Dann kam es also letzte Woche zu einer Lawine. Schwerlich überraschend für die Gegend. Und wahrscheinlich noch ein Grund, weshalb ich nie Skifahren war.«

»Jedenfalls hat die Lawine den Sicherheitschef getötet und den Generaldirektor ins Krankenhaus gebracht.«

»Warum weiß ich nichts davon?«

»Sind Sie nicht auf der Höhe Ihrer Aufgaben?«

»Vermutlich gab es keine Probleme, keinen Grund für mich, davon zu erfahren. Wir haben mittlerweile Hunderte Hotels.«

Ben wollte nicht derjenige sein, der das Offensichtliche aussprach, dass es nämlich gewaltige Folgen nach sich zog. »Wendy wusste davon.«

»Ich werde mal ein Wörtchen mit ihr reden. Oft kommen Infos auf Umwegen bei mir an. Sie selbst, Ben, haben eine Weile gebraucht, um sich zu melden.«

»Jedenfalls drängt sich mir der Eindruck auf, man hätte es besser wissen müssen«, sagte Ben. »Dass eine so erfahrene Gruppe betroffen ist. Wie Sie schon sagten, kommt es in den Alpen natürlich zu Lawinen, aber wenn ein Guide und zwei Leute erfasst werden, die diese Berge und Bedingungen wie ihre Westentasche kennen, wirft das Fragen auf.«

»Etwa, was der Guide eigentlich gemacht hat?«, sagte Marc. »Ist es nicht deren Aufgabe, die Leute von solchen Gefahren fernzuhalten?«

»Genau. Und dabei blieb der Guide unverletzt, was …«

»Was wollen Sie wirklich sagen?«, unterbrach ihn Marc. »Auch da besteht irgendein Zusammenhang?«

»Nun, was führte zu diesem Unglück? Leichtsinn oder eher Berechnung?«

»Wer ist der Guide?«

»Weiß ich nicht. Kümmere ich mich drum. Vielleicht ist was dran, muss man Punkte verbinden.«

»Solange es Sie nicht davon ablenkt, was Sie eigentlich tun sollen«, sagte Marc streng. »Ich verstehe schon, weshalb die

Vorgehensweise von euch Inspektoren geändert wurde, wenn sich euer Haufen so sehr auf – wie nannten Sie das? – Erfahrung und gute alte Beobachtungsgabe verlässt. Sie müssen sich an die Tatsachen halten, daran, was Ihnen wirklich vor Augen kommt, und bei Einbildungskraft und Phantasie kürzertreten.«

»Phantasie? Wir reden von einer ganzen Reihe Todesfällen – zwei, drei allein letzte Woche. Vielleicht gibt es noch andere.«

»Lassen Sie das nicht zum Selbstläufer werden.«

»Kaum. Im Übrigen ist hier oben nicht leicht an Tatsachen zu kommen. Und an Zufälle glaube ich nicht.« Doch genau das begann er zu tun!

»Sie glauben, diesen Journalisten in der Gondel gesehen zu haben? Bin ich froh, dass Skifahren nicht meine Sache ist. Schon der Gedanke, in so einem Dings festzusitzen.«

»Versuchen Sie's dann mal mitsamt einer Leiche. Ich habe das deutliche Gefühl, es handelt sich um ihn, und die Anhaltspunkte mehren sich. Auf alle Fälle war er hier abgestiegen – hab's mir bestätigen lassen. Aber was hatte er hier eigentlich zu suchen? Dass er Urlaub gemacht hat, glaube ich nicht.«

»Sie machen keinen Urlaub, Ben. Die Leute haben alle möglichen Gründe, in einem Hideaway zu wohnen. Vielleicht schrieb er an einem Buch. Hatten Sie das nicht selber irgendwann versucht?«

»Dieser Job zehrt zu sehr«, murmelte Ben mit vom Bildschirm abgewandtem Blick.

»Ich nehme an, Sie haben ihn zu kontaktieren versucht.«

»Ja – aber für einen so bekannten Journalisten ist er gar nicht leicht zu erreichen.« Ben dachte an das Antwortschreiben dieser Simone zurück. »Ich habe jetzt den Namen seiner Agentin oder Assistentin, wer auch immer seine Website betreut. Etwas rätselhafte Entgegnung auf meine ursprüngliche Anfrage. Aber da bleibe ich selbstredend dran. Selbst wenn Liam Roth hoffentlich quicklebendig ist, lag jemand anderes sehr tot in dieser Blase.«

»Ja – wenn Sie's sagen.«

»Marc, vielleicht brauchen Sie mal eine Pause – vom Büro.« Ben riss sich zusammen, um nicht laut zu werden. »Was wissen Sie über dieses Hotel? Wie lange ist es schon Mitglied bei Hideaway? Soweit ich weiß, gehört es zu einem Schweizer Konzern. Sonst irgendwelche Einzelheiten?«

»Ich werde nachsehen, was wir in den Akten haben. Deuten Sie damit an, es könnte etwas mit diesen sogenannten seltsamen Vorgängen zu tun haben?«

»Gestern fand hier eine große Tagung statt. Die Belegschaft tat ihr Bestes, um es unter Verschluss zu halten. Ich selbst habe sogar Leute mit Leibwächtern durch die Gesellschaftsräume laufen sehen.«

»Das scheint mir ein wenig überflüssig in einem Hideaway«, gab Marc zu.

»Sagen Sie bloß. Überdies waren da noch einige fiese Typen mehr mit entsprechenden fahrbaren Untersätzen.« Ben hatte Marc nicht geschildert, wie er einen der SUVs mit Schnee bespritzt hatte, als er zu einem ruppigen Halt an der Talstation gekommen war, oder welch tödlichen Blick er sich dabei eingefangen hatte, weil er vielleicht besser hätte steuern oder früher und sauberer hätte anhalten sollen.

»Es ist die Schweiz«, räumte Marc ein.

»Und Frankreich und Italien – das Hotel grenzt an alle drei Länder.«

»Na bitte. Die Durchlässigkeit solcher Grenzen hat schon immer gewisse Individuen und Aktivitäten angezogen.«

»Außerdem habe ich aus dem Duty Manager die Info geleiert, dass die Tagung Finanzkaliber und Regionalbonzen einschloss, die richtig Kohle – eine Milliarde Euro oder so – in die weitere Entwicklung des Gebiets stecken wollen.«

Marc stieß einen Pfiff aus. »Das ist eine Menge Geld. Wir müssen Emily unterrichten und schauen, ob sie irgendwas gehört hat. Sie bewegt sich in solchen Kreisen. Ohnehin wird sie wissen müssen, ob uns irgendwelche Negativschlagzeilen ins Haus stehen. Dann rüttele ich noch unsere Öffentlichkeitsarbeiter wach. Die Wintersaison hat eben erst begonnen. Wie lange sollen Sie noch vor Ort bleiben?«

Ben sah auf seine Armbanduhr. »Offiziell keine Stunde mehr. Ich führe eine Zwei-Tage-Mitteleuropa-Inspektion durch. Bei diesem Wetter rechne ich allerdings damit, mindestens bis morgen zu bleiben.«

»Und Sie sind auch von den Behörden abgeschnitten? Die können nicht zu Ihnen vordringen?«

»Ja, das ist richtig. John Brenans Leiche ist jetzt im Spa, in einem Massageraum.«

»Hoffentlich bleibt der Raum verschlossen und verriegelt, und sie halten alle davon fern. Wenn es in dem Hotel so heiß ist, wie Sie sagen, möchte ich mir gar nicht ausmalen, wie bald eine Leiche anfangen könnte zu verwesen.« Wieder pfiff er durch die Zähne. »Sie werden wahrscheinlich reinen Tisch machen und denen sagen müssen, für wen Sie arbeiten und was Sie da tun. Auch unser guter Ruf steht auf dem Spiel.«

»Ja, habe ich bereits. Ich habe dem stellvertretenden Generaldirektor sogar unsere Zusammenarbeit vorgeschlagen, damit wir die Lage in den Griff bekommen. Aber er ist ein windiger Typ, ich traue ihm nicht so recht.«

»Dann behalten Sie ihn im Auge.«

»Genau das versuche ich. Nicht zuletzt den Angehörigen der Opfer zuliebe.« Ben dachte für einen Augenblick an John Brenans Frau – seine dritte, oder war es die vierte –, die sich bemüht hatte, seine Trinkerei einzuschränken.

»Aber denken Sie daran, wer Ihr Gehalt zahlt. Wir müssen möglichst unbeschadet aus der Sache rauskommen.«

»Wie könnte ich das vergessen«, sagte Ben und dachte an Emily Muller. Er musste das Gespräch beenden, denn Natalie klopfte an. »Lassen Sie mich wissen, ob Sie an Ihrem Ende irgendwas Interessantes oder Ungewöhnliches über die Betriebsstruktur des Hotels herausfinden. Eine Liste aller Gäste des G diese Woche, die über Hideaway gebucht haben, wäre auch gut.«

»Dafür ist Wendy zuständig«, sagte Marc.

»Schon, aber wenn ich bei Wendy anfrage, wird sie auf Datenschutz pochen und dichtmachen.«

»Und ich nicht?«

»Sie wissen, wozu ich das brauche. So was kann ich Wendy nicht erklären, ohne dass sie sich übermäßig um meine Sicherheit sorgt.«

»Können Sie's ihr verübeln, angesichts Ihrer langen Liste waghalsiger Nummern?«

»Jede Hilfe, Marc, wäre höchst willkommen.«

»Für Sie, Ben, bin ich dabei. Aber sehen Sie sich vor und nerven nicht zu sehr. Uns liegt nichts daran, dass Sie diesmal wieder verhaftet und weiß Gott wessen bezichtigt werden.«

Ben klickte als Erster das Auflege-Symbol an. Natalie schien jedoch aufgegeben zu haben.

Schon komisch, wie die Leute sich immer an Negatives – Anfechtungen, rechtswidrige Festnahmen, die peinlichen Torheiten – zu erinnern schienen statt irgendwelcher Erfolge. Während seiner relativ kurzen Laufbahn als Hideaway-Inspektor war es ihm gelungen, einen Geldwäschering zu zerschlagen, einen der weltweit meistgesuchten Wirtschaftsverbrecher dingfest zu machen, ein Schleppernetzwerk auszuheben, einem mehrfachen Mörder auf die Schliche zu kommen und die abscheuliche Wahrheit über einen Hightech-Milliardär zu enthüllen – ganz zu schweigen davon, dem Ansehen von Hideaway alle möglichen Schandflecken zu ersparen.

Wurden seine mannigfachen Fähigkeiten angemessen gewürdigt? Sie hatten es ihm mit einem weißen Handschuh gedankt. Einem weißen Handschuh! Als würde er die Waffen strecken – vor der Wirklichkeit, vor dem Leben?

Ben fühlte neuerlich sein Alter – die große Last der Sterblichkeit –, während er seinen Mauszeiger über den Bildschirm führte, von einer Anwendung zur anderen wanderte, seinen Anblick im riesigen Spiegel über dem Rechner krampfhaft zu meiden versuchte.

Nein, er wollte keine Bestätigung seines hohen Blutdrucks, seiner Gewichtszunahme und seines Haarausfalls, seines Alters haben. Trotz allem: Hier war er, immer noch quicklebendig, und ja, er würde tun, was er konnte, um jede Einzelperson oder Gruppe zu enttarnen und festzusetzen, die es auf die Einschränkung des Daseins, der Freiheit, des Lebens anderer abgesehen hatte. Gar nicht zu reden von jedem, der die Hideaway Hotels GmbH vorzuführen trachtete!

Ben wischte sich über die Stirn, wechselte zu FaceTime und rief Natalie zurück.

Sie antwortete sofort. »Hi, Dad.« Sie ging gerade eine Straße hinunter.

»Wo bist du? Warum bist du nicht in der Schule?«

»Dad, weißt du überhaupt, auf welche Schule ich gehe oder in welche Klasse?«

»Natürlich weiß ich das. Du gehst in die zwölfte Klasse und bereitest dich aufs Abi vor.«

»Fächer?«

Sie konnte dermaßen wie ihre Mutter klingen. »Politik, Philosophie und Geschichte.«

»Gut gemacht. Dann weißt du auch, dass ich nur zum Unterricht in die Schule muss. Lernen kann ich in der Bücherei, zu Hause, im Café, überall. Du siehst echt schräg aus.«

»Wie meinst du das?«

»Dein Gesicht ist ganz rot, und du kommst voll füllig rüber.«

»Es ist sehr warm hier im Zimmer, und die Höhe wirkt sich auf meinen Blutdruck aus.«

»Dann liegt's nicht am Essen und Trinken?«

»Nein, Natalie. Wie meinst du das, füllig?«

»Fett?«

Er konnte ihr Gesicht nicht sehen, nur ein Stück Gehsteig. »Dankeschön. He, kannst du wenigstens dein Telefon so halten, dass es dich zeigt?«

»'tschuldigung. Hab's gerade eilig.«

»Warum hast du angerufen? Ist alles in Ordnung – halt so weit es geht? Zu Hause, meine ich. Ich hab deine Mutter gesprochen. Sie hörte sich ganz und gar nicht an wie sonst immer.«

»Ah ja, darum hab ich mich gemeldet. Also, Gabby kam gestern Abend vorbei, und mir scheint, die beiden könnten sich zusammengerauft haben. Heute Morgen war Gabby noch da. Jedenfalls ihr Auto. Dachte, das wüsstest du vielleicht gern.«

Ben war sich unsicher, ob er das tatsächlich wissen wollte. »Hab mir überlegt, mich mal dieses Wochenende in London blicken zu lassen. Ich würde dich zu gerne sehen.«

»Mum hat so was erwähnt. Vielleicht solltest du noch 'ne Woche oder so warten, erst mal schauen, wie sich die Situation entwickelt.«

»Was ist mit dir? Können wir uns denn nicht treffen?«

»Samstag ist da so 'ne große Party, und dann hab ich einen Berg Schularbeiten. Wär' vielleicht nicht ganz supergünstig gerade.«

»Natalie?« Wieder bekam er den Gehsteig zu sehen.

»Hör mal, ich muss Schluss machen, Dad. Treff mich gleich mit wem. Bis bald. Hab dich lieb.«

Ben sah, wie sein Bildschirm schwarz wurde. Dann geriet ihm sein Spiegelbild über dem Laptop in den Blick, und ein Ausdruck der Verzweiflung kroch über sein Gesicht. Er musste sein Leben ändern. Näher bei Natalie sein. Es noch einmal mit der Sesshaftigkeit versuchen. Das Luxusreisen war zu einsam. Besonders in seinem Alter.

Zum Glück musste er nicht allzu lange über seine persönliche Lage, seine Endlichkeit grübeln. Jemand klopfte an die Tür. Vermutlich die Zimmerreinigung, dachte er.

Mittwoch, 14:24 Uhr

Das Klopfen hielt an, sehr merkwürdig. Gewöhnlich platzte das Housekeeping einfach herein. »Komme!«, rief er im Aufstehen. Er warf den Blick hinter sich auf sein ungemachtes Bett und weiter durch ins Badezimmer, wo ein abgerutschtes Handtuch auf dem Boden lag. Sonst war er immer so ordentlich und ging achtsam mit den Angestellten und der Hotelwäsche um, schonte die zum Waschen und Reinigen aufgewendeten Ressourcen. Ihm waren Hotelgäste verhasst, die solch wesentliche Dinge gering schätzten.

Ben öffnete die Tür. »Oh, hallo.« Sein Verstand wurde erst nach ein paar Sekunden schlau daraus, wen er vor sich hatte. »Petra, richtig?«

»Ja, ich habe hier etwas für Sie.« In ihrer ausgestreckten Hand lag ein iPhone.

»Mein Telefon?«

Sie nickte. »Ja, ich glaube schon. Eine Kollegin hat es im Küchenabfall gefunden. Denen war schleierhaft, wie es da hinkam oder was man damit machen soll.«

»Woher wussten Sie, dass ich mein Telefon verloren hatte?« Er konnte sich nicht erinnern, ihr davon erzählt zu haben, und nahm es ihr dankbar ab. Es sah ganz wie seines aus, bis hin zum Riss links unten in der Ecke – die Folge einer Kollision mit dem Küchentisch spätnachts in seiner Frankfurter Wohnung. Das Telefon war außerdem fettig und roch schwach nach deftiger Wildbretsoße – der Jus aus Pfifferlingen, Brombeeren und Sellerie zum Rehfleisch, wenn er sich nicht täuschte. Freilich bezweifelte er, diesen Geruch oder Geschmack jemals verwechseln zu können.

»Der Empfang hat die Belegschaft darauf aufmerksam gemacht, dass es seit gestern vermisst wird. Die Rezeptionisten haben deswegen herumtelefoniert.«

»Nun, haben Sie vielen Dank und danke dafür, es mir aufs Zimmer zu bringen. Sie mussten das nicht tun. Der Empfang hätte mir mitteilen können, dass es gefunden wurde, und ich wäre kurz runtergezischt.« Ben war nicht sonderlich erbaut davon, dass der Empfang offenbar alle informiert hatte, es sei *sein* Telefon abhandengekommen statt einfach das eines Gastes.

Sie senkte den Kopf, um ihm nicht in die Augen sehen zu müssen, wobei ihr scharfkantiger Pony eigentümlich stillzustehen schien. »Ich wollte es lieber gleich zu ihnen raufbringen. So ginge es am schnellsten, dachte ich. Alle drehen gerade durch vor lauter Stornierungen, Umbuchungen und wegen der anderen Sache.«

»Der anderen Sache?«

»Dem Tod des Mannes, nach dem Sie sich erkundigt haben.«

»John Brenan – natürlich.«

Petra Bauer blieb auf ihrem Fleck im Flur stehen. Ben hatte das deutliche Gefühl, dass sie noch etwas anderes sagen wollte. Es juckte ihn, sein Telefon anzuschließen und nach seinen Fotos zu sehen.

»Ich hab mich geirrt«, sagte sie, »und doch noch jemand anderen gesehen, nachdem Sie die Bar verließen, neben dem Mann, der dann später gestorben ist.«

»Ja?«

»Es war einer der Männer, die die Pistenraupen fahren. Er arbeitet auch noch als Skiguide. Er ist hier gut bekannt. Letzte Nacht kam er ins Hotel, durchgefroren und schneeverkrustet, und wollte einen Drink, weil seine Raupe eine Panne hatte. Das kann schon mal vorkommen, wenn das Wetter umschlägt. Er kam nicht mehr nach Hause.«

»Er kam in die Bar?«

»So weit dann nicht. Der Nachtschichtleiter fing ihn in der Lobby ab und sagte ihm, die Bar sei um die Zeit nur für Gäste geöffnet. Der Mann wurde ziemlich wütend. Das hörte ich, weil sie draußen in der Halle lautstark diskutierten. Irgendwann muss der Amerikaner dann die Bar verlassen haben, denn er war auf einmal nicht mehr da. Vielleicht wollte er den Streit auch nicht mitanhören.«

»Warum ist Ihnen das erst jetzt eingefallen?«, fragte Ben.

»Weil Sie danach fragten, wer noch *in* der Bar war. Dieser Mann wurde nicht in die Bar eingelassen, und er war nicht mit dem Amerikaner zusammen so wie Sie. Aber er war im Hotel.« Sie hielt inne und schaute auf ihre Füße, die zu Bens Überraschung in schwarzen Motorradstiefeln mit ein paar überflüssigen Schnallen steckten.

Er nahm an, dass sie die in Missachtung der Uniformvorschriften und vielleicht als Hommage an Lisbeth Salander hinterm Tresen trug. Er hatte jede Menge übrig für kleine Akte der Unabhängigkeit oder Aufsässigkeit. Zusehends war er davon überzeugt, dass Hotels Persönlichkeiten beschäftigen sollten und keine Roboter, solange sie höflich und tüchtig waren.

»Für wen begutachten Sie Hotels?«, fragte sie und blickte dabei auf.

Ben wurde nicht schlau aus ihrem Spiel. »Ich arbeite für eine Gruppe von Hotels, einen Verbund namens Hideaway, bei dem das G Mitglied ist.«

»Ja, Hideaway ist mir bekannt – die exklusivsten Hotels der Welt.«

»So sehen sie sich gern.«

»So heißt es auf der Website, in den Broschüren. Trifft das denn nicht zu?« Ihr Lächeln sagte schon alles. Die Frage bedurfte keiner Antwort.

»Dieser Mann, der den Pistenbully fährt und manchmal als Guide arbeitet, den kennen Sie also vom Sehen?«

»Den kennt jeder, der hier angestellt ist. Er trinkt, und mitunter treffen wir ihn schlafend in einem der Gänge oder dem Skiraum an, wenn er es nicht mehr nach Hause geschafft hat.«

In Bens Ohren schrillten alle Sirenen, was die Sicherheitsvorkehrungen des Hotels betraf.

»Er wohnt in einer Kate oben im Wald.« Sie deutete vage in die hintere linke Zimmerecke. »Mitunter ist sie vom Hotel aus zu sehen, ihr Dach wenigstens, und wenn er Feuer macht. Etwas Landwirtschaft betreibt er auch, im Sommer. Er wohnt hier das ganze Jahr über und hängt sehr an der Gegend.«

Offenbar schien sie so einiges über ihn zu wissen. »Wohin ist er letzte Nacht gegangen, nachdem man ihm einen Drink an der Bar verweigert hat und er wegen des Schneesturms nicht nach Hause konnte?«

»Ich weiß nicht. Er wird wohl einen Schlafplatz gefunden haben.«

Die Warnsirenen in seinem Kopf schrillten noch lauter. Es ging nicht an, dass sich Aushilfsarbeiter in den Gängen eines Hideaway-Hotels pennen legten, Himmel noch mal. »Das ist äußerst ungewöhnlich.«

»Kommt halt vor«, sagte sie. »Diese Berge können sehr heimtückisch sein.«

»Haben Sie ihn heute gesehen?«

»Ich hab ihn nicht mehr gesehen, seit er letzte Nacht in der Lobby herumschrie.«

»Wissen Sie, wer die Pistenraupen einsetzt? Dasselbe Unternehmen, das die Skilifte betreibt?«

»Schon möglich«, sagte sie. »Sie tragen alle die gleichen Jacken und Anzüge.«

»Sie würden diesen Mann ja gewiss wiedererkennen? Sie könnten ihn mir zeigen?«

»O ja. Er hat einen dichten fuchsroten Bart, ist aber nicht so alt. Ende zwanzig vielleicht.«

Ben war sich bewusst, dass sie immer noch zwischen Tür und Angel redeten. Dennoch wollte er sie nicht in sein Zimmer bitten. Vertrauen war das eine, es auf Ärger anlegen etwas anderes. Er spürte, dass sie ihm nicht alles sagte. »Danke für Ihre Auskünfte und dafür, mir mein Telefon zu bringen. Jetzt müssen Sie aber zurück in die Bar – Sie haben einen wichtigen Job. Besonders heute, da kein Skilaufen oder Spabesuch möglich ist.«

Sie nickte, rührte sich aber nicht.

Ben ging noch immer durch den Kopf, was sie gesagt hatte und was nicht. Er sah sich gezwungen, etwas auszusprechen. »Wollen Sie andeuten, dass dieser Mann etwas mit dem Tod des Amerikaners zu tun gehabt haben könnte?«

Sie schaute entgeistert drein. »Das ist nicht das, was ich zu sagen versucht habe. Ich wollte Ihnen alles erzählen, was ich wusste und was hilfreich sein könnte, weil Sie Inspektor sind, für Hideaway.«

Das mit Hideaway hatte sie eben erst erfahren. Ben nickte und überlegte weiter.

»Ich würde gern in einem anderen Hotel arbeiten. Einem Hotel in einer Stadt, New York vielleicht oder Los Angeles. Oder London.«

Jetzt kapierte er. »Wenn sich der ganze Stunk verzieht, sehe ich zu, was ich tun kann«, sagte er. Nicht dass Hideaway gegenwärtig ein Mitglied in L. A. hatte, aber eines in Santa Barbara. »Offene Stellen gibt es immer wieder, und Kontakte und Empfehlungen sind im Gastgewerbe stets hilfreich, wie Sie wahrscheinlich wissen.« Er rang sich ein Lächeln ab, ließ sich ungern so unverblümt einspannen. »Wissen Sie noch was über diesen Mann?«

»Er heißt Bernard, wie der englische Hundename. Er ist ein bisschen verrückt, lebt für sich. Übrig hat er nur was für die Natur, Tiere, die Umwelt. Trotzdem arbeitet er für die Skiliftfirma und fährt ein Ungetüm, das giftigen Qualm ausspuckt. Wie kann das sein? Manchmal glaube ich, dass Stadtmenschen die Umwelt besser verstehen.«

»Vielleicht kann er nur so seinen Lebensunterhalt verdienen. Es lässt ihn wenigstens in den Bergen bleiben.« Das Ziegenhüten konnte sich Ben kaum als sehr profitabel vorstellen. »Umweltgerechtes Wirtschaften kann viel Geld kosten. Ökologische Vernunft ist teuer.«

»Und vielleicht auch anstrengend. Er kann sehr zornig sein«, sagte Petra.

Ben konnte es ihm nicht mal verübeln.

Sie warf einen Blick über die Schulter, ehe sie fortfuhr. »Er trinkt sehr viel.«

Warum war Petra so darauf aus, diesen Typen hervorzuheben und dann schlecht zu machen, während sie darauf beharrte, dass er sicherlich nichts mit John Brenans Tod zu tun gehabt habe? »Vielleicht weiß er was«, warf Ben hin, »wenn er dazu neigt, nachts das Hotel zu durchstreifen. Ich will mal sehen, ob ich ihn auftreibe und ein Wörtchen mit ihm wechsele.«

Es schien sie immer noch nicht eilig zurück in die Bar zu ziehen; sie blieb im Korridor stehen und sah ihn erwartungsvoll an. Rechnete sie damit, er werde aus dem Stand mit einem Job aufwarten? »Können Sie mir noch irgendwas darüber sagen, wer genau mein Telefon gefunden hat und weshalb es jetzt aufgetaucht ist?«

Sie schüttelte den Kopf und zuckte die Achseln, während der Pony beängstigend ortsfest blieb. Ben fragte sich, ob sie etwa eine Perücke trug. Eine Wagenladung Spray in den Haaren bestimmt.

»Ich weiß nur, wer es gefunden hat«, sagte sie. »Ich weiß nicht, wie es in die Mülltonne kam.«

Ben sah sich das fettige Ding wieder an. »Wer war das?«

»Eine Freundin in der Küche.«

»Warum hat sie es Ihnen gegeben und nicht dem Empfang?«

Wieder zuckte sie die Achseln. »Vielleicht hatte sie zu viel zu tun.«

»Oder sie wollte nicht gesehen werden, wie sie es jetzt abgibt, nach so langer Zeit?«

Petra gab keine Antwort.

»Allem Anschein nach sind hier nicht alle Mitarbeiter vollends vertrauenswürdig.« Ben wusste nur zu gut, dass sich Hotelangestellte, selbst solche eines Hideaway, zu Klüngeln zusammenschließen konnten. Und dass diese Klüngel zuweilen in Betrugsmaschen und Kleinkriminalität abglitten.

Petra schwieg weiter.

»Sie wollen weiterkommen, in eine große Stadt. Geht es Ihnen nur um den Ortswechsel? Wie steht es mit den Leuten, für die und mit denen Sie arbeiten?«

Petra zuckte zusammen, konnte aber nichts mehr entgegnen, denn Ben sah über ihre Schulter eine Gestalt am jenseitigen Ende des Flurs auftauchen. »Da kommt wer«, sagte er rasch. »Gehen Sie besser da lang.« Er machte eine Geste über seine Schulter, da er Aufzüge und Treppen an beiden Enden des Gangs wusste, die schnellen Zugang zur Halle und den Sitzgruppen erlaubten.

Sie spurtete geradezu davon, ohne sich umzusehen, während Ben in die Mitte des Gangs trat, um hoffentlich die Sicht zu versperren.

»Mr Martin«, sagte Eric Langeskov im Näherkommen. »Ich wollte gerade zu Ihnen.«

»Endlich«, erwiderte Ben. »Ich dachte schon, Sie weichen mir aus.«

»Sie hätten doch nicht im Flur warten müssen.«

»Ich sprach gerade mit jemandem.«

»Einem Belegschaftsmitglied?«

Wenigstens die Uniform musste Eric gesehen haben. Womöglich die Stiefel. »Ja«, sagte Ben. »Das wurde mir freundlicherweise eben gebracht.« Er zeigte sein iPhone vor.

»Es wurde Ihnen geradewegs übergeben?« Er keuchte es regelrecht. Offensichtlich war er überrascht. »Wusste gar nicht, dass es gefunden worden ist.«

»Ich schätze, es mir gleich selbst zu bringen, schien der schnellste Weg zu sein. Wobei ich mir nicht sicher bin, ob Sie Ihren Angestellten hätten mitteilen sollen, dass ich es war, dem sein Telefon verloren gegangen ist. Das brauchte nur der Empfang zu wissen. Dadurch sehe ich meine Privatsphäre verletzt.«

Eric seufzte und schüttelte den Kopf. »Es tut mir leid, aber jetzt haben Sie es ja wieder.« Er sah noch immer sehr verdutzt aus. »Da ist was, das ich Ihnen zeigen muss.« Sein Tonfall hatte sich geändert. »Können Sie mitkommen, jetzt sofort?«

»Ja, sicher.«

»Sie schnappen sich besser eine Jacke.«

Ben ging in sein Zimmer, zog seine Skijacke an, stopfte seine Mütze in eine Tasche und sein iPhone in eine andere, obwohl es gar nicht aufgeladen war. »Okay, dann los.« Es wunderte ihn, dass sich Eric nicht näher erkundigte, wer genau sein Telefon gefunden hatte und wo. »Haben wir es weit?«, fragte Ben.

Sie setzten sich zügig in die entgegengesetzte Richtung, die Petra eingeschlagen hatte, in Marsch, wobei Eric vorausging. »Bei diesem Wetter sind zehn Meter weit. Wir gehen nicht raus. Dort, wo wir hingehen, ist es allerdings nicht beheizt.«

»John Brenans Freunde, wurden sie unterrichtet?« Nun eilten sie die Treppe hinunter, was offensichtlich schneller ging, als erst auf einen Fahrstuhl zu warten. Wobei sie keinen Halt im Erdgeschoss machten, sondern weiterliefen. Am vierten Treppenlauf wurde Ben flau, sein Hunger meldete sich. Noch stand sein Frühstück aus, und inzwischen war schon Mittagszeit. Wie sollte er einen ordentlichen Bericht einreichen, wenn er Angebot und Einrichtungen nicht umfassend in Anspruch nahm?

Nicht zum ersten Mal in seiner Laufbahn bei Hideaway, wurde er sich im Klaren, würde ein vollständiger Bericht ausbleiben. Andere, weit wichtigere Probleme waren dazwischengekommen. Ein, zwei Augenblicke lang fragte er sich, ob er je wieder einen Bericht für Hideaway auf ganzer Länge abschließen, sämtliche inzwischen endlosen Kästchen abhaken und geistlosen Fragen beantworten würde.

»Nein«, sagte Eric, als er die schwere Tür zur Tiefgarage aufstemmte. »John Brenans Runde ist noch nicht unterrichtet worden. Das erweist sich als gar nicht so leicht. Es gab keine Gruppenbuchung, daher ist nicht sofort ersichtlich, mit wem er hier war. Wir geben uns größte Mühe, das herauszufinden. Wir können nicht einfach an jede Tür klopfen.«

»Ich sehe zwar ein, dass hier behutsam vorgegangen werden muss«, sagte Ben, als sie die Garage betraten, »aber Sie sollten wirklich in die Gänge kommen. Seine Freunde müssen baldmöglichst informiert werden. Ihnen würde es nicht recht sein, wenn sie es auf anderem Wege erfahren.« Ben dachte an Petra, an die Spa-Betreuer und daran, wer weiß wie viele andere Hotelangestellte es inzwischen wissen mochten. »Außerdem«, fügte er hinzu, »könnten sie seine genauen Todesumstände aufklären helfen.«

Eric warf Ben einen scharfen, abfälligen Blick zu. »Unser Hauptaugenmerk gilt der Mitteilung an seine Angehörigen. Wir haben die Botschaft in Genf unterrichtet, die sich an seine Familie in den Staaten wenden wird. Wir haben nur seine eigenen Kontaktdaten gespeichert. Den Toten können wir nicht mitteilen, dass sie schon tot sind, oder?«

Ben missfiel diese spitze Bemerkung. »Aber seine Freunde sollten ihrerseits imstande sein, Verbindung zu seiner Familie drüben in den Staaten herstellen zu helfen.«

»Das habe ich bedacht«, sagte Eric. »Aber ich bin an die Regeln und Vorschriften des Hotels gebunden.«

Für Ben klang das nach reinem Vorwand. Während sie weiter in die Tiefgarage vordrangen, gewöhnten sich seine Augen langsam an das hier vorherrschende trübe Licht. Und das Geheul des Schneesturms draußen drang an sein Ohr. Die Kälte in der Garage hatte nichts Belebendes mehr. Ben zog seine Wollmütze hervor. »Vermutlich wissen Sie, mit wem John

Brenan zu Abend aß, wenigstens die Namen seiner Tischnachbarn?« Wie schwer sollte das rauszufinden sein, Vorschriften hin oder her?

»Wir haben nur seinen Namen, weil er den Tisch reserviert hatte wie auch das Abendessen bezahlt. Er ließ es auf seine Zimmernummer anschreiben. Genau genommen reservierte er jeden Abend den Tisch und zahlte fürs Essen. Es ist weder erforderlich noch üblich, die Namen aller an einem reservierten Tisch Versammelten aufzunehmen, nur ihre Anzahl. Ob sie nun im Hotel wohnen oder nicht.«

Ben hatte Mühe zu begreifen, dass das Hotel nicht dazu in der Lage war festzustellen, mit wem ein Gast hier ausspannte. Die Personaldecke war unglaublich dünn, vielleicht hatte das etwas damit zu tun. Davon abgesehen wurde sich Ben bewusst, dass John Brenan zwar stets von reichlich Kumpanen umgeben gewesen zu sein schien, seltsamerweise aber nie auch nur einen davon Ben richtig vorgestellt hatte.

Er versuchte, sich zu erinnern, wer gestern Abend noch mit John zusammen am großen Esstisch gesessen hatte und wer tagsüber mit ihm in der Library Bar gewesen sein mochte. Vor seinem inneren Auge erschienen nicht mehr als einige weitere große, ähnlich gekleidete Männer. Vielleicht hätte Petra mehr Ahnung und könnte mit ein paar Namen und Zimmernummern dienen. Es sei denn, John Brenan hatte auch jede Thekenzeche bezahlt. Doch das war nicht der Fall, wenigstens Ben hatte den Mann zu Drinks eingeladen.

Sicherlich gäbe es auch Kameraüberwachung aus zahlreichen Blickwinkeln. Die Bewegungen aller an bestimmten Stellen der wesentlichen öffentlichen Bereiche mussten jederzeit erfasst und aufgezeichnet werden. Außer mutmaßlich im und rings um das Spa! Aber der dorthin führende Korridor? Bestimmt.

»Warum sind wir in der Parkgarage?«, fragte Ben – zusehends verblüfft von der Praxis des Hotels hinsichtlich Privatsphäre, Gasterkennung, Rechenschaftspflicht und Personaldecke –, während Eric ihn vorbei an zahlreichen Fahrzeugen und um eine Ecke in einen anderen Bereich führte.

»Ich habe Mr Roths Auto gefunden«, sagte Eric und zeigte darauf. »Da, in der Ecke.«

Ein mitternachtsblauer Volvo V90 Kombi stand dort zwischen zwei gewaltige SUVs gezwängt.

»Woher wissen Sie, dass es das Auto von Liam Roth ist?«

»Um in die Tiefgarage zu gelangen, muss eine Klingel gedrückt werden, die mit dem Sicherheitsbüro und dem Empfangstresen verbindet. Dort ist eine Kamera, sodass wir immer sehen, wer kommt. Dann muss die Gegensprechanlage betätigt werden, und wir lassen den Gast ein. Das wird automatisch aufgezeichnet. Die Kamera erfasst zudem alle ausfahrenden Autos, wobei dann nichts über die Sprechanlage gesagt werden muss. Was Sie mir gestern erzählten, war höchst undurchsichtig. Und als wir heute eine weitere Leiche fanden und Sie ebenfalls dabei waren, verstörte mich das besonders.«

»Lasten Sie mir irgendwas an?«

»Sie mögen für Hideaway arbeiten, aber das macht Sie nicht zum unschuldigen Zaungast. Oder sollte ich ›unschuldiger Inspektor‹ sagen?«

Ben konnte kaum glauben, was er da von Eric zu hören bekam. Sie standen zu beiden Seiten des Wagens und linsten ins Innere. Das Auto war ein neueres Modell, aber erstaunlich zugemüllt, die schwarze Lederausstattung strotzte von Styroporbechern, leeren Chipstüten, Ladekabeln, Zeitschriften, ein paar Taschenbüchern.

»Eric, Sie müssen aufpassen, was Sie sagen. Wenn Sie in diesem Gewerbe vorankommen und Ihre gegenwärtige Lage zu Ihrem Vorteil nutzen wollen, müssen Sie beträchtlich mehr Professionalität zeigen und die spitzen Bemerkungen und Anschuldigungen ausklammern. Ich will nur helfen, Ihnen, dem Hotel und Hideaway. Ich hatte nichts mit diesen beiden Todesfällen zu tun – verstanden?«

»Es ist nur so«, sagte Eric, »dass Sie hier und da aufgekreuzt sind, um den Nachwuchskräften peinliche, zudringliche Fragen zu stellen. Und andere Angestellte mit Schauergeschichten über eine Leiche in einer Gondel verschreckt haben. Verhält sich so ein Spitzeninspektor? Selbst Ihr iPhone geht irgendwo verloren mitsamt wesentlichem Inhalt. Wie kann das sein? Kommt doch gelegen, oder nicht?«

»Ihnen oder mir?«

»Sie können mir nicht beweisen, dass Sie diesen Toten in der Gondel gestern tatsächlich gesehen haben. Ist das nicht der Fall?«

»Ich glaube, dass mir mein Handy weggenommen, gestohlen wurde. Mir ist nur unklar, weshalb es mir zurückgegeben worden ist.«

»Sie müssen begreifen«, fuhr Eric fort, »dass all dies höchst regelwidrig ist. Ja, ich habe ein paar Hintergrundinfos eingeholt. Dermaßen wichtige Leute waren gestern hier, dass ich über so was Bescheid wissen musste. Sie haben Verdacht erregt. Dann finde ich heraus, dass Ihr Werdegang bei Hideaway ziemlich zwiespältig ausfällt.«

Ben hatte keine Ahnung, wo er derartige Hinweise aus öffentlichen Quellen hätte beziehen können. »Beispielhaft, würde ich sagen.«

»Außerdem fand ich den Nachweis, dass Sie Journalist gewesen sind. Folgerichtig kam mir der Gedanke, dass Sie entweder mit Mr Roth zusammenarbeiteten oder aus irgendeinem Grund Nachforschungen über ihn anstellten. Dann sah ich mir die Videoaufzeichnungen aus der Parkgarage an, die wir von Mr Roth bei seiner Abreise hier hatten und seiner Ankunft auch. Ich wollte sehen, was echt war und was Sie erfunden hatten.«

»Was ich erfunden hatte?« Ben lachte. »Sie haben Mut, mich hier herunterzubringen, wenn Sie mich an alledem für irgendwie beteiligt halten.«

»Ich bin Hotelier von Beruf«, sagte Eric stolz. »Meine vornehmste Sorge gilt diesem Hotel und seinem Ansehen. Ich will unter meiner Leitung keinen abträglichen Bericht, das stimmt. Ich muss an meine Karriere denken. Ich habe sehr hart daran gearbeitet, um bis an diesen Punkt zu kommen.«

»Wir alle müssen an unsere Karrieren denken und unser Ansehen.« Ben fragte sich, welche Beziehungen Eric Langeskov haben mochte. So wie er klang und sich verhielt, war weit mehr an ihm dran, als man zunächst annehmen könnte.

Ben probierte, die Fahrertür zu öffnen, aber sie war verschlossen. »Was haben Sie in den Videos aus der Parkgarage gefunden?«

»Ich habe Mr Roth Sonntagabend ankommen sehen, in seinem Wagen. Es gab aber keine Aufnahme von ihm, wie er gestern frühmorgens wegfuhr.«

»Tja, nein«, sagte Ben. »Er war nämlich tot, und sein Auto steht noch hier.« Eben dann wurde ein Hupen laut, und der Volvo erwachte zum Leben, indem sich Warnblinkanlage, Standlicht und Innenbeleuchtung einschalteten. »Sie haben die Schlüssel?«

»Ja«, erwiderte Eric. »Sie wurden in seinem Skispind gefunden.« Er winkte Ben mit dem Schlüsselanhänger zu.

»Aber ich habe in dem Spind nachgesehen – als ich ihn gestern Morgen unverschlossen vorfand. Wie Sie sicher wissen, gab ich am Empfang Bescheid, damit kein fremdes Eigentum abhandenkommt.«

»So etwas passiert hier nicht«, sagte Eric.

Ben ging nicht darauf ein. »Da habe ich die Schlüssel nicht gesehen.«

»Sie waren in seinen Schuhen. Gestern Nachmittag haben wir den Spind ausgeräumt, um ihn an neue Gäste zu übergeben.«

»In die Schuhe habe ich nicht geschaut«, räumte Ben ein. »Da wusste ich noch nicht, wem der Spind gehörte. Warum haben Sie mir das eben erst gesagt?«

»Erkenntnisse und Sachverhalte brauchen Zeit, um sich zusammenzufügen. Ich musste erst mit Angestellten reden, und Überwachungsvideos sichten macht auch ziemliche Umstände, wenn der Sicherheitschef nicht zugegen ist. Nebenbei wusste ich da noch nicht, wer Sie waren. So richtig weiß ich das bis jetzt nicht. Leute ziehen eine Schau ab, geben dies oder das zu sein vor, verhehlen ihre wahren Absichten. Inspektoren sind die Schlimmsten, sie versuchen ständig, einen zu überrumpeln.«

»Meine Absicht ist es, Maßstäbe aufrechtzuerhalten«, sagte Ben, »für Güte und Leistung. Ganz einfach. Ich weiß nicht genau, wohin Ihre Kameras sonst noch zeigen, aber Sie und ich werden uns an den Computer setzen und die letzten sechsunddreißig Stunden oder so genau ansehen müssen.«

»Sie wären nicht befugt, das mit mir zu tun, ob Sie nun für Hideaway arbeiten oder nicht.« Eric öffnete die Beifahrertür und beugte sich ins Wageninnere.

»Werden wir noch sehen.« Ben zog die Fahrertür auf und lehnte sich hinein. Es roch nach Kaffee und – eher überraschend – Parfüm. Ben konnte es nicht identifizieren, doch der Duft war eigen, blumig mit einer Spur Zigarrenrauch. »Was hoffen Sie, hier drin zu finden?« Er langte in die Türtasche und stieß auf altes Kaugummipapier, zusammengeknüllte Kassenbelege und Chipskrümel.

»Einen Hinweis darauf, wo er hingegangen sein könnte?«, sagte Eric.

»Kann sein, dass Sie dafür ein höheres Wesen anrufen müssen.« Ben richtete sich auf, roch das Parfüm aber immer noch. Gewöhnlich war er sehr gut darin, Parfüms zu erkennen. Er ging herum zum Heck des Autos, öffnete den Kofferraum und fuhr die einziehbare Sichtblende zurück. »Hier ist sein Gepäck.«

Eric trat zu Ben und hielt etwas in der Hand. »Und hier ist ein Handy.« Er zeigte ein Handy vor. »Lag unterm Sitz.«

Bens sah es sich näher an und schüttelte den Kopf. Es war

ein schwarzes iPhone, anscheinend dasselbe Modell wie sein eigenes, sogar mit einigen sichtbaren Sprüngen im Display. Ihm schauderte, als er einen eisigen Luftstoß spürte, den der Schneesturm unter den Toren durch bis in die letzten Winkel der Tiefgarage blies. Es gab kein Entkommen davor. »Wer lässt sein Telefon im Auto zurück?«

»Vielleicht war es nicht seins.« Eric tippte darauf ein. »Muss entladen sein.«

Ben klopfte seine Brust ab, seine Flanken, fühlte sein eigenes, unlängst zurückerstattetes iPhone in seiner Tasche. Spürte zumal, dass Eric ihn argwöhnisch ansah. »Nun, meins ist es nicht«, sagte Ben. »Da meins gerade gefunden wurde.«

»Ja«, murmelte Eric, der Bens Blick auswich und sich über die Ladefläche des Kombis beugte. Er griff nach der verschrammten ledernen Reisetasche und zog sie bis an die Stoßstange, damit beide sie besser sehen konnten.

Die Tasche war herrlich mitgenommen, Ben hatte genau so eine zu Hause. Mitterweile verreiste er vorwiegend mit seinem kleinen Rollkoffer. Er hatte wenig Lust, schwere Gepäckstücke über endlose Flughafengänge zu schleppen. Würde er jedoch mit dem Auto verreisen, träfe seine Wahl auf genau diese Tasche. Auch auf so ein Auto, könnte er sich eines aussuchen. Für Volvos hatte er schon immer etwas übriggehabt. »Wir sollten nichts davon anfassen«, sagte Ben.

»Nein, ich schätze nicht«, sagte Eric und trat zurück. »Aber es könnte uns ihn finden helfen.«

»Sie meinen, seine Leiche finden?«, präzisierte Ben. »Nützlicher wäre es jetzt vielleicht, seine letzten Schritte gestern früh zu kennen. Er muss einen Teil seiner Sachen gepackt und sie ins Auto gelegt haben, dann zurück in den Skiraum gegangen sein, sich die Stiefel angezogen, aber seiner Skier, Stöcke und seinen Helm einzusammeln vergessen haben, als er nach draußen ging, rüber zum Lift.« Ben schüttelte den Kopf. »Ergibt doch keinen Sinn, oder?«

»Nein.«

»Es sei denn, er hatte es plötzlich eilig, hier wegzukommen«, ergänzte Ben. »Wurde er bedrängt?«

»Möglich wäre das wohl.«

»Aber in Skistiefeln?«, dachte Ben laut. »Vielleicht hatte er sie schon an. Hat man diese Dinger erst mal an und stramm geschlossen, kommt man nicht so schnell und einfach wieder raus. Oder er war vielleicht irgendwie durcheinander.«

»Er hatte ausgecheckt«, sagte Eric. »Wollte somit irgendwann am selben Tag abreisen.«

»Vielleicht wollte er den Aufpreis für spätes Auschecken vermeiden und hatte vor, nach einem Tag auf den Pisten seine Alltagssachen im Skiraum wieder anzuziehen.« Ben drängte an Eric vorbei und langte nach der Tasche. »Nur dass andere ihn aufhalten wollten, weil er etwas Kompromittierendes wusste. Er floh vor seinen Häschern nach draußen, schaffte es aber nur bis zur Gondel.«

Weil er an irgendeinem Punkt vergiftet wurde, dachte Ben, der sich das weiße Zeug um den Mund des Toten ins Gedächtnis rief. Bloß wie, wann? So vieles an alledem war unlogisch, oder er konnte sich noch keinen Reim darauf machen. Ben brauchte weitaus mehr Informationen und Beweise, war ihm klar.

»Sie fassen also jetzt die Tasche an, was?«, fragte Eric.

»Ein schneller Blick kann nicht schaden«, sage Ben. »Wir müssen mehr wissen. Zumal Sie bestimmt nicht wollen, dass eine weitere Leiche unter Ihrer Aufsicht auftaucht. Wir wissen nicht, wer noch in Gefahr sein könnte.« Er suchte bei Eric nach einem Zeichen der Zustimmung, doch Eric schaute rasch weg.

»Solange dieser Schneesturm draußen weiterwütet, dürfte uns gar keine andere Wahl bleiben«, fügte Ben hinzu. »Hier ist keiner sonst, um uns zu helfen. Unsere Fingerabdrücke und DNA können später noch isoliert werden, falls nötig. Ich habe nichts zu verbergen. Meine DNA werden Sie bei keinem Erkennungsdienst finden.« Ben lachte bemüht.

Eric wich noch einen Schritt zurück, während Ben die Tasche näher heranzog. Sie war überraschend schwer. Er öffnete den Reißverschluss. »Mein lieber Schwan. Die Sachen können unmöglich alle von ihm stammen.«

Eric trat vor und linste hinein. »Könnte doch sein«, sagte er gut aufgelegt.

Mittwoch, 16:02 Uhr

Die Tasche enthielt einen ganzen Wust an Kleidungsstücken, allesamt hastig eingepackt, darunter sehr augenfällig einige Teile hauchfeine Damenunterwäsche. Es duftete noch stärker nach dem rauchigen Parfüm. Als er tiefer grub, förderte Ben eine kleine, aber gewichtige Kulturtasche zutage, die gleichfalls sehr feminin wirkte, und von ganz unten zwei anspruchsvoll aussehende gebundene Bücher – französische Autoren und Titel, die Ben nichts sagten. Hinzu kamen ein Knäuel aus Kabeln, Ladegeräten und Steckern und in einem Seitenfach verstaut ein Laptop.

»Reiste er auch bestimmt allein?«, fragte Ben und stöberte weiter in dem Fach. Wer trug so aufwendig gearbeitete Wäsche? Tatsächlich war ihm nur eine einzige Frau begegnet, die solche Sachen trug und das scheinbar ganz unbefangen, nämlich seine Chefin Emily Muller. Ben erwog, ob die Lingerie wirklich Liam Roth gehört haben konnte, wie Eric unterstellt hatte. Er schüttelte den Kopf. Nun fühlte er sich noch verwirrter und verunsicherter.

»Er ist allein hier abgestiegen, ja, meines Wissens schon«, sagte Eric.

Es fand sich noch ein kleines Notizbuch in dem Seitenfach. Ben blätterte es auf, sah seitenweise in winziger Handschrift hingekritzelte Vermerke. Das meiste war auf Deutsch, doch Ben fielen auch einige französische, italienische und englische Wörter und Namen ins Auge. Er ließ das Notizbuch in seiner Tasche verschwinden, ohne dass Eric es mitbekam. »Ich denke, wir sollten die da wieder an ihren alten Platz stellen, so gut es geht, und uns von hier verdrücken«, sagte Ben und zog den

Reißverschluss der Tasche zu. Wie emsig oder sorgfältig die Polizei vorgehen würde, wusste niemand. Wahrscheinlich hing das von der jeweiligen Behörde ab und ihrem Ermittlungsansatz natürlich. Allemal viel Glück dabei.

»Okay«, sagte Eric und schüttelte den Kopf. »Viel hilft uns das hier aber nicht.« Er schlug die Heckklappe zu und verschloss den Volvo mit dem Funkschlüssel.

»In einer Hinsicht doch. Offenbar hat Liam Roth in großer Hast gepackt und womöglich den Schlüpfer von jemand anderem gleich mit. Sein Laptop war da, und so was lässt man nicht aus Versehen zurück.«

»Vorausgesetzt, es ist sein Laptop.«

»Auf einmal stellen Sie alles infrage«, sagte Ben überrascht von Erics neuem Ansatz.

»Kann sein, dass ich Sachen hinterfrage«, konterte Eric, »dafür verrenne ich mich nicht und denke mir irgendwas aus.«

»Wirklich?«, gab Ben zurück. »Liam Roth hat es nie geschafft, ins Hotel zurückzukehren und mit seinem Auto wegzufahren.« Ben hielt inne, starrte lange und fest in die trüben Tiefen des Parkdecks, bemerkte die Neonpfeile zum Ausgang. »Ich würde gern sehen, wohin genau die Ausfahrt aus diesem Parkhaus führt. Außerdem brauche ich frische Luft.«

»Ist Ihnen noch nicht kalt genug hier drin?«

»Mein Kopf ist wie benebelt«, sagte Ben, als sie langsam auf den Hauptausgang zugingen. »Mir kam der Gedanke, dass dieser Journalist das Ausbaukonsortium durchleuchtet hat und dabei auf Dinge gestoßen ist, die andere verborgen halten wollten.«

»Eine verbreitete Annahme, wenn ein großes Geschäft und viel Geld auf dem Spiel stehen.« Eric hörte sich plötzlich ziemlich eingebildet an. »Denn da ist was Wahres dran.«

»Ach ja?«, seufzte Ben, den heftiges Hungerzwicken plagte. »Aber vielleicht habe ich zu viel hineingelesen. Und mit John Brenans Tod wurde das Bild noch verwirrender. Die beiden

Todesfälle müssen zusammenhängen, hatte ich mir gedacht, vielmehr befürchtet.«

»Vielleicht sehen Sie zu genau hin. Vielleicht sind die einfachen Erklärungen die besten. Stehen Sie auf Verschwörungstheorien?«, fragte Eric.

»John Brenan mal für den Augenblick außen vor, habe ich in einer Gondel eine Leiche entdeckt, sehr wahrscheinlich Liam Roth. Und doch scheint niemand sonst sie gesehen zu haben, und jetzt ist sie verschwunden. Das ist befremdlich, bislang reichlich unerklärlich. Aber es ist auch die Wahrheit.«

»Sagen Sie.«

»Und nein, ich gebe gar nichts auf Verschwörungstheorien.«

»Wo ist er denn nun hin, dieser Liam Roth?« Eric drückte auf einen großen Knopf rechts neben einem breiten Rollladen aus Metall.

»Wo ist seine *Leiche* jetzt? Sie könnte irgendwo sein mitten im Nirgendwo. Es würde nicht allzu schwer fallen, eine Leiche in diesem Winkel der Erde zu entsorgen, gerade bei so viel Neuschnee. Irgendwelche Spuren wären im Nu zugedeckt.«

»Da Sie jetzt Ihr Telefon wiederhaben, möchte ich endlich mal Beweise sehen«, sagte Eric.

»Ja, natürlich«, rief Ben, als sich der Rollladen zu heben begann und unter dem Metall hinweg Wind und feiner Schnee mit großer Gewalt in die Tiefgarage gepeitscht wurden. »Die würde ich Ihnen nur zu gern zeigen. Aber der Akku ist leer.«

Während immer mehr Rolltor nach oben verschwand und immer mehr von draußen nach drinnen blies, wurde sich Ben unsicher, ob er die unmittelbare Umgebung der Ausfahrt wirklich sehen musste. Nur dass er ganz in der Nähe einen lauten Motor hören und eine Bewegung erahnen konnte. Er kämpfte um jeden Schritt vorwärts. »Übrigens«, rief er über die Schulter Eric zu, der nur seinen Anzug trug und verständlicherweise jeden weiteren Vorstoß zu scheuen schien, »haben Sie noch das Telefon, das Sie im Auto gefunden haben?«

Eric befühlte seine Jackentaschen. »Das ganz wie Ihres aussieht? Ja, ich hab's tatsächlich noch. Wie töricht von mir. Ich hätte es im Auto lassen sollen, wo ich es fand. Aber haben nicht auch Sie etwas von Mr Roth, aus dem Auto? Sein Notizbuch?«

Ben äffte Eric nach, befühlte seine Taschen, tat überrascht. »Allerdings.« Er ließ das Theater sein. »Das haben Sie mich nehmen sehen?« Hatte Eric etwa im Sinn gehabt, Ben weiter zu belasten, indem er vorgab, Bens Telefon im Volvo gefunden zu haben, doch dann seinen Plan vom Umstand durchkreuzt gesehen, dass Petra Bauer als Erste zu Ben gelangen sollte und dazu mit seinem richtigen Handy?

»Ich bin der stellvertretende Generaldirektor, mir entgeht nichts.« Eric schlang beide Arme um sich, um sich notdürftig vor dem Wetter zu wappnen.

Ben sog sich die Lunge bis zum Anschlag mit eisiger Bergluft voll. Es tat gut zu leben, hungrig nach vielen weiteren Jahren zu sein. Hungrig zu sein nach Frühstück, Mittagessen und Fünf-Uhr-Tee auf einmal. So wie sich der Tag anließ, wäre es bald Zeit für einen ersten Aperitif. Entschlossen trat er weiter hinaus und bemerkte die Überwachungskameras, eine gleich innen am Eingang und eine außen. »Gibt es Überwachungskameras an der Liftstation?«, rief er zurück.

Eric schüttelte den Kopf. »Ich bin mir nicht sicher, da wir die Seilbahnen nicht selber betreiben. Es gibt aber Webcams am Zwischenhalt und auf dem Gipfel. Die sind sehr beliebt über die App.«

Das ungewöhnliche, grollende Motorgeräusch wurde wieder lauter. Nicht lange, und Ben konnte die Quelle des Lärms im weißen Brausen auftauchen sehen. Eine gewaltige Pistenraupe kam des Wegs, hielt auf die Tiefgarageneinfahrt zu und blieb nur Meter von Ben entfernt stehen. »He«, Ben winkte dem Fahrer zu. »He!« Doch der Fahrer konnte ihn mit Sicherheit nicht hören und schien ihn auch nicht wahrzunehmen.

Das Fahrzeug beschrieb nun einen lang gezogenen Bogen,

bei dem es seine Geräte zur Schneebearbeitung anhob und kehrtmachte. So etwas hatte Ben noch nie gesehen – eine Pistenraupe, die auf knappem Raum in drei Zügen wendete. Das Ganze lief in Eile und mit vollendeter Könnerschaft ab. Der Schnee lag jedoch so hoch, dass Ben Fahrweg und umgebendes Erdreich nicht auseinanderhalten konnte. Jegliches Anzeichen für einen Zaun oder eine Begrenzung, Zierbüsche oder Geländemarken waren ganz und gar im Weiß versunken.

Beim letzten Rangiermanöver und vielleicht, weil die entgegengesetzte Seite des Führerhauses in den Sturm gedreht wurde, bekam Ben klare Sicht auf den Fahrer und dessen ungemein roten Hipstervollbart. Es war ein junger Mann mit kräftigen Zügen und tiefliegenden Augen, so viel konnte Ben sehen. Wieder winkte Ben und zog den Blick des Fahrers auf sich. Diesmal drehte sich der Mann absichtlich weg, jagte den riesigen Motor auf Hochtouren und ließ sein Ungetüm einen mächtigeren Satz nach vorn machen, als Ben bei so einem Ding für möglich gehalten hätte. Es rülpste eine fette Wolke aus Dieselabgasen aus, die einen Atemzug lang dem Schneesturm mehr als ebenbürtig war.

Hustend zog sich Ben in den Schutz der Garageneinfahrt zurück, wo Eric noch immer bibbernd wartete. »Haben Sie keine von diesen silbergrauen Skijacken?«, fragte Ben.

»Die sind für die Leute, die an den Skiliften und Pisten arbeiten. Ist beides Mal dieselbe Firma. Aber ihre Uniformen hat das Hotel G extra anfertigen lassen. Sind schick, nicht wahr?«

»Das war doch Bernard, oder, der den Pistenbully gefahren hat?« Ben musste immer noch laut rufen.

»Bernard? Ach ja? Der ist ’ne Nummer für sich.«

»Schon gehört.«

»Mr Martin, hätten Sie was dagegen, wenn wir drinnen Unterschlupf nehmen? Es ist wirklich sehr kalt.«

»Klar.« Ben war nicht viel klüger geworden, wohin der Parkhausausgang führte und was das für Liam Roths zuletzt durchgeführte Aktionen bedeutete. »Ich vermute, dass Liam Roth zu Fuß die Garage verlassen haben könnte, statt vom Skiraum aus nach draußen zu gehen. Er könnte runter zum Auto gegangen sein und die Tasche verstaut haben, um dann hier entlang weiterzulaufen.«

»In Skistiefeln?«

»Wenn er zu entkommen oder jemandem auszuweichen versuchte, vielleicht.« Ben kam der Gedanke, Eric wollte einfach nicht zugeben, dass Liam Roth das Hotel eilig und zu Fuß Richtung Skilift verlassen hatte. Er wollte nicht zugeben, dass Liam Roth in eine Gondel gestiegen und gestorben sein könnte. Gut möglich, weil er etwas über den Verbleib der Leiche wusste.

Sie gingen durch die Tiefgarage zurück, während hinter ihnen das Rolltor heruntergefahren wurde und nach und nach einen Gutteil des Lichts verdeckte. »Nicht besonders gut beleuchtet hier drin, oder?«

»Der Schnee kann einen blenden, selbst bei einem nächtlichen Sturm.«

»Vielleicht war er einfach nur desorientiert.« Ben warf einen weiteren Blick in die Runde auf der Suche nach einem Range Rover mit schwarz getönten Scheiben und Schweizer Kennzeichen, während sie sich dem Treppenhaus näherten. Es waren jetzt weniger große SUVs abgestellt als bei seinem letzten Besuch hier unten am Morgen zuvor. Offenbar war eine beträchtliche Zahl von Gästen abgereist, noch bevor der Sturm losgebrochen war.

»Man kann in diesem Hotel die Orientierung verlieren«, sagte Eric. »Selbst ich. Es gibt so viele Flure und Flügel und eine ganze Reihe Ein- und Ausgänge.«

»Muss schwierig sein, alles gut abzusichern.«

»Das ist Aufgabe der Sicherheitsleute.«

»Wenn sie alle da sind«, sagte Ben. »Unterbesetzung könnte ich mir als Problem vorstellen, insbesondere, wenn das Hotel voll belegt ist.«

»Ja, es ist ein kleiner Stab. Sehr klein. Eigentlich nur ein Leiter.«

»Der tot ist«, murmelte Ben.

»Da das Hotel so abgelegen ist, ist fast jeder hier entweder Gast oder Mitarbeiter.« Eric stieß die Tür auf, mit Ben auf seinen Fersen. Auf einmal befanden sie sich in einer erheblich wirtlicheren und stilleren Umgebung.

»Erzählen Sie mir von Bernard. Meines Wissens kam er gestern spätnachts aus der Kälte getrabt und verlangte nach einem Drink.«

»Er ist Angestellter der Liftfirma. Und ja, er trinkt zu viel, das ist wahr.«

»Letzte Nacht? Wer hat ihn überhaupt ins Hotel gelassen?«

»Es herrschte Schneesturm, und wenn das Wetter richtig schlecht wird, haben die Fahrer manchmal keine andere Wahl, als hier Zuflucht zu suchen. Gewöhnlich arbeiten sie die ganze Nacht, fahren die Skipisten rauf und runter. Wenn sie nicht mehr sicher weiterarbeiten können, müssen sie hier unterkommen. Bernard ist der geschickteste Fahrer, den wir haben, und unter anderem damit betraut, bei solcher Witterung die Zufahrt zum Hotel freizuhalten, wie Sie gerade mitansehen durften. Er steht mit der Hotelbelegschaft auf gutem Fuß.«

Sie erreichten den verwaisten Erdgeschossflur. Eric blieb stehen und drehte sich zu Ben um.

»Selbst wenn er betrunken ist?«, fragte Ben.

»Ich muss zurück in mein Büro. Es gibt viel zu tun.« Nervös schaute er auf seine Armbanduhr.

»Anscheinend gab es Streit in der Halle. Die Bar hat zugemacht, aber er wollte trotzdem was zu trinken.«

»Vielleicht wollte er mehr als nur ein Glas ...«

»Wie meinen Sie das?«

»Er hat eine Beziehung mit einem Belegschaftsmitglied gehabt.«

»Woher wissen Sie das?«

»Wie gesagt, gehört es zu meinem Job, alles im Blick zu behalten. Wie bei Ihnen. Wir müssen beide aufmerksam sein.«

Ben nickte, war abermals von Eric überrascht.

»Aber wir müssen uns daran halten, was wir sehen, was wir sicher wissen, und uns nicht zu irgendwas versteigen.«

Wäre das Leben doch so einfach. »Ich habe Zweifel, ob der menschliche Verstand ganz so funktioniert«, sagte Ben. »Wer ist es denn? Mit wem hat er eine Beziehung? Ich weiß es eigentlich selber, glaube ich – Petra Bauer, die in der Library Bar bedient?«

»Die beiden sind seit mehr als einer Saison ein Paar.«

»Oder waren«, sagte Ben. »Ich frage mich, ob sie immer noch ein Verhältnis miteinander haben.«

»Ich glaube, die beiden haben das, was eine Achterbahnbeziehung genannt wird. Sehr stürmisch, wie dieses Wetter. Aber warum sagen Sie das?«

»Um der Frau wegen, die mich auf diesen Krach hinwies und darauf, dass er um die Zeit stattfand, als John Brenan die Library Bar verließ. Ich will ganz offen mit Ihnen sein, Eric. Ich sage Ihnen alles, was ich weiß, zum Schutz und zur Sicherheit Ihrer Gäste.«

»Petra hat Ihnen das verraten?«

Ben nickte.

»Ich weiß, dass sie vorhin vor Ihrem Zimmer stand und Ihnen Ihr Telefon gebracht hat. Sie hat ihren eigenen Stil. Ziemlich unverwechselbar. Sind Sie beide am Mauscheln?«

»Schwerlich, warum sollte ich Ihnen das sonst erzählen? Außerdem brachte sie mir mein iPhone. Ich glaube nicht, dass sie ihn regelrecht reinlegen wollte.« Ben versuchte, sich zu erinnern, was genau sie über Bernards Verlangen nach Alkohol vergangene Nacht gesagt hatte. Vielleicht suchte sie ihn gar zu schützen, indem sie Ben darauf aufmerksam machte, dass jener unübersehbar zugegen, betrunken und handlungsunfähig war.

»Wenn sie wütend auf ihn gewesen ist, könnte sie alles Mögliche gesagt haben.«

»Ja, das habe ich mir auch schon gedacht.« Ben wusste, dass die Wege der Liebe unergründlich waren. »Aber wir müssen uns daran halten, was wir sehen, was wir sicher wissen, und uns nicht zu irgendwas versteigen.« Ben lächelte Eric an, hatte seinen Spaß, den Spieß umzudrehen. »Mit Sicherheit weiß ich, dass wir John Brenans Leiche ohne teure Patek Philippe am Arm aus dem Pool gefischt haben, die mir an ihm aufgefallen war, als er mir zuvor am Tag in der Bar über den Weg lief.«

»Ihnen gefällt die Bar, nicht wahr?«

Darauf wollte Ben nicht eingehen. »Sicher kann ich nicht sein, ob er die Uhr am Abend trug. Wobei ich mir kaum vorstellen kann, dass er es nicht getan hätte.«

»Wir dürfen keine Vermutungen anstellen, oder? Tatsachen, Mr Martin, die brauchen wir.«

»Ein Motiv für John Brenans Tod könnte Raub sein, ein Überfall, der furchtbar aus dem Ruder lief.«

»Von Bernard verübt?«, zweifelte Eric. »Der Mann hat nur Berge im Kopf, die Umwelt. Kann mir nicht ausmalen, wie er Gäste zu bestehlen versucht.«

»Aber er ist zu wenig Ideologe, um keine riesigen dieselgetriebenen Pistenraupen den Berg rauf und runterzufahren. Er muss ja seinen Lebensunterhalt verdienen wie wir alle.«

»Manche Leute werden mit Geld geboren, andere haben genug angesammelt, um nie wieder arbeiten zu müssen«, sagte Eric. »Während manche einfach immer mehr haben wollen.«

Für Ben klang er mehr als verbittert.

»Sie und ich arbeiten in einer Branche, an einem Ende davon, wo Geld unterschiedliche Bedeutungen annimmt. Ich muss in mein Büro zurück.«

»Um damit voranzukommen, John Brenans Freunde und Familie zu benachrichtigen?«

»Ja, natürlich, und bei anderen dringenden Angelegenheiten,

während Sie Ihr Telefon aufladen müssen, um mir zu beweisen, dass Sie tatsächlich Liam Roth gestern Morgen in einer Gondel angetroffen haben, und zwar tot.«

»Das dürfte nicht lange dauern. Unterdessen wollen Sie vielleicht auch nachsehen, was Sie auf Ihren Überwachungsvideos haben, wenn ich schon selber keinen Blick darauf werfen darf. Ich hätte größtes Interesse an allen Hotelausgängen vor neun Uhr gestern Morgen. Ebenso müssen wir nachsehen, was Sie von letzter Nacht gegen zwei haben. Bei allen Kameras, die den Weg zum Pool einfangen könnten, drinnen wie draußen. Und den Haupteingang zum Hotel. Was könnten sie bei Bernards Ankunft und Aufbruch erfasst haben? Ist er letzte Nacht überhaupt wieder los oder einfach irgendwo in einer stillen Ecke eingenickt, wie es öfter mal vorgekommen ist, soweit ich weiß.«

»Ja, ja«, sagte Eric. »Ich kümmere mich um die Videoüberwachung, sobald ich kann.«

»Vielleicht werde ich keinen üblichen Bericht für Hideaway schreiben – angesichts all der Vorfälle –, aber eine umfassende und gründliche Betrachtung wird es dennoch werden. Ihnen zuliebe hoffe ich, dass die Security des G ist, was sie sein sollte, denn aus meinem Blickwinkel und allem Vernehmen nach scheint sie einige sehr erhebliche Mängel aufzuweisen.«

Erics Gesicht schien rot anzulaufen vor Mühe, Ben nicht anzuschreien. »Da ist der Trakt mit Unterkünften für Angestellte, wo Petra Bauer und viele der anderen wohnen. Kann sein, dass Bernard dort untergekommen ist.«

»Wird das von Kameras abgedeckt?«

»Schauen Sie, Mr Martin, wir sind beide in einer schwierigen Lage, die uns daran hindert, normal zu arbeiten. Unter solchen Umständen können wir nur unser Bestes zu leisten versuchen.«

»Ich habe Ihnen gesagt, was ich gern wissen würde«, entgegnete Ben. »Bitte geben Sie mir diese Auskünfte. Sonst werde ich in Ihr Büro marschieren und Sie dazu bringen, mir alles zu zeigen.«

Eric nickte.

»Etwas anderes. Sie haben das Telefon eingesteckt, das Sie in Liam Roths Wagen fanden. Richtig? Warum denke ich, dass Sie so tun wollten, als wären Sie plötzlich im Auto darauf gestoßen, um mich damit reinzulegen, und es nun irgendwie loswerden müssen?«

»Das ist schlicht nicht der Fall, mein Wort darauf. Es muss ein Zufall sein. Sowieso haben Sie Ihr iPhone zurückerhalten, bevor ich das andere entdeckt habe. Es war im Auto. Wie Sie selbst sahen.«

Hatte er das wirklich?, fragte sich Ben. »Sie waren nicht drauf gefasst, dass Petra Bauer es mir bringt. Das hat Sie überrascht, oder nicht?«

»Liam Roth scheint dasselbe Modell zu haben«, sagte Eric. »Und viele andere tun das.«

»Aber warum war es in seinem Auto? Warum sollte er es dringelassen haben?«

»Warum war seine Tasche in seinem Auto? Wir wissen nicht, was ihm zugestoßen ist.«

»Etwas sagt mir, dass Sie eine Ahnung haben könnten.«

Eric wandte sich kopfschüttelnd um und wollte sich schleunigst entfernen.

»Ehe Sie gehen, können Sie mir das Handy geben, das Sie im Auto gefunden haben wollen?«, bat Ben. »Da es das Gleiche ist wie meines, werde ich es in meinem Zimmer aufladen können. Nebenbei dürften Sie kaum mit dem Telefon eines Geschädigten angetroffen werden und einräumen wollen, dass sie sein Auto als auch seine Habseligkeiten ohne Genehmigung der zuständigen Behörde durchsucht haben. Bestimmt verstößt das auch gegen die Vorschriften Ihres Hotels.«

»Na gut.« Eric händigte es ihm aus. »Aber wie wollen Sie es freischalten?«

»Werde ich nicht können«, sagte Ben. »Muss ich gar nicht. Trotzdem können Nachrichten eingehen. Vielleicht wird ihn jemand gar per Anruf zu erreichen versuchen.«

»Ah, leuchtet ein. Aber was haben Sie mit seinem Notizbuch vor?«

»Nachsehen, ob sich auch daraus irgendwas ergibt.«

»Haben Sie keine Vorschriften, keinen Verhaltenskodex als Hotelinspektor zu befolgen?«

»Doch, haben wir natürlich.« Im selben Augenblick wurde Ben gewahr, dass ihnen Leute entgegenkamen und sie nicht mehr allein im Korridor waren. Sie traten beiseite, als die Gruppe sich näherte. Sie waren zu viert oder fünft und so gut gegen den Schneesturm draußen eingemummelt, dass sich ihre Gesichter kaum ausmachen ließen. Ben und Eric nickten beide den vorbeiwuselnden Leuten zu und formten mit den Lippen ein Hallo. »Aber ich bin gut mit der Chefin befreundet. Für mich macht sie immer wieder Ausnahmen.«

Mittwoch, 17:30 Uhr

Kaum zurück in seinem Standard-Deluxe, fahndete Ben nach der Speisekarte des Zimmerservice, ortete sie schließlich in der dicken Angebotsmappe auf seinem Nachttisch und musste feststellen, dass die vollständige Ausgabe nur online erhältlich war. Ihm war nach etwas ausgesprochen Raffiniertem. Eben schien sich sein Kater wieder zu legen. Ein, zwei Gläser passender Wein kämen auch sehr gut. Wenigstens könnte er sich vormachen zu arbeiten, denn ein nagelneuer Abschnitt des Prüfformulars widmete sich ganz dem Zimmerservice. Diesen Bereich des Hotels durfte er immerhin ohne den weißen Handschuh auf die Probe stellen.

Ben brauchte ein Weilchen, um seinen Rechner hochzufahren, die Website des Hotels zu finden, dann den Gastbereich und schließlich die Speisenliste des Zimmerservice. Doch soweit er sehen konnte, entsprach sie genau der gedruckten Ausgabe. Es gab weder Sondergerichte noch eine Tageskarte. Zumindest wurde derzeit nichts dergleichen aufgeführt. War der Personalmangel daran schuld? Der Umstand, dass kein Generaldirektor vor Ort war und alles genau im Auge behielt? Eric schien unfähig, die Videokameras zu überwachen, geschweige denn sonst irgendwas.

Wer arbeitete eigentlich gerade jetzt in der Küche? War nicht dort sein Telefon gefunden worden? Dabei fiel ihm ein, dass es aufgeladen werden musste. Er zog es aus seiner Jackentasche und stöpselte es ein, ehe er sich wieder der Speisekarte widmete.

Die Wahl fiel ihm leicht: traditionelles Tatar überbacken mit Butter aus Heufütterung. Das Kleingedruckte vermeldete: mit

Rinderfilet mit Bergfeuer, Toast und Butter. Die Erläuterung stiftete weniger Sinn als der Name des Gerichts selbst. Es gab sie nur auf Englisch, sodass Ben dafür nicht die Übersetzung rügen konnte. Nicht dass er eine Übersetzung in einem Hotel wie diesem hätte rügen können dürfen. Jede gewählte und verwendete Sprache hatte getreulich und fehlerlos auszufallen, lautete sein Maßstab. Wobei er bemerkt hatte, dass die neuen Hideaway-Formulare für eine entsprechende Beurteilung interessanterweise nirgends eine Stelle vorsahen. Eben darum waren die Wertungen und Wahrnehmungen eines Hotelinspektors mit seiner Erfahrung und Befähigung entscheidend.

Er beschloss, lieber eine Portion Pommes frites zu bestellen, die sicherlich keiner weiteren Erläuterung bedurften, nur gab es doch eine: *als Beilage*. Und wenn jemand Fritten als Hauptgericht haben wollte? Würde dieser Wunsch gewährt?

Er gab die Bestellung online auf und fügte eine kleine Karaffe Pinot Noir Grand Cru hinzu, den die begleitende Weinempfehlung anpries – gewöhnlich ignorierte er solcherart Empfehlungen. Aber er war gerade zu hungrig und durstig, um noch woanders nachzusehen, und sei es online.

Obwohl er ganz froh darüber war, einstweilen mit keinem Belegschaftsmitglied mehr reden zu müssen, rechnete er nicht unbedingt damit, dass die Bestellung umgehend besorgt werden würde. Er hegte auch Zweifel, ob ein Hotel von solchem Rang den Zimmerservice überhaupt bewerben sollte. Das hier war nicht Deliveroo. Freilich kam nach zwei Minuten eine E-Mail zurück, wonach seine Bestellung eingegangen sei und binnen einer halben Stunde »geliefert« werde.

Das mochte zehn Minuten länger dauern, als Ben bei einem solchen Hotel um diese Uhrzeit erwartet hätte. Vermutlich riss man sich in der Küche kein Bein aus. Andererseits vielleicht doch. Was sonst dürften die Leute heute tun, da sie nicht nach draußen gehen konnten oder an den Pool oder ins Spa? Essen, Trinken, Netflix gucken und vielleicht sogar Liebe machen. Nun, es war die Sorte Hotel dafür – mit überirdischen Ausblicken, wenn das Wetter mitspielte.

MS-Teams meldete ihm einen Anruf, ein anderer bezaubernder Anblick kündigte sich an.

»Hallo, Emily, welch freudige Überraschung.«

»Unter unerfreulichen Umständen, wenn ich recht verstehe«, sagte sie.

»Ja, nicht eine, sondern zwei Leichen innerhalb vierundzwanzig Stunden zu entdecken, ist wohl keine ganz glückliche Fügung.«

»Zum Glück wiederum stehst gerade du uns zur Verfügung. Du weißt, Ben, wie sehr ich alles schätze, was du für mich und Hideaway tust. Das habe ich hoffentlich immer deutlich gemacht.«

Sie war in ihrem Büro, trug einen eng anliegenden Rollkragenpulli aus beiger Wolle. Sie hatte wirklich eine tolle Figur und war nicht abgeneigt, sie vorzuzeigen. »Ja, das hast du deutlich gemacht, danke.« Er lächelte.

»Marc hat mich informiert, was da los gewesen ist. Irgendwelche neuen Entwicklungen seit eurem Gespräch?«

»Ich gebe mir größte Mühe, die Überwachungsvideos einsehen zu können. Als Generaldirektor amtiert hier jemand, der eigentlich Duty Manager ist – und auch dazu eben erst befördert wurde, schätze ich. Er heißt Eric Langeskov, dem ist nicht zu trauen. Keine Ahnung, worauf er aus ist, aber ich glaube, dass er mir was anzuhängen versucht hat. Auf jeden Fall ist er völlig am Schwimmen.«

»Sicher kein Leichtes, so ein Skihotel zu führen, zumal wenn sich da allerhand Stakeholder treffen.«

»Was weißt du über sie?«

»Wahrscheinlich weniger, als ich wissen sollte. Da muss ich noch etwas tiefer graben. Aber wenn ich so wenig weiß, liegt das gewöhnlich an der verschwiegenen Natur solcher Leute.« Sie lächelte berückend. »Es dürfte einige heikle Fragen aufwerfen, bei so einer Gegend wahrscheinlich solche nach den Umweltfolgen. Die werden alle ihre Figuren in Stellung bringen wollen, ehe sie irgendwas verkünden.«

»Hast du je von diesem Investigativreporter gehört, Liam Roth?«

»Der, den du tot aufgefunden hast?«

»Wenn er es war, was ich stark glaube, ja.«

»Gehört schon. Zum Glück hatte ich nie was mit ihm zu tun. Er ist als skrupellos verschrien. Außerdem als Schürzenjäger. Warum kenne ich den eigentlich nicht?« Sie kicherte. »Kann ich so was heutzutage noch sagen?«

»Zu mir sicher.«

»Ach Ben, es wäre so herrlich, dich zu treffen. Bis wann bist du dort?«

»Ich hätte schon vor ein paar Stunden abreisen sollen – es ist bloß eine zweitägige mitteleuropäische Inspektion. Aber wetterbedingt und der anderen Ereignisse wegen«, er verzog die Miene, »bleibe ich jetzt mindestens bis morgen.«

»Hat dein Zimmer Kaminfeuer, Fellteppiche? Einen Whirlpool auf dem Balkon?«

Ben warf einen Blick über die Schulter in den beengten Raum. »Bin in einem Standard-Deluxe. Ist aber ganz gemütlich.«

»Klingt wunderbar. Mit wem man an so einem Ort ist, darauf kommt es an, nicht auf die Größe der Suite. Ich frage mich, ob wir erwägen sollten, Inspektoren zu zweit rauszuschicken.«

»Vielleicht könnten sie auch einfach mit ihren Geliebten reisen«, sagte Ben. »Wäre doch wohl zweckmäßiger.«

»Mir hat schon immer gefallen, wie dein Verstand arbeitet. Pass auf dich auf, und ich kümmere mich darum, dass wir uns sehr bald sehen.«

»Bitte tu das.«

Sie beendeten gleichzeitig das Gespräch. Während sein Telefon noch am Laden war, rief er die E-Mail von Simone wieder auf.

Lieber Mr Martin,

vielen Dank für Ihre Anfrage. Liam Roth arbeitet an einem Projekt und ist gegenwärtig verhindert. Könnten Sie bitte erläutern, weshalb Sie ihn erreichen möchten, und dabei so viele Angaben wie möglich machen?

Freundliche Grüße,

Simone

Ben überlegte sich ein, zwei Minuten lang eine Antwort, dann haute er in die Tasten.

Liebe Simone,

vielen Dank für Ihre prompte Rückmeldung. Die Sache wird immer dringlicher. Ich würde Liam Roth wirklich sehr gern so bald wie möglich sprechen. Dann habe ich auch noch ein paar Sachen von ihm hier im G, die er bestimmt gern zurückhätte. Sollte er zu sehr mit seinem Projekt beschäftigt sein, dann könnte ich vielleicht mit Ihnen abklären, wohin ich sie schicken kann?

Wie hätte Roth an einem so luxuriösen Urlaubsort zu sehr mit einem Projekt beschäftigt sein können, sofern es nicht den Urlaubsort selbst betraf, das Ausbauvorhaben? Es gab keine Anschrift oder E-Mail-Signatur auf dem Kontaktformular, verständlicherweise vielleicht, nicht dass Ben die leiseste Absicht hatte, Roths Sachen zu übersenden. Ganz sicher aber würde er Simone gern sprechen, also fügte er noch seine Handynummer an.

Er stand auf, ging im Zimmer umher und versuchte, sich Emily hier drin mit ihm vorzustellen. Vermutlich würde sie schon nach kurzer Zeit ein Upgrade verlangen. Als er die mannigfachen Vorhänge zurückzog, gaben sie einen Schneesturm frei, dem offenbar die Puste ausging. Wie sich das anfühlte, wusste er.

Er ließ die Vorhänge offen und kehrte an seinen Schreibplatz zurück. Ihm war wie einem Tier im Käfig zumute. Kein Hotel, und sei es noch so luxuriös, konnte einen den ganzen Tag lang unter Verschluss halten.

Er nahm sein Telefon in die Hand und schaltete es ein. Die Akkuleistung reichte aus, um den Bildschirm zu erleuchten, doch die Gesichtserkennung versagte. Er probierte es mit seiner PIN-Nummer. Auch das klappte nicht. Er sah sich das Gerät genauer an und merkte, dass er an Liam Roths Telefon herumhantiert haben musste. Nur hätte er schwören können, selbst für diese Sprünge im Displayglas gesorgt zu haben – betrunken spät nachts in Frankfurt an seinem Küchentisch. Er nahm sich erneut seine Jacke vor und klaubte das andere Handy hervor. Natürlich war es entladen, also stöpselte er nun dieses ein und kehrte an seinen Laptop zurück.

Wo blieb sein Essen? Er langte nach seinem Telefon. Nun erwachte es bereitwillig zum Leben und schien ihn auch zu erkennen, obwohl ihm die Risse weniger vertraut vorkamen. Eilends öffnete er seine Fotoalben und fand sofort die Bilder von Liam Roth, wie er tot in der Blase saß. Er seufzte, doch erleichtert. O ja. Und ob er den Beweis hatte.

Das Hin- und Herscrollen zwischen Bildern auf der Suche nach irgendetwas, das er vielleicht übersehen haben mochte, dauerte einige Minuten. Insbesondere eines der Fotos erregte seine Aufmerksamkeit. Mittig auf einer Seitenverkleidung gleich unterhalb des Fensters hoben sich die schlanken schwarzen Ziffern 39 unaufdringlich vom silbergrauen Grundton ab. Es war die Nummer der Gondel. Er hoffte, sie wäre auffälliger irgendwo außen aufgemalt. Das war noch etwas, das er Eric Langeskov, dem Liftbetreiber und den Behörden liefern konnte.

Sollte er sich die Gondel näher anschauen? Es hätte jedoch keinen Sinn, so spät nachmittags hinüber zur Liftstation zu stapfen, da die Bahnen schon den ganzen Tag außer Betrieb gewesen waren und die Station geschlossen sein würde. Dem hochmodernen französischen Skiliftunternehmen, mutmaßlich eines der technisch fortschrittlichsten und renommiertesten der Welt, müsste nach Bens Dafürhalten auf den Zahn gefühlt werden. Wen genau beschäftigte es beispielsweise? Wer war der örtliche Geschäftsführer? Gleichwohl war sich Ben im Klaren, dass schurkische Angestellte überall auf den Plan treten konnten.

Er vergewisserte sich, ob er noch etwas in der Gondel und an Liam Roths Leiche entdecken könnte, und ließ fast das Handy fallen, als es zum Leben erwachte und sich dabei vom Ladekabel trennte. Er brauchte länger als sonst, um den Anruf – Nummer unbekannt – anzunehmen. »Hallo?«, sagte er schließlich.

»Ben Martin?«

»Ja?«

»Hier spricht Simone. Ich arbeite für Liam Roth.«

»Danke, dass Sie mich so rasch zurückrufen.«

»Was haben Sie denn von Liam?« Ihr Englisch war ausgezeichnet, wies nur einen schwachen Welschschweizer Akzent auf.

»Das ist eine gute Frage. Darf ich Sie fragen, wann Sie ihn zuletzt gesehen haben und wann Sie ihn wiedersehen sollen?« Es kam keine Antwort. »Hallo?« Ben nahm das Handy vom Ohr und glaubte den Akku schon wieder entladen.

»Scheiße«, rief er und starrte den Apparat an, als trüge der die ganze Schuld. Aber der Bildschirm war nicht tot, und es wurden noch vier Prozent Akku angezeigt. Als er das Kabel wieder einsteckte, wurde ihm bewusst, dass er nicht mal ihre Nummer hatte. Er konnte nur hoffen, dass sie ihn erneut anrufen würde und der sehr niedrige Ladestand einen automatischen Abbruch des Gesprächs bewirkt hatte. Dass sie die Verbindung nicht jetzt schon absichtlich getrennt hatte.

Sie rief ihn nicht umgehend zurück. Er sah hoch zur Decke, zu den Balken aus Kiefernholz und Stahl, die eher einem schmückenden denn tragenden Zweck zu dienen schienen. Er sah über die Schulter zu den Türen auf den winzigen Balkon und das große Weiß draußen. Je länger die Stille anhielt, umso klarer wurde ihm, dass seine Fragen sie aus dem Gleichgewicht gebracht hatten. Er hatte sie gefragt, wann sie ihn zuletzt gesehen habe und wann sie ihn wiedersehen solle. Schlicht und einfach genug, wenn man schlichte, unschuldige Antworten parat hatte. Sie hatte umgehend auf beide seiner E-Mails geantwortet und war jetzt verstummt. Wer war diese Simone?

Hallo, Ben hier. Ich fürchte, mein Akku war leer. Gern schrieb er sich ihre jähe Schweigsamkeit zu und mailte ihr unverzüglich ein drittes Mal. *Bitte rufen Sie mich erneut an oder teilen mir die Nummer mit, unter der ich Sie am besten erreiche. Ich habe weitere wichtige Nachrichten betreffs Liam Roth. Übrigens ist sein Auto immer noch im G.* Er tippte auf Senden. Wusch. Er wusste, dass er deutlicher werden müsste.

Die Standardantwort kam zurück. Weiter nichts.

Wo blieb sein Essen? Wieder betrachtete er das andere Handy. Was enthielt es, was hatte es zu bedeuten? Wem gehörte es? Liam Roth? Könnte Petra ihm ein Telefon ausgehändigt haben, das gar nicht seines war, während vielmehr Eric seines gehabt und es tatsächlich doch untergeschoben beziehungsweise so gut er konnte loszuwerden versucht hatte? Diese verflixten Geräte sahen sich alle so ähnlich, und früher oder später sprang doch bei jedem das Display.

Auch das Notizbuch zu entziffern, würde Zeit kosten, aber die hatte er ja jetzt, also begann er, es durchzublättern. Über die verschiedenen gebrauchten Sprachen hinaus war Roths Handschrift winzig. Als ihm klar wurde, dass die Hotelküche anscheinend die vollen dreißig Minuten beanspruchen würde, um seine Bestellung zu »liefern«, fing Ben mit der ersten Seite an, die zwar eng, aber halbwegs lesbar beschrieben war.

Der Text handelte von einer abgelegenen Bergkette, dazu

einem verschneiten Pfad im Schutz riesiger Kiefern. Der Pfad schlängelte sich sanft einen schweigenden Berg empor. Das Ganze war gut geschildert, musste Ben zugeben. Ein Gebäude kam in Sicht. Es war ein eindrucksvolles Bauwerk mit alten und modernen Teilen. Während der Erzähler – berichtet wurde in der Ich-Form – sich dem Gebäude näherte, traten weitere Einzelheiten hervor wie der Umstand, dass es sich tatsächlich um ein Hotel handelte, das einen Außenpool hatte, der vor sich hin dampfte. Es gab in nur rund zweihundert Meter entfernt einen Skilift.

Mein Gott, dachte Ben beim Weiterlesen in Liam Roths Notizbuch, selbst die Tiefgarage war im Einzelnen aufgeführt und wie man eine Rampe hinunterfuhr, die Taste der Gegensprechanlage drückte, seinen Namen nannte und sich das Rolltor aus Metall langsam hob.

Der Erzähler – Liam Roth selbst? – war nicht allein. Begleitet wurde er von jemandem namens Simone. Simone! Das Auto wurde in einer entfernten Ecke der Tiefgarage eingeparkt. Ehe sie aber ausstiegen, lehnte sich der Mann, der Ich-Erzähler – der dennoch namenlos blieb – zur Seite und küsste Simone leidenschaftlich auf die Lippen. Als sie sich voneinander lösten, sagte er:

»Sei dies ein Neuanfang. Wir haben ihn uns verdient. Ich liebe dich.«

»Meinst du das ernst?«

»Von ganzem Herzen.«

»Ich liebe dich auch«, sagte sie.

»Meinst du das ernst?«, fragte ich.

»Von ganzem Herzen«, erwiderte sie lachend. »Aber diesmal gehst du besser nicht fremd. Es ist deine letzte Chance.«

Die Geschichte fuhr damit fort, ihr wunderschönes Lächeln zu beschreiben und wie sie aus dem Wagen stiegen, nach ihren Taschen griffen, wobei der Mann beklagte, die Taschen zum Empfang tragen zu müssen. Ein triftiger Einwand.

Im Hotel dann setzten sie ihre Unterhaltung auf dem Weg zum Empfang fort.

»Genauso könnte ich davon sprechen, dass es deine letzte Chance ist«, sagte ich. »Du siehst, wir unterscheiden uns nicht sehr.«

»O doch, und wie«, sagte sie. »Du weißt gar nichts über mich.«

»Was meinst du damit? Ich kenne dich lange genug. Ich weiß alles über dich. Kenne jede herrliche Kurve deines wunderbaren Körpers. Wie diese Berge könnte ich dich aus dem Gedächtnis kartieren.«

Ben hielt das für eine gute Zeile. Er wäre stolz gewesen, hätte er sich etwas so Bündiges einfallen lassen, das noch ungewöhnlich und intim war. Ihm war die Geschichte einen Hauch zu gefühlig, ein wenig klischiert erschienen. Doch Ben wurde hineingezogen, auch wenn es sich offensichtlich um keine Krimi-Erzählung handelte, Bens Lieblingsstoff.

»Sobald wir auf unserem Zimmer sind, wirst du dein Gedächtnis nicht mehr brauchen, sagte sie, als ich an den Tresen trat.«

Nun kam ein Zeilenumbruch, bevor sich die winzige, kringelige Handschrift fortsetzte.

»Ben«, sagte sie, »warum hast du mich wirklich hierher gebracht?«

Ben? Der Erzähler dieser Geschichte hieß Ben? Sein Herz machte einen Satz. Dann wurde ihm übel. Das war gar nicht komisch. Merkwürdig genug, dass Liam Roths Notizbuch anscheinend den Anfang einer Erzählung enthielt, eines Romans vielleicht statt Einträge im Rahmen irgendeiner verdeckten Ermittlung. Dann aber noch feststellen zu müssen, dass der Erzähler denselben Namen wie er trug, war zu viel!

Schön, Ben war als Name geläufig genug im germanischen Sprachraum. Einmal hatte er ihn nachgeschlagen und erfahren, dass Ben in der Tat der häufigste männliche Vorname über mehrere Grenzen und Sprachen hinweg in Europa war.

Weiteres Durchblättern des Büchleins ergab, dass sich die Geschichte noch über reichlich Seiten mehr erstreckte. Und dies war nur der Anfang eines ersten Entwurfs? Dann kam eine viele leere Seiten starke Lücke, bevor die Mitte des Notizbuchs wieder gefüllt war, doch der Stil der Aufzeichnungen änderte sich.

Diese Seiten erkannte Ben als jene, die ihm bei seiner ersten raschen Durchsicht des Notizbuchs unten auf dem Parkdeck vor Augen gekommen waren. Es gab viele Zeilenumbrüche und ein paar Kritzeleien, Telefonnummern, E-Mail-Adressen und eine ganze Reihe multinationaler Namen. Das Notizbuch war noch recht neuwertig und sah nicht so aus, als habe Liam Roth es seit Längerem in Gebrauch gehabt. Ein schneller Arbeiter, kein Zweifel.

Nur ergaben die Einträge wenig Sinn, auch deswegen, weil Ben immer wieder an die in knappem, fesselndem Deutsch gehaltene Geschichte um »Ben« und Simone zurückdachte. War Liam Roth ebenso Romanschriftsteller wie erfolgreicher Investigativreporter? Hatte er sich des Hotel G als Schauplatz bedient?

Google wusste nichts über Liam Roth als Romanautor. Er könnte allerdings, erwog Ben, unter einem Künstlernamen gearbeitet und mit seiner wahren Identität hinterm Berg gehalten haben. David Slavitt war Bens Pseudonym, keine Frage – der Name, den er eines Tages gern gedruckt sähe. David Slavitt, Autor von Krimibestsellern. Außerdem war es der Name, den er als Hotelinspektor benutzt hatte, als die Hideaway-Prüfer noch allesamt unter falschem Namen reisten. Vielleicht vermisste er ja diesen Kniff.

Ein lautes Klopfen an der Zimmertür holte ihn in die zusehends beklemmende und sehr verwirrende Gegenwart zurück. »Zimmerservice«, ertönte eine weibliche Stimme vom Flur.

Als er die Tür öffnete, erkannte Ben sofort die Kellnerin wieder. »Heute findet wohl keine geschäftliche Tagung statt?«

»Das ist richtig, Sir. Hatten Sie Gelegenheit, sich die Sitzungsräume anzusehen?« Sie hatte ihn ebenfalls sofort wiedererkannt.

»Noch nicht«, sagte Ben. »Einige andere, wichtigere Dinge sind unterdessen vorgefallen.« Sein Blick suchte um ihre Bestätigung nach.

Sie behielt die Augen fest auf das Tablett in ihren Händen geheftet, sehr professionell. »Ihr Zimmerservice, Sir. Wo hätten Sie gern, dass ich es abstelle?«

Das wird noch interessant werden, dachte Ben, als er in sein Zimmer voranging. »Wo es am besten hinpasst«, sagte er hoffnungsvoll.

Es gelang ihr, das Tablett an die Kante des Schreibbords zu legen und zugleich eine seitliche Verlängerung herauszuziehen, die ihm verborgen geblieben war. Zügig machte sie sich daran, auf einem frischen Tischtuch für ihn zu decken, und ordnete dann die Schalen mit Speisen griffbereit für ihn an. Dann zog sie den Stopfen aus der kleinen Weinkaraffe. »Darf ich Ihnen ein Glas einschenken?«

»Bitte sehr.«

Auch das erfolgte untadelig. Anschließend nahm sie die Deckel von seinen Speisen und setzte den herrlichen Duft der Butter aus Heufütterung an seinem rohen Rindfleisch frei. Vielleicht war es auch das Bergfeuer und hochwertige Fett zur Zubereitung seiner Portion Pommes frites. Betrüblicherweise sah die Portion sehr nach Beilage und als solche noch klein geraten aus. Er konnte es kaum abwarten, Platz zu nehmen, während es die Kellnerin kaum abwarten konnte fortzukommen.

Er konnte ihr gerade noch einen Zehneuroschein reichen, bevor sie davonhuschte. »Mein Handy habe ich übrigens wiederbekommen.«

Sie schaute ratlos drein.

»Hatte es im Flur vor den Sitzungsräumen verloren. Es muss mir bei unserer Plauderei aus der Tasche gefallen sein. Ist in der

Küche aufgetaucht, in einem Mülleimer.« Es sei denn, dachte Ben auf einmal, seines war dasjenige gewesen, das Eric ihm unterzuschieben versucht hatte. »Sie werden es wohl nicht gesehen und aufgehoben haben gestern nach unserer Unterhaltung, denn anders könnte ich mir nicht denken, was damit geschehen ist?«

Sie schüttelte den Kopf und machte sich schleunig von dannen. Plötzlich blieb sie stehen, drehte sich um und kehrte zu ihm zurück. »Aber es wurde noch ein Handy vermisst«, sagte sie. »Eine Frau, ein Gast, hatte tags zuvor auch ihr Telefon verloren. Es tut mir leid, ich habe gedacht, es gehöre ihr. Ich habe es zu ihrem Zimmer gebracht, aber sie war schon abgereist, also ging ich zum Büro der Security. Da war dann aber keiner, und weil ich so viel zu tun hatte, muss ich es in die Küche mitgenommen und dort liegen lassen haben.«

»Hätten Sie es nicht zum Empfang bringen müssen?« Wieder schwirrte Ben der Kopf. Zwei abhandengekommene Handys?

»Da müssen sie mit den Gästen beschäftigt gewesen sein. Uns ist untersagt, sich an die Kollegen vom Empfang zu wenden, wenn Gäste da sind. Gäste haben immer Vorrang.«

»Das verstehe ich.« Wusste sie, dass er Hotelinspektor war? Hatte Petra Bauer darüber etwas verlauten lassen? Eric? Womöglich wussten schon alle Bescheid. »Aber war Ihnen nicht bewusst, dass noch jemand, dass auch ich mein Handy vermisst habe?«

»Ich kann mich nicht erinnern, etwas in der Art gehört zu haben, sorry. Aber ich bin auch nicht ständig im Dienst, obwohl wir viel zu tun haben. Mir steht Zeit für mich im Angestelltentrakt zu. Wie allen Mitarbeitern. Das ist wichtig für unser Wohlbefinden.«

»Schön.« Ben leuchtete ein, dass es sich so hatte abspielen können bei der planlosen Weise, mit der das Hotel geführt wurde. Trotzdem entschuldigte es nicht ganz ihren eindeutigen Versuch gestern im Korridor, ihn von den Tagungsräumen fernzuhalten und aus dem Bereich zu vertreiben – sicherlich ehe er irgendwas auf seinem Handy hätte aufzeichnen können. Es sei denn, es ging ihr dabei wirklich um ein ungestörtes Treffen der VIPs. Emily Muller hatte angesprochen, dass solche Entwicklungsvorhaben größter Verschwiegenheit unterliegen konnten, bis alle Bausteine ein Ganzes ergaben.

Das würde mehr als gereicht haben, um jeden an ihrer Stelle nervös zu machen. Er könnte die Situation durchaus falsch gedeutet haben. Bislang hatte er so ziemlich alles falsch gedeutet. Bloß wessen Handy genau war im Küchenabfall gefunden worden, und wie war Eric zu dem anderen Apparat gekommen?

»Wer war dieser Gast, die Frau, die auch ihr Handy verloren hatte?«, fragte er.

»Das darf ich Ihnen wegen der Diskretion nicht sagen, fürchte ich.«

»Aber sie war ausgezogen, bevor Sie das Telefon zu ihrem Zimmer brachten?«

»Ja, darum nahm ich es wieder mit.«

»Welches Zimmer hatte sie?«

Sie versuchte, an Ben vorbeizuschauen. »Sie wohnte auf dieser Etage, auf diesem Flur. Gleich da drüben.« Sie zeigte auf eine Tür ein paar Zimmer weiter gegenüber.

»Zimmer 22?«, fragte Ben.

Sie nickte. »Ja, das stimmt, jetzt fällt's mir wieder ein.«

»Aber ein Mann bewohnte das Zimmer«, sagte Ben. »Allein.«

»Davon weiß ich nichts. Da müssten Sie mit dem Empfang reden. Mir sagte sie, sie logiere in Zimmer 22.«

Mittwoch, 18:15 Uhr

Das Essen stand da, sah köstlich aus und duftete herrlich. Da waren die kleine Karaffe Rotwein und ein bereits stilvoll mäßig eingeschenktes Glas. Alles war tadellos dargereicht. Es würde warten müssen.

Die Rezeption schaltete auf Warteschleife, während man ihn mit Eric Langeskov verbinden wollte. »Bedaure sehr, aber ich kann ihn gerade nicht erreichen«, hieß es dann.

»Nein, natürlich können Sie das nicht«, gab Ben zornig zurück, ehe er sich auf seine Manieren besann. Es war nicht die Schuld des Empfangs. »Keine Ursache, ich will mal sehen, ob ich ihn irgendwo finde.« Er legte den abstrus gestylten Hörer auf, warf noch einen schmachtenden Blick auf sein Essen, bevor er sein Telefon, seine Alltagsjacke und seine Zimmerkarte einsammelte. Dann hastete Ben aus dem Standard-Deluxe, den Flur und zwei Treppenläufe hinunter, bis er vorm Empfangstresen stand.

Nur Isabella Ferrari schien im Dienst zu sein und das derzeit unbeschäftigt. Zu Bens Freude war von Daniel Farke nichts zu sehen. Ungeachtet dessen fuhr Isabella merklich zusammen, als sie ihn bemerkte. Da war kein Hauch mehr von Flirtlaune.

»Keine Sorge«, sagte er im Näherkommen. »Ich beiße nicht.«

»Mr Martin, was kann ich nun für Sie tun?«

»Es geht um Eric Langeskov, den ich dringend noch mal sprechen muss.«

»Hat mir mein Kollege mitgeteilt. Für Sie wurde eben nach ihm geläutet. Noch mehr Probleme?«

»Dieselben, nur verschlimmern sie sich.«

»Ich will versuchen, Mr Langeskov für Sie ausfindig zu machen«, sagte sie, tat einen Schritt zurück und nahm einen Hörer in die Hand. Sie wartete nicht allzu lange ab, ehe sie wieder auflegte. »Tut mir leid, aber ich kann ihn auch nicht erreichen.«

»Vielleicht können Sie mir dann helfen. Ich habe etwas gefunden, das einer Frau gehört, die Anfang der Woche hier war.«

»Ja?«

»Sie hatte Zimmer 22.«

»Aber Sie haben sich schon mal nach diesem Zimmer erkundigt. Wegen dem Spind – einem Mann, der es hatte?«

»Ich denke mir, dass sie es sich geteilt haben, zumindest zeitweise.« Es war keine höhere Mathematik – ein romantisches Hotel, zwei Leute, die nach einigen Irrungen und Wirrungen wieder zusammenkamen. »Ich weiß, Sie werden gleich sagen, dass Sie mir ihren Namen nicht nennen können. Trotzdem, bitte, was steht in Ihren Unterlagen? Sollten Sie es nicht schon wissen, ich bin Hotelinspektor für Hideaway. Ich gebe mir gerade alle Mühe, um hier vor Ort ein paar Fakten zu ermitteln und sicherzustellen, dass nicht noch jemand unzeitig zu Tode kommt – wenigstens die nächsten paar Stunden lang, bis es die Polizei hierher schafft.«

Falls das Gehörte sie bestürzte oder überraschte, war es ihr nicht anzumerken. »So etwas habe ich nicht offenzulegen oder zu entscheiden, wer Sie auch immer zu sein angeben«, sagte sie ruhig und warf einen Blick über ihre Schulter, vielleicht um zu sehen, ob sich Daniel Farke an sie herangeschlichen hatte.

»Erinnern Sie sich an sie? Könnte doch sein, dass die beiden von Ihnen eingecheckt wurden. Der Mann hieß Liam Roth. Bitte schauen Sie in Ihrem System nach, während wir auf Eric Langeskov warten.«

Ihr Auge fiel erneut auf den Bildschirm, und eine Weile scrollte sie durch Datensätze. »Ja, seinen Namen habe ich hier. Das Zimmer war auf ihn gebucht.«

»Bitte, sagen Sie mir wenigstens, ob mit Einzel- oder Doppelbelegung.«

»Es ist ein Standard-Deluxe wie Ihres. Nur sein Name wird angezeigt. Da steht nicht, ob er jemanden bei sich hatte. Das ist nicht immer nötig, und manchmal ändern die Leute ihre Absichten. Wir halten nur die Einzelheiten fest, die wir brauchen. Das G bietet keine Halbpension an. Bedienung durch die Restaurants und Bars wird auf das Zimmer angeschrieben. Sollte es irgendeine Frage geben, muss nur die Schlüsselkarte gezeigt werden. Für ein Zimmer werden mindestens zwei Schlüsselkarten ausgegeben, auch bei Einzelbelegung. Darum ist es nicht immer notwendig, mehr als einen Namen pro Zimmer zu kennen. Paare reisen häufig unter einem Namen, ob verheiratet oder nicht. Und zusammen ankommen oder abreisen tun sie auch nicht immer. Bei einem Hotel wie dem G ist das normal. Diskretion wird von allen vorausgesetzt.«

»Transparenz seitens der Direktion wird von mir vorausgesetzt«, sagte Ben. »Wie steht es zum Beispiel mit der Nutzung des Spas? Welcher Ausweis ist da vorzuzeigen?«

»Sie müssen den Spa-Bediensteten Ihre Zimmernummer nennen und Schlüsselkarte zeigen, falls danach gefragt wird. Aber unser Hotel setzt auf Vertrauen. Wir haben hier keine unbefugten Gäste. Das Wort ist doch richtig, ja?«

Ben nickte und dachte an Bernard. »Selbst wenn die Pistenwarte nicht nach Hause können?«

Sie überhörte die Frage. »Skispinde sind gleichfalls dem jeweiligen Zimmer zugeordnet.«

Nichts von der Skiausrüstung und Bekleidung in Spind Nummer 22 hatte auf eine Frau hingedeutet. Aber die Unterwäsche in der Tasche im Auto? Alles schien hastig zusammengerafft und eingepackt worden zu sein. »Und das gilt ebenso für die Tiefgarage – nicht wahr? Parkplätze werden den gebuchten Zimmern im Voraus zugewiesen, ungeachtet der Zahl der Gäste auf einem Zimmer oder etwa auch eines bestimmten Autos.«

»Das ist richtig.«

»Haben Sie irgendeine Erinnerung daran, ob Liam Roth begleitet wurde – von einer Frau?«

Sie schüttelte den Kopf. »Da kann ich mich leider nicht entsinnen. Ich wüsste wohl nicht mal, wie dieser Mr Roth aussieht.«

»Aussah«, sagte Ben und machte sich bereit, ihr ein Foto zu zeigen. Die Sorge des Hotels um die Privatsphäre seiner Gäste schmeckte allmählich – etwaige örtliche Vorschriften oder Gepflogenheiten des Gewerbes außen vor gelassen – übel nach Fahrlässigkeit. Hatte man in diesem Haus überhaupt eine Ahnung, wer sich eigentlich zu irgendeinem Zeitpunkt hier aufhielt? Ein gefundenes Fressen für die Polizei – wäre sie nur schon da.

»Mr Martin«, tönte eine gepresste Männerstimme hinter ihm. Eric Langeskov war am Empfangstresen eingetroffen. »Ob wir ins Büro gehen sollten?«

»Ja«, sagte Ben. »Es hat sich was getan.«

»Ich habe auch Neuigkeiten.«

Ben folgte Eric durch die Halle und einen Gang hinunter, den er zuvor kaum wahrgenommen hatte. Er war schmaler und trüber beleuchtet als die stärker von Gästen frequentierten Flure. Es gab kein natürliches Licht.

»Ich benutze das Büro des Generaldirektors«, sagte Eric, als er die Tür zu einem kleinen Raum öffnete.

Das Büro hatte allerdings ein Fenster, das auf den linken Rand der sich zügig verdüsternden Bergflanke ging. Kein Schnee wurde gegen die Scheibe geblasen. »Es hat etwas aufgeklart«, sagte Ben.

»Ja«, antwortete Eric.

»Wann kann die Polizei wohl zu uns durchkommen?«

»Das dauert noch eine ganze Weile«, sagte er hastig. »Die Straße muss geräumt werden, und jetzt ist es dunkel. Morgen vielleicht, falls sich das Wetter nicht wieder verschlechtert?«

Ben hatte stark den Eindruck, Eric wollte gar nicht, dass

die Behörden sich der Sache annahmen. »Was haben Sie für Neuigkeiten?«

»Wir haben John Brenans Armbanduhr gefunden, die Patek Philippe.«

»Wo?«

»Sie war in seinem Zimmer, im Safe.«

»Sie können den Safe öffnen? Ich hielt das für unmöglich ohne die Hilfe der Installateure oder des Herstellers.« Seit Jahren war das ein heißes Eisen bei Hideaway – die Frage nämlich, wer genau Zugriff auf die Generalschlüssel und Zahlenkombinationen der Zimmersafes haben sollte. Marc Hoffman hatte sich immer sehr deutlich dagegen ausgesprochen, den Hotels diesen Zugriff zu erlauben. Mindestens eine Stufe müsse dem unmittelbaren Zugriff vorausgehen. Vorläufig blieb die Regelung den einzelnen Hotels überlassen, wenngleich Einvernehmen über den erforderlichen Abstand erzielt worden war. Offenbar dachte das G anders darüber.

»Zugriff auf die Kombinationen haben natürlich ausschließlich der Sicherheitschef und der Generaldirektor oder gegebenenfalls ihre Stellvertreter.«

Wirkte Eric etwa ein kleines bisschen selbstgefällig im Büro des Generaldirektors? Gleichzeitig machte sich Ben klar, dass Eric mangels anderer unmittelbarer oder ersichtlicher Securitybediensteter ebenso stellvertretender Sicherheitschef war. Diesen Gesichtspunkt würde Ben in jedweder Berichtsform, die er letztlich wählen sollte, unbedingt herausstellen. »Was haben Sie sonst noch im Safe oder in seinem Zimmer entdeckt?«

»Dass John Brenan ernste Gesundheitsprobleme hatte. Wir fanden eine Anzahl Herz- und Blutdruckmedikamente in seinem Bad.«

Ben war nicht überrascht. »Ich dachte, medizinische Erkenntnisse seien streng vertraulich. Dürfen Sie mir so was verraten?«

Eric lächelte. »Er ist tot, womit sich Regeln und Gesetze

über derlei Angelegenheiten wandeln. Außerdem dachte ich, Sie würden das wissen wollen.«

Ben wurde sich bewusst, dass solch eine einfache und natürliche Erklärung für John Brenans Tod nicht das war, was er hören wollte. Ein Herzinfarkt, Herzstillstand oder schwerer Schlaganfall, und dann schlicht ins Schwimmbecken kippen? Darauf hatte Eric stets hinausgewollt, nicht zuletzt weil es die Tätigkeit auf seinem derzeitigen Posten erheblich vereinfachen würde. Eine gewöhnliche Leichenschau könnte einen solchen Hergang bestätigen. Nur keine Antwort darauf geben, was John Brenan mitten in der Nacht unten am Pool zu suchen gehabt hatte.

»Mit ist schleierhaft, warum er seine Uhr nicht trug«, sagte Ben. »Warum sie zum Skifahren umlegen und vorm Gang zum Abendessen sicher wegschließen?«

»Ich kann unmöglich das Verhalten meiner Gäste erklären. Jeder hat ein Anrecht auf seine eigenen Schrullen.«

Ben nahm an, dass Eric die Wahrheit sagte und die Armbanduhr tatsächlich im Safe gefunden worden war. »Seine Freunde, seine Familie, sind sie endlich von seinem Tod in Kenntnis gesetzt worden?«

»Ich habe von der Botschaft gehört. Die benötigt allerdings entweder eine behördliche oder ärztliche Mitteilung, ehe sie sich an die Familie zu wenden bereit ist. Leuchtet mir ein.«

»Seine Freunde hier?«

»Da hatten wir mehr Glück. Wir haben jemanden aus seiner Gruppe ausfindig gemacht, und ich sprach selbst mit dem amerikanischen Gentleman. Er war gar nicht entsetzt. Vielmehr gab er zu verstehen, dass Mr Brenan nichts lieber gewesen wäre, als an dem einen Ort, den er wirklich gern hatte, und unter Freunden zu sterben. Sie sind jetzt alle in der Library Bar und trinken zum Gedenken auf ihn. Sie sind überraschend guter Dinge, als ob sie es für unausweichlich hielten.«

»Was hatte John Brenan unten am Pool zu dieser Nachtzeit

verloren? Offensichtlich starb er nicht im Kreis seiner Freunde. Die lagen im Bett. Es sei denn, sie sagen Ihnen nicht alles.«

»Sie waren als Letzter bei ihm in der Bar«, sagte Eric. »Vielleicht würden Sie es mir gern sagen?«

»Aber ich war nicht als Einziger im Hotel wach. Da wären Bernard und allerhand Angestellte zu nennen.«

»Wozu sich in etwas vertiefen, das es gar nicht gibt, Mr Martin? Warum das Leben für Sie und andere unnütz verkomplizieren? Beizeiten werden die Polizei, die Ärzte, die Behörden genau feststellen, was geschehen ist. Fürs Erste haben wir alles getan, was wir können.«

Was für ein Blödsinn, dachte Ben, als ihn eine Welle aus Hunger und Durst überkam. Er seufzte. So schlecht mochte es ja nicht sein, an einem geliebten Ort zu verscheiden, nachdem man zuvor zumindest mehrere Tage nach Herzenslust mit den besten Kumpanen geschlemmt hatte. Nur wusste Ben keinen solchen Ort für sich zu benennen. So herrlich das Wetter auch an seinem ersten Morgen hier gewesen war, es war kein Teil von ihm, kein Stück seiner Seele. Wie viele Kumpels er zusammentrommeln könnte, war er sich auch nicht sicher. Da wäre Olly. Doug war nun tot. Emily, ja, sie war eine Freundin – mit gewissen Vorzügen. Die Leute, mit denen er wirklich gern am liebsten zusammen wäre, waren Natalie und Alex. War Alex wieder mit Gabby zusammen oder nicht? Konnte er sie trösten?

»Liam Roth ist hier nicht allein abgestiegen«, sagte Ben. »Eine Frau hat mit ihm das Zimmer geteilt.«

»Es lief auf seinen Namen«, sagte Eric abweisend. »Hab ich nachgeprüft. Wenn Gäste weitere Personen in ihren Zimmern beherbergen, ist das natürlich deren Sache. Alle unsere Zimmer sind mindestens auf Doppelbelegung zugeschnitten. Sie zahlen nicht mehr, ob nun eine oder zwei Personen übernachten, allerdings schon, wenn es drei oder vier sind. Wir haben Suiten mit angrenzenden Zimmern, aber diese Zimmer würden wiederum getrennt gebucht, bezahlt und abgerechnet werden. Häufig müssen wir bestimmte Zimmer und Suiten verbinden, insbesondere wenn Leute mit Assistenten oder Personenschutz absteigen. Wir sind immer sehr flexibel und können jeden Bedarf decken.«

»Außer bei diesen Familien mit Kindern?«

»So will es die Mehrheit unserer Gäste haben – nämlich keine um sich. Dies ist ein sehr romantisches Hotel.«

»Selbst wenn hochrangige Treffen stattfinden?«

Eric blickte Ben finster an.

»Dann bleiben wir bei der Romantik«, sagte Ben. »Liam Roth war nicht allein hier, nicht die ganze Zeit. Wir haben doch Damenwäsche in der Tasche in seinem Auto gefunden.«

»Ich denke großzügig darüber«, sagte Eric. »Das muss man in dieser Branche. Da kommt einem alles unter.«

»Wir arbeiten in derselben Branche, Eric. Ich weiß wohl, wovon Sie reden. Es hat jedoch eine Frau in Liam Roths Zimmer gewohnt, als er dort war. Wissen Sie, woher ich das weiß?«

»Ist das etwa noch so eines Ihrer«, er hielt inne und betrachtete durchs Fenster die Windstille, »Hirngespinste?«

Erzürnt, erschöpft und ausgehungert rief Ben: »Nein, zum Henker, ist es nicht.«

»Nun glaube ich aber, dass Sie sich bei John Brenan getäuscht haben«, sagte Eric selbstzufrieden.

Was trieb er für ein Spiel? »Wir werden ja sehen. Auf alle Fälle täusche ich mich nicht bei Liam Roth.« Ben zog sein frisch aufgeladenes Handy und zwar das richtige aus seiner Tasche und suchte rasch die Fotos vom Leichnam heraus. Dann hielt er Eric das Telefon vors Gesicht. »Sehen Sie. Da ist er. Mausetot.«

Eric wich zurück, als wollte er sich vor Ben wappnen. »Allzu lebendig sieht er nicht aus, muss ich zugeben.«

»Er war mit einer Frau hier.«

»Woher wissen Sie das mit Bestimmtheit?«

»Weil auch sie ihr Telefon eingebüßt hat.«

»Was? Gleich zwei Telefone verloren gegangen? Ihres und das dieser Frau?«

»Und davon wussten Sie nichts? Mit keinem der beiden Fälle hatten Sie irgendwas zu tun?«

Er schüttelte den Kopf, schien aber mit jedem Augenblick bleicher zu werden.

»Ich denke, doch.« Ben fing an, das Ganze zu durchschauen. »Lassen Sie mich erklären. Eine Ihrer Angestellten fand das Telefon dieser Frau. Pflichtschuldig wollte sie es zurückgeben, doch die Frau war inzwischen abgereist, worauf die Angestellte das Telefon in die Küche mitnahm. Dort war sie mit anderem beschäftigt und ließ das Telefon auf der Arbeitsfläche liegen. Ihre Kollegin fischte es dann irgendwann aus der Mülltonne und brachte es mir in der Annahme, es sei meines.«

»Davon weiß ich nichts. Jedenfalls ist das alles höchst regelwidrig.«

»Ja, so mag es erscheinen. Aber wenn Sie mich fragen, zeugt es davon, wie manche Belegschaftsangehörige den Gästen gefällig zu sein versuchen, ohne auf die törichten Vorschriften und Verfahren des Hotels hinsichtlich Diskretion zurückfallen zu müssen. Das ist keine Art, ein Hotel zu führen, was ich in meinem Bericht an Hideaway sehr deutlich machen werde und was dann zweifellos an die Direktionsspitze und Inhaber des Hotels weitergeleitet wird.«

»Aber Sie haben das Hotel nicht unter normalen Bedingungen erlebt«, sagte Eric leise, »oder sich unserer vielen wunderbaren Einrichtungen erfreut. Wie können Sie da irgendeinen Bericht erstellen?«

»Sehr einfach. Ich bringe ihn zu Papier. Oder vielmehr rufe ich die Formulare auf, hake die verschiedenen Kästchen ab und füge dann meine Schlussfolgerungen schwarz auf weiß hinzu.« Im neuen Format gab es zwar keinen Raum für Schlussfolgerungen mehr, aber das musste Eric nicht wissen.

»Wenn Sie einen so vernichtenden Bericht schreiben, schlägt sich das nicht auch auf Ihr Geschäft nieder und die Reservierungen über das Buchungssystem von Hideaway? Wer würde noch zu uns kommen wollen?«

»Wir haben viele wunderbare Hotels rund um die Welt. Diejenigen, die ordentlich funktionieren, sind alle auf ihre jeweilige Art hervorragend und genügen den höchsten Ansprüchen. Von ein oder zwei schwarzen Schafen sind wir nicht abhängig.«

Die alpine Nacht als frostiger Hintergrund, wich die Farbe aus Erics Gesicht. »Ich werde diese Unregelmäßigkeiten untersuchen. Sollten sich Angestellte ungebührlich verhalten haben, werden sie gemaßregelt.«

»Sie haben nur getan, was sie unter den gegebenen Umständen für das Beste hielten. Dafür belobige ich sie.«

»Wenn sie die Regeln brechen, werden sie bestraft.«

»Sie machen sich lächerlich. Das können Sie nicht tun – dafür werde ich sorgen. Dazu haben Sie keine Befugnis.«

»Sagt wer? Ich bin der Leiter.«

»Im Augenblick vielleicht, aber nicht mehr lange.«

»Für wen halten Sie sich mit Ihren lachhaften Geschichten über verloren gegangene Handys und eine rätselhafte Frau in Liam Roths Zimmer? Es gab keine solche Frau.«

»Wenn Sie das wirklich glauben, sind Sie sogar noch unfähiger, als ich dachte. Gehe ich etwa recht in der Annahme, Sie hatten so viel damit zu tun, einem Haufen VIPs und ihren Eine-Milliarde-Euro-Plänen nachzulaufen, um das eigentliche Geschäft außer Acht zu lassen? Nämlich sich um alle Gäste zu kümmern? Bei Hideaway ist jeder Gast gleich wichtig. Muss ich Sie daran erinnern?«

Ben ließ den Blick nach draußen schweifen. Äußerst schwaches Glimmen mochte noch auf den Gipfelkronen liegen. Ein Gott hingegen war nicht dort oben, das wusste er, nur der Teufel. Der Teufel hatte Liam Roth geholt, so wie er John Brenan geholt hatte. Es musste einen Grund gegeben haben, weshalb

John Brenan mitten in der Nacht unten am Pool gewesen war und seine kostbare Armbanduhr nicht getragen hatte. Nahm er an, jemanden zu treffen? Jemanden, der es gern härter hatte? Jemanden, der gern gebändigt, gefesselt wurde? Ben fehlte der Glaube, dass Petra ihm womöglich im Verbund mit Bernard eine Falle gestellt haben könnte.

In Gedanken kehrte er zurück zur Stimmung rings um die Tagung und den Leibwächter, den er in der Empfangshalle gesehen hatte, die Schwergewichte aufwärts im Fahrstuhl und den einen, der ihm draußen im Schnee beim Range Rover einen vernichtenden Blick zugeworfen hatte. All das und nichts davon ergab einen Sinn. Er vermisste Zusammenhänge, einen Schlüssel zum Ganzen, und befürchtete zugleich, zu viel in die Dinge hineinzulesen und seiner Einbildungskraft freien Lauf zu lassen. Oder, wie Eric sich ausdrückte, von *Hirngespinsten* übermannt zu sein. Er brauchte einen klaren Kopf. Noch eine Welle aus Hunger und Durst, Durst nach fermentiertem Traubensaft, brach über ihn herein.

Eric war überraschend schweigsam geblieben. »Wir müssen uns immer noch die Überwachungsvideos ansehen«, rief Ben, um ihn zur Besinnung zu bringen.

»Ich sagte doch, dazu sind Sie nicht befugt«, entgegnete Eric. »Da gilt Zugriffsbeschränkung ausschließlich auf die obere Leitungsebene des Hotel G und zuständige Behörden mit entsprechender richterlicher Anordnung. Ihnen kann ich das unmöglich zeigen.«

Ben betrachtete seine alten Budapester und fragte sich, in wessen Schuhen er wirklich die ganzen Jahre lang gesteckt hatte. »O doch, das können Sie, sollten Sie je wieder im Gastgewerbe arbeiten wollen. Dies ist meine letzte Warnung an Ihre Adresse.«

»Entschuldigen Sie mich einen Augenblick.« Eric stand auf, schob sich an Ben vorbei und lief aus dem kleinen Büro.

Mittwoch, 19 Uhr

Auf dem Schreibtisch des Generaldirektors standen zwei schlanke Bildschirme. Die kabellose, minimalistische Bluetooth-Tastatur flehte nach einer Eingabe. Ben schlüpfte hinter die Tischplatte, pflanzte sich in den Designer-Bürostuhl mit dem Fenster zu seiner Rechten und der Tür vor ihm, und drückte eine Taste. Sofort kam Leben in den Bildschirm. Er lehnte sich zurück, fühlte sich straff gestützt vom wohlgefederten Hightech-Sitzpolster.

An der Wand zu seiner Linken hing eine Anzahl säuberlich gerahmter Fotografien und Auszeichnungen. Bei genauerem Hinsehen stellte Ben fest, dass das Hotel sämtliche gängigen großen Preise in Sachen Luxushotels und Gastgewerbe gewonnen hatte – alles von Condé Nast Traveller Readers' Choice Hotel of the Year bis zum höchsten der Architectural Digest Great Design Hotel Awards.

Irgendwo weit hinten im Kopf musste Ben das gewusst haben. Nahezu alle Hideaway-Hotels waren Preisträger, wobei er sich immer gefragt hatte, wer eigentlich die Jury bildete. Wie viele Leser des *Condé Nast Traveller* (oder Traveler auf dem US-Markt) beteiligten sich tatsächlich? Ben überlegte sich einige weitere Auszeichnungen, die das G künftig noch einheimsen könnte: Höchste Todesrate des Jahres. Ausnahmslos laxeste Sicherheitsvorkehrungen. Dilettantischste Geschäftsführung des Jahrzehnts.

Als er das Büro erneut vom Schreibtisch des Generaldirektors aus überflog, kam Ben zum Schluss, dass er ungerecht war – Unfälle trugen sich unvermeidlich zu. Im Übrigen wusste er, dass es nicht einfach sein konnte, ein derartiges Haus für so viele hochanspruchsvolle Gäste wie auch allerhand Geldgeber und Interessenvertreter zu unterhalten.

Und dennoch: Während er sich der Bequemlichkeit des ergonomisch ausgefeilten Chefsessels im kleinen, aber eindrucksvollen Büro erfreute, versuchte Ben sich vorzustellen, dass er Generaldirektor solch eines Hotels wäre, dem eine solch große Belegschaft, solche Einrichtungen und die Annehmlichkeit und Sicherheit Hunderter Gäste unterstünden. Welche Gepflogenheiten und innovativen Vorgehensweisen würde er einführen?

Er hatte umgehend einige Einfälle. Als Erstes gälte es festzuhalten, wer genau hier abstieg, jeden in jedem Zimmer und nicht bloß den Namen unter einer Reservierung. Jede Schlüsselkarte würde an einen namentlich erfassten Gast ausgegeben werden. Jeder Gast würde sich ausweisen müssen, um eine Schlüsselkarte zu bekommen.

Doch das war ein simples, in der Branche weitgehend gebräuchliches Vorgehen. Außerordentlich war es, in diesen Zeiten dem G noch gestattet zu haben, auf andere Weise betrieben zu werden. Unterdessen wäre es nötig, die Speisekarten umzugestalten und zu verschlanken. Gästeverhalten, so merkwürdig und fordernd es sein mochte, hatte von einem aufrichtigen Lächeln begleitet zu werden – und nicht von einem Stoß in den Rücken, dass einer am Ende in den Pool fiel. Falls das der Fall gewesen war!

Während er kopfschüttelnd über die Verantwortung sinnierte, war sich Ben im Klaren, dass die obere Führungsebene nicht jedermanns Sache war. Ebenso wusste er, dass solche Ansätze erwägen das eine war, sie zu verwirklichen etwas ganz anderes. Den meisten Leuten waren Veränderungen zuwider.

Ein paar Klopfer mehr auf den Bildschirm, und Ben hatte das Reservierungsmenü geöffnet. Wohl gar nicht mehr überraschend fehlte es an zusätzlichen Sicherheitshürden. Er brauchte einige Augenblicke, um in den Daten und einzelnen Reservierungen zurückzugehen, stieß aber schnell auf John Brenans Namen. Wie Eric gesagt hatte, gab es keinen Aufschluss über die anderen in seiner Gruppe oder mit wem er noch auf Reisen war; sein Zimmer aber war über sein Büro gebucht worden. Eine E-Mail-Adresse von Brenan and Brenan wurde angegeben. Geschäft und Vergnügen? Brenan zufolge lag ja beides nie sehr weit voneinander entfernt.

Wieso hatte Eric nicht auf diesem Weg versucht, John Brenans Familie und Freunde zu ermitteln? Weil er unfähig war, derart schlechte Nachrichten zu überbringen und sich an die Wahrheit zu halten?

Neuerliches Scrollen führte zu Liam Roths Namen. Auch seine Buchung lief interessanterweise über eine geschäftliche E-Mail-Adresse, und zwar jene, die sich als Kontaktanschrift auf seiner Website fand. Auch wenn die Reservierung eines Standard-Deluxe auf Liam Roth lief, schloss der Mailverkehr stets mit Simones Namen. Hatte sie das Zimmer für Liam gebucht, weil es ein Arbeitsaufenthalt war?

»Was machen Sie da hinter meinem Schreibtisch?«

»Ich hielt ihn nicht für Ihren Schreibtisch«, sagte Ben. »Sondern für den des Generaldirektors, und der ist ja wohl noch im Krankenhaus. Im Übrigen glaubte ich nicht, dass Sie wiederkommen würden.« Ben wurde sich bewusst, damit gerechnet zu haben, dass Eric eine Fliege machen würde – nicht in der Lage wäre, sich den Tatsachen zu stellen. Es war nur eine Frage der Zeit.

»Ich musste mal austreten. Ich leide unter Magenbeschwerden«, sagte Eric. »Tut mir leid.« Er sah zugleich verlegen aus und unschlüssig, wo er stehen oder sitzen sollte. Viel Platz gab es abgesehen von einer schmalen Designersitzbank links von der Tür nicht.

»Übrigens liefert Ihr Buchungssystem einigen Aufschluss«, sagte Ben.

»Das dürften Sie sich gar nicht ansehen. Es werden vertrauliche Angaben dabei sein. Dazu sind Sie nicht befugt.«

»Ich glaube, größere Befugnis zu haben als Sie – sicherlich größere moralische Befugnis.« Ben machte sich nicht die Mühe, vom Bildschirm aufzublicken. »Wie ich übrigens sehe, hat das G unlängst einige außerordentliche Rabatte gewährt. Wer sind all diese Leute?« Ein paar der multinationalen Namen schienen ihm vertraut zu sein. »Kein solcher Rabatt hingegen für John Brenan oder Liam Roth.«

»Ich vermute mal, Sie spielen auf die Teilnehmer der Tagung an. Ja, natürlich bekommen sie Rabatt. Eine ganze Reihe darunter sind Geldgeber. Da ist es nur angemessen, Sonderkonditionen einzuräumen.«

»Im Verein mit Sondereinrichtungen und zusätzlichem Service?«, fragte Ben.

»Na schön, ich will ehrlich zu Ihnen sein. Ich kenne *doch* den Namen derjenigen, die hier mit Liam Roth abgestiegen sein könnte«, sagte Eric rasch, als müsse er dringend vom Thema der Sonderkonditionen für die Geldgeber abrücken. »Derjenigen, die ihr Telefon verloren haben könnte.«

»Lassen Sie mich raten«, sagte Ben. »Simone?«

»Woher wussten Sie das?«

»Ich habe sie gesprochen. Anscheinend arbeitet sie für Liam Roth oder die Agentur, die ihn vertritt. Ihr Name taucht sogar als Kontakt in seiner Buchung auf.« Ben zeigte auf den Bildschirm. »Haben Sie sich das je im Einzelnen angesehen?«

»Für die Reservierungen bin ich nicht zuständig. Dafür trage ich keine Verantwortung.«

»Nur stellt das Hotel als Ganzes Ihre derzeit vornehmste Verantwortung dar«, rief Ben dem Duty Manager ins Gedächtnis.

»Aber das Zimmer lief auf Liam Roth, das weiß ich bestimmt. Das habe ich vorhin nachgesehen.«

»Ja, ich weiß«, sagte Ben. »Aber sie scheint auch hier gewesen zu sein.«

»Das wissen wir nur wegen ihres verlorenen Handys und der Angestellten, die es ihr zurückbringen wollte.«

»Warum fragen Sie sie nicht? Sie haben ihre E-Mail-Adresse. Sie ist erreichbar. Die Polizei wird sie unschwer ausfindig machen können. Aber das wissen Sie alles, glaube ich. Als Ihr abgefeimter Plan nach hinten losging, nämlich mir das Verschwinden von Liam Roth anzuhängen, indem Sie in seinem Auto deponierten, was Sie für mein Handy hielten, waren Sie unfähig zurückzurudern.«

»Das ist alles Unsinn, noch mehr Einbildung«, sagte Eric, doch es klang matt. Er verlor gerade den Kampf.

»Sie sind zu weit auf dem Weg ohne Wiederkehr gegangen. Ich bin überzeugt, dass Sie wissen, was Liam Roth zugestoßen und wo seine Leiche jetzt ist.« Ben warf einen Blick nach draußen ins endlose Dunkel. Er hatte das Gefühl, es würde eine weitere lange, schlaflose Nacht werden.

Eric blieb schweigsam und reglos. Ben hielt es für notwendig, die Stille zu durchbrechen. »Ich stelle erfreut fest, dass die meisten Angestellten hier gewissenhaft, zielstrebig und rücksichtsvoll sind.« Er setzte sich im Sessel des Generaldirektors aufrecht hin und fuhr fort: »Ich wollte, dasselbe ließe sich auch über Sie sagen. Sie haben Ihre Karriere verspielt und ziemlich wahrscheinlich auch Ihre Freiheit.«

»Ich habe etwas zu gestehen.« Eric fand nur mit Mühe seine Stimme.

»Ja?«

»Es tut mir leid.« Darauf legte er den Kopf in beide Hände und sackte regelrecht vor Ben zusammen. »Ich stand unter großem Druck. Ich wusste gestern nicht, wer Sie wirklich waren.«

Ben nickte, auch wenn er sich unsicher war, ob er selber noch wusste, wer er wirklich war. Er wollte hier nicht sein, hinter dem Schreibtisch des Generaldirektors sitzen und dessen Rolle einnehmen. Er wollte auf einem bequemen Sofa eingerollt eine gute Geschichte lesen – die von Liam Roth würde sich anbieten. Ja, sie wollte er wieder aufnehmen, konnte es kaum abwarten. Fiktion war so viel unterhaltsamer und sicherer als Fakten. Vorausgesetzt, es handelte sich um Fiktion.

»Bei dieser Sondersitzung im G musste alles vollkommen rund laufen. Selbst mit dem Wetter waren wir gesegnet – eine kurze Weile lang.«

»Was haben Sie zu gestehen?«

»Ja, vielleicht habe ich mich mit den Handys in was reingeritten. Den Kopf verloren.« Erics Schultern bebten. Würde er gleich losschluchzen?

»Wie, wann?«

»Bitte glauben Sie mir – es ist die Wahrheit. Ich fand Ihr Telefon, das ich für Ihr Telefon hielt, in meiner Anzugtasche. Jemand muss es hineingeschoben haben. Ich weiß nicht, warum oder wann genau. Ein Belegschaftsmitglied vielleicht, das es zu lange behalten hatte? Ich wollte es Ihnen zurückgeben, aber als ich an Ihrem Zimmer eintraf, standen Sie im Flur und sagten, Sie hätten soeben Ihr Handy wiederbekommen. Die Sache ist die, dass auch Petra Bauer nicht zu trauen ist. Wir hatten früher schon Ärger mit ihr. Ihr Verhältnis mit Bernard ist das eine, aber sie macht auch gern auf allzu gut Freund mit den Gästen – Gästen, von denen sie sich einen Vorteil verspricht.«

»Sie nahmen mich geradewegs mit hinunter, um sich Liam Roths Auto anzusehen«, sagte Ben. »Waren Sie bereits an dem Wagen gewesen?«

»Ich war im Parkhaus nachsehen, ob das Auto da war, dann kam ich Sie holen.«

»Mit meinem Handy in Ihrer Tasche? Oder hatten Sie es da schon im Auto gelassen? Auf jeden Fall täuschten Sie vor, ein Telefon in dem Auto zu finden. Wodurch jedoch das andere Telefon, das tatsächlich Simone gehörte, wenngleich ich es für meines hielt, weitere Verwirrung stiftete.«

»Ich wusste nicht, dass ihr Telefon vermisst wurde. Ich wusste nicht mal, dass sie im Hotel übernachtet hat.«

»Das nun glaube ich nicht. Sollte es aber der Fall sein, haben Sie Ihre Arbeit nicht richtig getan – erledigt sind Sie also auf alle Fälle.« Bens Gedanken drehten sich ihrerseits im Kreis. Konnte er sicher sein, wessen Telefon Petra ihm überreicht und wessen Telefon Eric ihm unterzuschieben versucht hatte? Ben war sich unschlüssig, ob es einen großen Unterschied ausmachte. Die Absicht lag klar zutage, wenngleich noch nicht, wie Eric an eines der beiden Handys gekommen war.

Noch immer zeigte der Bildschirm eine große Tabelle mit Reservierungen: Namen, Daten, Preise, Anschriften. Lauter höchst vertrauliche Daten, aber hier offen vor Ben ausgebreitet, der irgendwer hätte sein können. Nie zuvor waren ihm derart widersprüchliche Regeln und Praktiken begegnet. Oder ein dermaßen unfähiger und korrupter Manager. Beinahe tat ihm Eric leid. Selbst ein erfolgreicher Gauner musste sich allen voran geschickt und gewieft anstellen.

»Aber warum haben Sie versucht, mir den Tod Liam Roths und das Verschwinden seiner Leiche anzuhängen?«, fragte Ben. Das war der Schlüssel, der Kern des Ganzen.

»Ich hatte nichts mit seinem Tod zu tun.«

»Doch Sie haben seine Leiche beseitigt?« Jetzt hatte Ben das Gefühl voranzukommen. Er konnte es an der elenden, eingefallenen Gestalt des Dänen ablesen.

»Sie müssen verstehen, dass hier einige sehr wichtige Leute waren, bei all dem Geld, um das es geht. Ich stand unter großem Druck, alles perfekt hinzubekommen.«

»Perfektion gibt es nirgends, nicht mal in einem Hideaway.«

»Etwas ist passiert, dann kamen mir andere Dinge in die Quere, und der Schlamassel musste behoben werden.«

Ein neuerlicher Blick auf Eric ließ Ben an eine Lawine denken, nachdem sich der Tsunami aus Schnee gesetzt und ein dreckiges Gemenge aus Eis, Gestein und Trümmern zurückgelassen hat mit ein, zwei Leichen zuunterst. Noch einen Tag zuvor hatte er versucht, die sonnenüberfluteten Pisten und echte Grundzüge eines ehrlichen Skandinaviers zu sehen, doch es war immer das Darunter, worauf es ankam.

»Nur warf der Versuch, mir was anzuhängen, einen ganzen Haufen neuer Probleme auf«, sagte Ben.

»Es tut mir leid. Ich wollte Ihnen nichts anhängen. Ich wollte nur helfen – dem Hotel, den Investoren, allen, bis ich in Panik geriet.«

»Also, wo ist sie – Liam Roths Leiche?«

»Ich habe nie anderes gewollt, als die Dinge zu verbessern, das müssen Sie mir glauben.«

»Warum, warum zur Hölle sollte ich? Kein einziges Wort kann ich Ihnen glauben.« Irgendwo klingelte ein Telefon. Einige Augenblicke später erst wurde Ben gewahr, woher das Klingeln und die schwachen Vibrationen drangen – aus seiner Hosentasche. Er zog sein iPhone hervor, seufzte, als er sah, wer es war, seufzte wieder eingedenk des Durcheinanders um all die Telefone. Teils Zufall, teils dunkle Machenschaft. Fast als würde ihm ein Schatten der wirklichen Vorgänge überallhin folgen. Ein flüchtiger Blick auf den gebrochenen stellvertretenden Generaldirektor und stellvertretenden Sicherheitschef machte Ben deutlich, dass er den Anruf dennoch besser annehmen sollte.

»Marc«, sagte er. »Sie haben was Neues? Ich habe Emily gesprochen.«

»Mehr eine Vorwarnung. Sie hat Ihnen vielleicht nicht alles erzählt – immerhin sind einige darunter mit ihr befreundet –, aber es gibt da ein paar sehr aggressive Stakeholder, sagen wir es mal so. Diese Leute bekommen gewöhnlich, was sie haben wollen, und sind nicht eben zimperlich bei der Wahl ihrer Mittel.«

»Würden sie frohgemut einen Mord begehen und ordentlich zahlen, um ihn vertuschen zu lassen?« Ben wusste, dass Eric zuhörte. Eben deswegen hatte er es gesagt.

»Aber hallo. Weshalb Sie sehr vorsichtig sein müssen und

umso mehr, sollten noch welche davon in der Nähe sein. Die mögen keine Investigativreporter und vermutlich Hotelinspektoren auch nicht sehr. Ganz sicher nicht die von der redlichen Sorte.«

»Danke für die Blumen.«

»Da nicht für. Sie bleiben noch mindesten einen Tag länger?«

»Ja, schätze schon.«

»Von Hideaway könnte Verstärkung anrücken.«

Marc beendete das Gespräch, ehe Ben Gelegenheit hatte zu fragen, wie er das meinte. Wobei er etwas ahnte.

Eric schaute drein, als sei er im Begriff aufzustehen. Ben war bei Weitem noch nicht fertig mit dem Mann. Egal was Marc über die zwielichtigen Stakeholder und Verstärkungen gesagt hatte, gab es bei dieser Situation, diesem Fall gewisse Umstände, die Ben noch aufklären musste.

Liam Roth zuckte ihm durch den Kopf, der warme Leichnam, auf den er gleich früh am gestrigen Morgen gestoßen war. Wovor war er davongerannt? Worauf war John Brenan zugerannt oder vielmehr zugegangen?

»Das war mein Sicherheitschef«, sagte Ben betont zu Eric. »Wir müssen uns diese Stakeholder ansehen und Ihre Verbindungen zu ihnen.«

»Den Aufwand kann ich Ihnen ersparen«, sagte Eric und kam langsam auf die Beine. Jetzt hatte er tatsächlich Tränen in den Augen. »Ich muss noch etwas gestehen.«

»Dann setzen Sie sich wieder«, sagte Ben ruhig, »und spucken es aus.«

Mittwoch, 20 Uhr

John Brenans Uhr«, sagte Eric und legte die Hände an den Kopf.

»Die Patek Philippe Nautilus«, erwiderte Ben, der nun behaglicher im Sessel des Generaldirektors saß, »ja?«

»Ich fand sie nicht im Safe. Mir war kein Zugriff auf den Safe möglich. Sie hatten recht, diese Befähigung haben wir nicht. Unser Sicherheitschef muss dem Hersteller einen Zahlenschlüssel nennen, und der gibt dann nach erfolgter Prüfung einen einmaligen Code frei. Jeder Safe hat zwei verschiedene. Einen Ursprungscode und die vom jeweiligen Gast eigens gebildete Kombination. Die Ursprungscodes kennen wir nicht.«

»So dachte ich mir das«, sagte Ben.

»Solange wir ohne Sicherheitschef dastehen, fehlen uns die Möglichkeiten. Wir wissen nicht, wo er seinen Zahlenschlüssel hinterlegt hat.«

»Dann hat er ihn mit ins Grab genommen?«

»Es scheint so. Wir stehen im Austausch mit dem Hersteller und treffen die nötigen Vereinbarungen für einen neuen Zahlenschlüssel, doch ohne den Generaldirektor ist es kein Leichtes, so was zu bewerkstelligen. Wir sind in der Schweiz. Es wird dauern.«

»Das ist ein Problem der Betriebsführung – geben Sie die Schuld nicht dem Staat.« Es genügte, um den Glauben an das Konzept an sich von Luxushotels und Edelresorts zu verlieren, was Ben im Grunde längst getan hatte, wurde er sich im Klaren.

»Und wo haben Sie jetzt seine Uhr gefunden?«, fragte Ben.

Wozu brauchte irgendwer überhaupt einen Zeitmesser für fünfundzwanzigtausend Euro?

»Jemand aus der Belegschaft fand sie.«

»Wo?« Bei Betrachtung der Auszeichnungen und Preise, dann der stetig tiefschwärzeren Nacht hinter dem nackten Fenster begriff Ben, dass viel mehr nötig war als Hightech-Glas und fortschrittlichste Isolierung, um die Kälte, die Dunkelheit, die wirkliche Welt außen vor zu halten. Ebenso gut hätte er das letzte Jahrzehnt im Wohnwagen umherreisen können, was ein Mindestmaß an Bequemlichkeit und Schutz vor den Elementen für sich hatte.

Wahrscheinlich sah man auf diese Weise mehr von der Welt und traf jede Menge Leute, die beträchtlich offener und ehrlicher waren, keine schwachsinnig teuren Uhren trugen und kein Reh an Pfifferlingen, Brombeeren und Sellerie essen mussten. Wenn er schon nicht ganz so weit war, das Reisen und Die-Welt-Sehen aufzugeben wie auch den notwendigen Erwerb eines Lebensunterhalts, könnte er doch vielleicht seinen Schwerpunkt verlagern und weniger edle Ferienunterkünfte und Urlaubseinrichtungen inspizieren. Warum nicht Wohnwagenparks und Campingplätze? Auch die mussten überprüft und bewertet werden, wahrscheinlich eher noch als Luxushotels, weil mehr Leute sie benutzten. Viel mehr Leute.

»Wo wurde die Armbanduhr gefunden?«, fragte Ben erneut sein Gegenüber.

»Im Poolbereich«, sagte Eric so, als müsse er eine Zerstreutheit in Schach halten.

»Innen oder außen?«

»Innen, glaube ich. Draußen würde zu viel Schnee auf dem Boden liegen, um so ein Ding zu finden.«

»Warum erzählen Sie mir das jetzt erst?«

»Ich glaube, die Uhr wurde entwendet, und dann hat es sich der Dieb anders überlegt.«

»Von einem Belegschaftsmitglied entwendet?«

»Sie wurde mir von einem der Spa-Bediensteten ausgehändigt.«

»Wollen Sie sagen, die haben sie gestohlen? Dass sie in den Tod von John Brenan verwickelt gewesen sein könnten?«

»Es scheint so, als hätten sie die Uhr an sich genommen, nachdem sie ihn tot im Becken vorgefunden hatten. Sie hatten nichts mit seinem Tod zu tun, dessen bin ich mir sicher. Wir beschäftigen keine Mörder.«

»Aber Diebe?« Und Leichenfledderer, hätte Ben hinzufügen können.

»Er war schon tot. Einer von ihnen zog ihm die Uhr vom Handgelenk, weil er wusste, dass der Pool keine Kameraüberwachung hat. Die andere Person bemerkte es. Beide gerieten in Panik. Es war völlig töricht, eine Dummheit, aber ich glaube ihnen.«

Eric betrachtete seine Füße, die von einem scheußlichen Paar billiger schwarzer Lederschuhe umhüllt waren. Ben war nicht mal sicher, ob es sich um echtes Leder handelte.

»Hoffentlich haben Sie recht«, sagte Ben. »Wobei ich nicht weiß, ob ich noch etwas glauben kann von dem, was ich höre.«

Eric starrte weiterhin auf seine Füße.

»Da waren schwache weiße Rückstände um Johns Mund«, fuhr Ben fort und dachte zugleich an die Spuren rings um Liam Roths Mund. »Können Sie das erklären?«

»Ach ja, ich denke doch«, sagte er wieder lebhafter und hob den Kopf. »Der Pool reinigt sich selbst mittels Salz, das ist viel besser für die Haut und umweltfreundlicher. Ich würde vermuten, dass diese Rückstände aus Salz waren.«

»Schon möglich, schätze ich.« Ben wusste, dass er daran hätte denken sollen. Wobei es keine Erklärung für die weißen Spuren an Liam Roths Mund bot, falls der vor seinem Aufbruch zu den Pisten nicht noch Schwimmen war. Ben bezweifelte es stark. Wenngleich er allmählich dazu bereit war anzunehmen, dass kein Zusammenhang zwischen den beiden Todesfällen bestand. »Sie sagten, Sie hätten Medikamente in Brenans Zimmer gefunden, die auf eine Herzerkrankung hinwiesen. Ist das wahr?«

»Ja, das trifft zu. Wir fanden Statine und Betablocker und dazu Arzneien, die mir unbekannt sind.«

Ben dachte daran, dass Alex ihn zur Vorsorgeuntersuchung drängte, wenigstens Natalie zuliebe. Zurück in Frankfurt würde er sich sofort darum kümmern, gelobte er sich. »Diese Angestellten nahmen also einem toten Gast eine Armbanduhr ab, einem Gast eines Hideaway-Hotels«, sagte Ben ziemlich erzürnt und leidlich beunruhigt von der eigenen Sterblichkeit. Eric bekam eine Glatze, bemerkte Ben. Was er von seiner Kopfhaut sehen konnte, rötete sich vor Verlegenheit und Scham. »Allein das wird zum Rauswurf des Hotels aus der Hideaway-Gruppe führen. Nun zu diesen Angestellten, was schlagen Sie vor, geschieht mit ihnen? Werden Sie die Behörden benachrichtigen?«

»Einer ist schuldhafter als der andere. Dessen ungeachtet ist das kein Vorgehen, wie ich es von meinem Personal erwarte«, sagte er.

»Es ist nicht wirklich Ihr Personal, nicht wahr?«

»Schon, solange ich die Leitung innehabe.«

»Aber Sie leiten mitnichten, oder etwa? Weit entfernt davon. Ich würde überdies sagen, Sie machen alles sogar noch schlimmer. Ihre Gegenwart, Ihre Unfähigkeit, Ihre Käuflichkeit. Ich würde sagen, Sie haben die Kontrolle verloren. Mag sein, dass der Generaldirektor keinen Deut besser war auf seinem Posten und dieser Sittenverfall bereits vorher überhand nahm. Vielleicht war es schon zu spät, als sie nachrücken mussten. Gleichwohl, von meiner Warte als Zuschauer wie Inspektor aus, ist das kriminell.«

»Aber Sie«, Eric zeigte mit sichtlich zitternder Hand auf Ben, »tragen selbst eine Schuld. Sie hatten eng mit beiden Todesfällen zu tun. Sie sind ebenso tief verstrickt in alles, was passiert ist. Das dürfen wir nicht vergessen.«

Ein Ertrinkender schlägt um sich, dachte Ben. »Solche Zufälle können nicht davon ablenken, wie dieses Hotel läuft und wer dafür verantwortlich ist.«

Eric ließ die Hand zugleich mit dem Kopf sinken, fast so, als würde alles Leben aus ihm weichen.

»Was kann ich denn nun tun?«, fragte Eric. »Wie können wir es jetzt richten?« Seine Stimme war schwach, bebte. »Hier gibt es sonst niemanden mit der Erfahrung oder Befugnis. Wir werden warten müssen, bis die Straße frei ist.«

»Sie wollen wirklich, dass sie frei wird und die Polizei sich der Sache annimmt?«

Als würde ein göttlicher Stromstoß von Kopf bis Fuß durch Eric fahren, richtete er sich kerzengerade auf und den Zeigefinger neuerlich auf Ben. Lag er im Todeskampf? »Sie, Sie können die Führung übernehmen, bis Verstärkung anrückt«, sagte er. »Sie arbeiten in der Hotellerie, für Hideaway.«

»Wohl kaum.« Ben lachte laut auf. »Das hier ist kein Schlachtfeld. Wir sind nicht auf dem Kriegspfad.«

»Es ist ein Notfall. Leute sind zu Tode gekommen, und die übrigen Gäste müssen beschützt werden. Wie sollen sie auch nur anfangen, ihren Urlaub zu genießen? Skifahren geht nicht. Das Gipfelrestaurant ist geschlossen. Sie können das Spa nicht benutzen, und ich glaube, dass der Küche schon einzelne Vorräte ausgehen. Wenn die Behörden hier eintreffen – und das werden sie, ob ich will oder nicht –, werden sie alle befragen müssen.«

»Na hoffentlich«, sagte Ben.

»Das wird höchst traumatisch sein«, fuhr Eric fort. »Ich bin nicht derjenige, der das alles organisieren kann. Ich habe alle enttäuscht. Weil ich selber gelogen habe. Ich habe alles nur schlimmer gemacht, wie Sie sagten. Das war nicht meine Absicht, und ich dachte, das Beste für das Hotel, die Gäste und

Angestellten zu tun. Aufrichtig. Ich hielt es für besser, unseren Gästen und hochrangigen Geldgebern all das Unappetitliche zu ersparen.« Er schrumpfte zusammen, als seinem Wortschwall der Dampf ausging. »Eine Milliarde Euro sollen hier investiert werden. Nichts kann schiefgehen, ist es aber. Zu vieles.« Er schniefte. »Meine Erfahrung reicht nicht, um immer die richtige Entscheidung zu treffen. Man hätte mir diesen Posten nicht geben dürfen.«

»Reißen Sie sich zusammen.« Ben fürchtete mittlerweile um die geistige Gesundheit des Mannes. »Ab und zu hatte ich deutlich den Eindruck, Ihnen würde Ihre Rolle gefallen, die Macht, das Sagen zu haben.«

»Man weiß nie, wie es wird, bis man so einen Posten hat«, sagte Eric wehmütig, gar einsichtig. »Vielleicht kann man nie genügend vorbereitet sein.«

»Hier geht es um die Leitung eines Hotels«, sagte Ben. »Sie stehen nicht den Vereinten Nationen vor. Sie werden die richtigen Ansagen machen müssen, wenn die Behörden eintreffen. Es wird Ihre Sache sein, was Sie denen sagen, wohin Sie sie schicken. Ob Sie irgendwas davon entschärfen können. Was mein Bericht zu gegebener Zeit besagen wird, steht auf einem ganz anderen Blatt. Allerdings weiß ich immer noch nicht, was John Brenan unten am Pool verloren hatte und dazu in einer solchen Nacht – Herzschwäche hin oder her. Könnte er sich dort mit jemandem getroffen haben? Könnte er dorthin gelockt worden sein?«

Ben konnte sich höchstens denken, wie Petra Bauer irgendeine Form schmerzhafter körperlicher Bändigung und Erregung böte, vielleicht zusammen mit Bernard, der dann die Körperlichkeit auf eine andere Ebene gehoben hätte. Nur warum, wenn nicht um des Geldes willen? Es kam ihm zu überspannt, abwegig vor, überdies mochte er Petra, hielt sie für ehrlich, selbst wenn sie nur ihr berufliches Fortkommen, ihre Zukunft im Sinn hatte. Wer hatte das nicht in ihrem Alter?

Doch Ben kam ein anderer Gedanke. Wenn nun Bernard auf Petra und John Brenan im Eifer einer abgefahrenen sexuellen Handlung gestoßen wäre – weil Petra John Brenan etwas Scharfes und spielerisch Gewalttätiges versprochen hatte, im Gegenzug für Geld, Beziehungen, einen Karrierekick? Dann wäre John Brenan beim Vollzug eines Geschlechtsakts mit Petra verschieden, draußen im Schnee. Vielleicht hatte auch die bloße Vorstellung davon, irgendein vages Versprechen oder Irrglaube seinerseits genügt, dass sein Herz stehengeblieben war, während Petra eingemummelt in ihrer Angestelltenunterkunft lag?

Warum gingen so viele dieser tragischen Umstände auf Verlangen, auf Sex, auf Eifersucht und Betrug zurück? Weil wir nur allzu menschlich sind, sagte eine Stimme, eine weibliche Stimme in seinem Kopf. Er kam nicht darauf, wessen Stimme es war. Er zermarterte sich das Hirn. Doch, jetzt schon. Es war keine Stimme, die er noch sehr häufig und im Vertrauen hörte, obwohl sie noch gestern zu ihm gesprochen hatte. Sie hatte ihn angerufen. Es war Alex, die gewiss zu jenen gehörte, die ihrem Herzen gehorchten. Und deren Herz nun schließlich doch gebrochen wurde?

Auf alle Fälle wäre es gut, Petra zu befragen, entschied Ben. Was hatte sie wirklich dazu bewogen, ihm sein iPhone oder vielmehr ein iPhone zurückzubringen? Schlicht die Aussicht auf beruflichen Aufstieg? Hatte sie irgendeine Ahnung vom Durcheinander, dass ein weiteres Handy verloren gegangen war? Und warum derart schlecht von Bernard sprechen?

Dennoch blieb es bei viel zu viel Mutmaßung oder überspannter Phantasie – wie Eric es ausdrücken mochte – und zu wenigen Fakten, die Ben miteinander verbinden konnte. Waren Fakten, war die Feststellung des wirklich Geschehenen am Ende doch schwieriger als Fiktion zu bewerkstelligen? Selbstverständlich. Und doch war es Liam Roths »fiktionale« Arbeit, die Geschichte um »Ben« und »Simone« in Roths Notizbuch, die Ben reizte. Welche Hinweise enthielt sie noch? Womöglich würde Ben einstweilen hinnehmen müssen, dass John Brenans Tod eine natürliche Ursache hatte – noch ehe es zu verwerflicheren Handlungen kam. Handlungen ohne sexuellen Beweggrund.

»Sie sind es, der hinter dem Schreibtisch sitzt«, erinnerte ihn Eric hilfreich daran, wo sich Ben gerade befand. »Warum schauen Sie nicht nach? Sie müssten alle Überwachungsvideos von dort aus einsehen können. Es ist eine der Tasten auf der unteren Reihe, deutlich gekennzeichnet.«

»Sie sagten doch, das ginge nur im Büro des Sicherheitschefs.« Richtig, die Taste war leicht zu finden.

»Das war wieder gelogen«, schluchzte Eric beinahe. »Ich wollte mir das nicht ansehen, weil ich mir nicht noch mehr Probleme aufhalsen wollte, Probleme, die mir entgangen waren, von denen ich in meiner Stellung hätte wissen müssen. Ich will nicht darüber nachdenken, was ich vielleicht hätte verhindern können. Damit könnte ich nicht leben. Sie verstehen nicht, wo ich herkomme und wie schwer der Weg dahin gewesen ist, wo ich jetzt bin.«

Er schluchzte so laut, dass Ben es für geschauspielert hielt.

»Ich hab's vermasselt«, wimmerte er.

»Jetzt werden Sie nicht albern«, sagte Ben. »Es ist immer nur so viel, was jemand in solchen Situationen tun kann.« Erics Zusammenbruch kam zu rasch und heftig, um ernst genommen zu werden. Wobei Ben sein Scheitern auf allen sozialen Ebenen befürchtete. Ferner dachte er bei sich, dass Eric bereits ein Gutteil der Aufzeichnungen gesehen haben musste und noch weitere Details preiszugeben hatte. »Okay«, sagte Ben und klickte mit der Maus auf das entsprechende Icon, »ich bin drin. Ich sehe die verschiedenen Kameras, was sie abdecken. Sind nicht allzu viele, oder?«

»Mehr als die sind uns nicht erlaubt.«

»Dachte mir schon so was.« Er entschied, was er sich zuerst

ansehen wollte, welche Innen- und Außenansichten des Hotels, und überprüfte dann die Daten, Uhrzeiten, was genau in jener Woche aufgezeichnet worden war. Das Interface ähnelte der Startseite von Netflix, war nur weniger farbenfroh und bot bei Weitem nicht dieselbe Auswahl. Im System navigieren hingegen ging genauso einfach. »Wollen Sie sich einen Stuhl heranziehen und es mitansehen?«, fragte er Eric, während er den Bildschirm abgraste. »Lässt sich die Bank da verrücken?« Eric schaute hilflos drein. »Nein?«

Ungern zwar gab er seinen bequemen Hightech-Sessel und damit gewissermaßen die gehobene Position in der Hotelleitung auf, doch Ben stand auf, drehte die Bildschirme um, griff nach der Tastatur und gesellte sich zu Eric auf die Designerbank, der nun wie gelähmt wirkte. »Das kann jetzt ein Weilchen dauern«, äußerte er dabei munter, als wollten sie sich einen Kurzfilm ansehen oder ein paar Folgen einer neuen Miniserie. »Können wir bei der Gelegenheit den Zimmerservice rufen? Ich fürchte, meine letzte Bestellung, die mir knapp innerhalb des dreißigminütigen Zeitfensters aufs Zimmer geliefert wurde, steht noch immer da oben, unverspeist. Dazu hatte ich noch eine kleine Karaffe Pinot Noir Grand Cru.«

Eric war weiter augenfällig unbehaglich zumute, als säße er nun neben Ben hoffnungslos in der Falle. Ben startete ungerührt die Vorführung und stupste Eric in die Rippen. »Das haben Sie alles längst gesehen, oder nicht?«

Der Mann nuschelte irgendwas an Bens Ohr vorbei.

»Wenn ja, könnten Sie mir dann wenigstens die guten Stellen zeigen und, während ich sie unter die Lupe nehme, etwas Anständiges aus der Küche kommen lassen?« Ben musste ihn erneut anstupsen, damit Eric überhaupt eine Reaktion zeigte. Sie fiel nicht so aus, wie er erwartet hatte. Schlimmer noch.

Eric weinte, heulte nun regelrecht.

»Wir schauen doch bloß ein wenig Fernsehen«, sagte Ben und fühlte sich unfähig, einen Arm um Eric zu legen. »Ich muss feststellen, was Liam Roth zugestoßen ist und hoffentlich auch, was John Brenan. Die Polizei wird das alles sowieso zu gegebener Zeit durchforsten. Ebenso gut können wir uns einen Vorsprung verschaffen. Wenn Sie das nicht längst getan haben.« Nur wusste Ben: Eric hatte. Es war die einzige Erklärung für das Verhalten des Dänen. Was würde noch ans Licht kommen?

Erics Geschluchze flaute langsam ab.

»Sie sollten vielleicht selber was essen. Eine gute Mahlzeit bringt Sie wieder ins Lot.«

Während er noch seine Atmung bezähmte, hob Eric zu sprechen an. »Ich weiß, was in den Aufzeichnungen zu sehen ist. Ich weiß, was sie zeigen und was nicht.«

»Dachte ich mir.« Wobei Ben merkte, dass ihm ein Gourmetessen lieber wäre als eine Beichte.

»Ich weiß auch, wo Liam Roths Leiche abgeblieben ist«, sagte Eric.

»Was?« Ben nahm den Blick vom Treiben auf dem Bildschirm und warf ihn auf den Mann neben sich. Damit hatte er nicht gerechnet.

»Ich weiß, wer sich die Leiche geholt hat.«

»Wie lange wissen Sie das schon?«

»Seit gestern Morgen.«

»Woher wissen Sie das?«

»Weil ich diejenigen darum bat, die Leiche fortzuschaffen. Es war ein großes Missverständnis. Sehen Sie, wir wussten, wer Liam Roth war, und wir glaubten zu wissen, was er hier vorhatte.«

»Wer ist ›wir‹?«

»Das Konsortium, die Interessenvertreter. Wir dachten, er recherchiere das Ausbauvorhaben und wäre im Begriff, uns richtig Ärger zu machen. Wir konnten ihn hier nicht gebrauchen, um in diesem Stadium Informationen zu sammeln, weshalb wir die Security verstärkten. Die Tagung sollte streng privat und vertraulich ablaufen. Das alles brachte ich ganz allein zuwege – schließlich gab es weder einen Generaldirektor noch einen Sicherheitschef.« Er hielt inne, schniefte. »Außer dass Mr Roth lebendig weitaus dienlicher war als der tote Mr Roth.«

»Sie haben ihn umbringen lassen?« Ben stand auf, konnte kaum glauben, wohin dieses Gespräch führte und was er Eric Langeskov gerade fragen musste. Wie viel Videomaterial musste er sich jetzt überhaupt noch ansehen?

»Nein, nein«, widersprach Eric entschieden und erhob sich seinerseits. »Das ist schon alles. Wir waren überzeugt, deswegen wäre er im Hotel – zum Bespitzeln. Um sehr wichtige Leute für das Hotel und die Gegend auszukundschaften. Um auf äußerst heimtückische Weise Wirtschaftsspionage zu treiben.«

»Ich halte dagegen, dass er nur seine Arbeit als Journalist zu tun versucht hat.«

Davon wollte Eric nichts wissen. »Er ist in der Schweiz und meines Wissens in der ganzen Welt dafür bekannt, solche Sachen zu machen und sich allen möglichen Ärger einzuhandeln. Deshalb ist er so schwer zu erreichen und meidet nach Möglichkeit das Rampenlicht. Freilich sind die Mitglieder des Konsortiums bestens vernetzt und vor solchen Spitzeln auf der Hut. Wir wussten, was er vorhatte. Dachten wir jedenfalls. Vielleicht lagen wir richtig, vielleicht falsch. Jetzt spielt das keine Rolle mehr. Aber wir haben ihn nicht getötet.«

Bens Augen schweiften nach draußen ab. Von den Flutlichtern des Hotels angestrahlt, flogen inzwischen Schneeflocken gegen die Scheibe. Jenseits des Gestöbers war nur noch Dunkelheit. »Aber Sie wissen, wer die Leiche weggeschafft hat?«

»Wir konnten nicht zulassen, dass die Leiche eines so berüchtigten Journalisten hier entdeckt würde, während das Konsortium tagte, wie auch immer er zu Tode kam. Die Leute würden die falschen Schlussfolgerungen ziehen und annehmen, wir hätten ihn getötet.«

»Aus gutem Grund«, sagte Ben.

»Er wurde aber nicht vom Konsortium getötet«, erwiderte Eric überraschend forsch. »Das Konsortium hatte nichts mit seinem Tod zu tun. Wir haben nur die Security aufgestockt, als uns klar wurde, dass er hier war. Ja, vielleicht gingen ein Handy oder zwei verloren. Auch Sie standen bei uns eine Weile unter Verdacht. Wir konnten niemandem vertrauen. Wir konnten keine Risiken eingehen.«

»Wer hat seine Leiche weggeschafft«, fragte Ben, »und warum?«

»Sie wissen, warum seine Leiche entfernt wurde, ich habe es gerade gesagt. Hier durfte sie nicht entdeckt werden. Es hätte fragwürdig ausgesehen, selbst wenn es ein Unglück war, wie es dem Sicherheitschef zustieß, oder eine natürliche Todesursache wie bei John Brenan. Wenn das alles aufeinanderprallt, ist es zu viel.«

Ben hustete, räusperte sich heftig, fühlte einen Kloß aus Lügen und Verwirrung und einer ausufernden Verschwörung im Hals. »Zu viel für einen Zufall, würde ich sagen. Wer hat denn nun seine Leiche entsorgt?«

»Das Konsortium hat viele Freunde, viele Kontakte. Es wurde vereinbart, dass die Leiche verschwindet. Sie waren äußerst schnell und gründlich.«

»Klingt für mich wie eine kriminelle Verzweiflungstat. Sie können nicht einfach eine Leiche beseitigen.«

»Ist einer schon tot, kann ihm doch keiner mehr schaden.«

»Eric, was ist mit den Hinterbliebenen? Seien Sie nicht so dämlich. Nichts von alledem können Sie rechtfertigen.«

Jetzt schaute Eric ausdruckslos drein, während er offenbar darüber nachdachte.

»Fuhren diese Typen zufällig einen Range Rover, schwarz getönte Scheiben, Spitzenausstattung?«, fragte Ben.

Eric nickte, schien sich zusammenzureißen. Sich endlich das Ganze von der Seele zu reden, baute vielleicht eine Art Druck ab. »Viele Mitglieder des Konsortiums reisen mit Leibwächtern, mit Leuten für die Sicherheit. Zum Glück hatten wir solche Unterstützung zur Hand.« Eric streckte einen Arm aus und tippte auf den nächstgelegenen Bildschirm. »Sie werden in den Überwachungsvideos nichts Derartiges finden. Das ist alles gelöscht worden. Manches andere hingegen müsste dabei sein.«

»Wenn das Konsortium also Liam Roth nicht hat umbringen lassen, wer dann?«

»Darüber war ich in großer Unruhe, besonders nachdem Mr Brenan auch noch verstorben ist. Zwei Todesfälle mit natürlicher Ursache so kurz nacheinander sind verdächtig. Sie hatten recht, Mr Martin.«

»Die auf den Tod Ihres Sicherheitschefs eine Woche zuvor folgten?«

»Das ist etwas anderes. Lawinen kommen nun mal vor. Es sind Unglücksfälle.«

»Sie auszulösen oder ihnen in die Quere zu kommen, passiert nicht immer zufällig.«

»Das hätten die Behörden zu klären«, sagte Eric selbstbewusster, »und mir kommt es nicht so vor, als würden sie da weit kommen. Der Guide ist überaus erfahren und bestens in der Gegend bekannt.«

»Dass Liam Roth getötet wurde, lassen Sie dann gelten?«

»Er war nicht die ganze Nacht lang in der Gondel«, sagte Eric. »Er ist nicht erfroren. Das wäre nicht möglich gewesen. Nebenbei haben wir die Aufnahmen, wie er gestern früh in Eile das Hotel verlässt, etwas später gefolgt von Ihnen. In der Zwischenzeit ist niemand anderes zu sehen.«

»Ich hatte nichts mit seinem Tod zu tun, falls Sie das immer noch meinen.« Ben konnte kaum glauben, dass Eric auf diesen Gedanken zurückfiel, der alles auf den Kopf stellte.

»Die Aufzeichnungen ließen sich anders auslegen. Was mögen sich die Behörden denken, wenn sie ihrer habhaft werden?«

Deutete Eric hier eine Erpressung an? »Hängt vermutlich davon ab, *ob* sie ihrer habhaft werden«, hörte Ben sich sagen.

»Oder was sie sonst noch finden könnten.« Eric übernahm die Tastatur und startete flugs ein Video, auf dem zu sehen war, wie Liam Roth das Hotel durch die Tür zur Tiefgarage verlässt. Er wankte eilig in seinen Skistiefeln dahin – keine Skier und Skistöcke, kein Helm. Er war sichtlich aufgewühlt. An einer Stelle blieb er stehen, klappte vornüber und schien zu würgen. Er stolperte weiter, bis er außer Sicht und der Bildschirm von einer blendend weißen Schneefläche ausgefüllt war.

Im Video waren Datum und Uhrzeit eingeblendet. Eine andere Kamera aus einem anderen Blickwinkel zeigte dann Ben beim seinerseits hastigen, wenngleich von seinen Skiern und Stöcken behinderten Verlassen des Skiraums. An einer Stelle hielt er ebenfalls inne, schien sich erst übergeben zu wollen und trabte dann weiter. Ben hatte das ganz vergessen. War er dermaßen verkatert gewesen? Oder war es das ausufernde Frühstück, das er viel zu schnell runtergeschlungen hatte, um nur ja als Erster im Skilift bergauf zu fahren?

Auch hier fand sich eine Zeitangabe – sechsundvierzig Minuten später. Ben versuchte sich an einer Berechnung. Könnte es Liam Roth in eine Blase geschafft haben, nur um irgendwo während des ersten Umlaufs gestorben zu sein? Wie lange genau war der Lift in Betrieb, ehe er Gäste aufnahm und Ben zugestiegen war? Das musste noch festgestellt werden.

Mittlerweile hatte Eric offenbar seine Fassung und Willenskraft wiedergefunden. »Sehen wir doch mal, was wir hier noch haben, ja?«, sagte er.

»Wird das lange dauern? Ich bin am Verhungern. Ich muss jetzt wirklich etwas zu essen und zu trinken haben.« Außerdem musste Ben raus aus etwas, das sich zusehends anfühlte wie eine Endlosschleife aus Anklage und Gegenanklage, Argwohn und Unterstellung, Annahmen und Mutmaßung. Wo waren die Tatsachen, Belege, Beweise?

»Wollen Sie wissen, wer für Liam Roths Tod verantwortlich war?«, fragte Eric.

»Sollte es Ihrer Aufmerksamkeit entgangen sein, so habe ich genau das seit gestern Morgen zu ermitteln versucht und musste dabei laufend Hindernisse umgehen, die mir zumeist von Ihnen und Ihrem verdammten Hotel in den Weg gelegt wurden.«

»Sehen Sie einfach zu. Da kommt noch mehr.«

Donnerstag, 9:15 Uhr

Nach einem hastigen und unselig unterbrochenen Frühstück wieder auf seinem Zimmer, zog Ben schließlich die vielen Schichten Vorhang zurück und bekam eine Aussicht zu sehen, die seinem ersten Morgen hier – vor gerade einmal zwei Tagen – bemerkenswert glich. Sonnenstrahlen bekrönten die nahen Gipfel und tränkten den jenseitigen Ausläufer des Tals mit warmer, rosaorangefarbener Glut. Als würde das Mont-Blanc-Massiv in Flammen stehen. Bens Eingeweide wurden unterdessen von scheußlichen Verdauungsbeschwerden geplagt.

Viel zu spät letzte Nacht hatte er schließlich eine Mahlzeit eingenommen – Markknochen mit Fleur des Alpes, Knoblauch, Pankokrumen und Petersilie als Vorspeise, gefolgt von Wachtelragout, Jerusalem-Artischocke, Kaffee und Haselnüssen. Das Ganze wurde mit reichlich Pinot Noir, rotem Bordeaux, einigen Schwenkern Obstbrand zum Andenken an John Brenan und schließlich – um der alten Zeiten willen – zwei Gläsern Schnaps runtergespült. Petra Bauer war aufgefallen, indem sie durch Abwesenheit glänzte.

Nachdem er sich zuvor an diesem Morgen aus dem Bett gewälzt hatte, war Ben töricht genug gewesen, umgehend ein umfängliches Frühstück zu vertilgen – Eier, knusprige Speckstreifen, das volle Programm mitsamt einer weiteren Schale Birchermüsli. Er glaubte, den tags zuvor erlittenen Ausfall von Frühstück und Mittagessen aufwiegen zu müssen. Es war ein Fehler, insbesondere als er von einer entnervten Isabella Ferrari aus dem Speisesaal gezerrt wurde.

Sie wusste nicht, an wen sie sich wenden sollte. Eric Langeskov war verschwunden. Ben war sofort klar, dass sich der Däne nun doch aus dem Staub gemacht hatte, behielt aber dennoch die Rolle des Unwissenden bei, wobei er versuchte, Isabella irgendwie zu beruhigen und nach dem stellvertretenden Generaldirektor zu suchen. Er war nirgends zu finden. Sogar im Spa schauten sie nach, doch das war noch geschlossen und verriegelt.

Immerhin brachte Ben schnell in Erfahrung, dass ein privater Krankenwagen aus Martigny unterwegs sei, um John Brenans Leichnam abzuholen. Auch die Behörden rückten inzwischen an, doch große Eile schien niemand an den Tag zu legen. Ben war das nur recht, da er anscheinend den Verkehr würde regeln müssen, sozusagen.

Sein wertvollster Hinweis allerdings war vermutlich zu literarisch und esoterisch für die Polizei – gleich aus welchem Land. Um den Verdauungsbeschwerden und der Höhenkrankheit zu begegnen, hatte Ben noch einmal Liam Roths Notizbuch aufgeschlagen und den Vorstoß des verstorbenen Journalisten in die Welt der Prosadichtung weiterverfolgt.

Zwangsläufig zerfranste diese Geschichte zu den Bemerkungen und unverknüpften Fragmenten eines Romanentwurfs. Es gab keine weiteren Enthüllungen außer jener, dass Liam Roth oder vielmehr Liam Roths allzu seltsam »Ben« getaufte Figur sich sowohl vergangener Vergehen schuldig und unter zunehmenden Druck gesetzt fühlte, »Simone« glücklich zu machen und sie von seiner Liebe zu ihr allein zu überzeugen. Offenbar hatte Roth noch kein Ende in Betracht gezogen. Ein dramatisches Ereignis musste her, und zwar schnell.

Leider ereignete sich tatsächlich etwas dramatisch und schnell mit Liam Roth. Etwas ganz und gar Vermeidbares.

Selbiges ließ sich nicht notwendig über den Tod des Sicherheitschefs eine Woche zuvor sagen, wie man es auch drehte und wendete. Vielleicht war es eine Art List, umgesetzt von einem örtlichen Guide womöglich unter Mitwirkung Bernards, um die bevorstehende Tagung des Konsortiums zu untergraben. Wer wäre hernach noch erpicht darauf, dieses selten abgelegene Tal weiter im Namen eines Luxusurlaubshotels zu entwickeln?

Ben wusste auch nicht recht, ob er je den Grund für John Brenans spätnächtlichen Spaziergang erfahren würde. Verdauungsbeschwerden? Dabei würde er es aber belassen. Ebenso wie er akzeptieren würde, dass Petra und Bernard sich gestritten hatten. Verstimmte Liebende sagten doch ständig Sachen, die sie so nicht gemeint hatten, ehe sie sich wieder vertrugen. Und dann aufs Neue stritten und wieder vertrugen und so weiter und so fort. Es sei denn, einer machte dem für immer ein Ende – absichtlich oder fahrlässig. Er hatte Liam Roth für diese Erinnerung an menschliches Verhalten zu danken.

Schließlich hatte er Eric dafür zu danken, entscheidende Stellen der Überwachungsvideos herausgesucht und von verschiedenen Mitarbeitern aus dem Zimmerservice und der Küche Bestätigungen eingeholt zu haben. Zumindest so lange, bis Liam Roths Leiche gefunden und eine Obduktion durchgeführt sein würde. Bedauerlicherweise wussten die gut vernetzten »Freunde« des Konsortiums genau, was sie taten. Vielleicht würde sie im Frühling auftauchen, wenn Schnee und Eis tauten und unerschrockene Bergwanderer wie Daniel Farke wieder kreuz und quer durch das Mont-Blanc-Massiv kraxelten.

Bens Blick durchs Fenster fiel auf eintreffende Fahrzeuge: Polizeiautos, Rettungswagen, Einheiten der Bergwacht. Sie kamen allesamt zu spät, dachte er. Der geeignete Zeitpunkt war vorüber. Schon verlangten andere Themen und Geschichten nach Aufmerksamkeit, so etwa Erics Verschwinden. Auch darüber würde man bald hinweggehen, nicht zuletzt das Hotel und insofern auch Hideaway. Ben bezweifelte, dass Eric es je wieder mit einer Anstellung in der Luxushotellerie versuchen würde, und fragte sich, ob er es ihm verübeln konnte.

Ohne Liam Roths Leiche würde es schwierig bleiben, Eric unterlassener Sorgfaltspflichten zu überführen. Natürlich hatte Eric als der Stümper, der er war, die Schuld auf Simone abzuwälzen versucht. Doch eine halbe handgeschriebene Erzählung in einem Notizbuch zusammen mit einem gesperrten, angeknacksten iPhone und ein paar Spitzenhöschen würden niemals ausreichen, um einen fähigen Kriminalkommissar zu überzeugen. Selbst wenn die Kameraüberwachung Simones Anwesenheit im Hotel bestätigte und ihr verdächtiges Verhalten früh am selben Morgen, an dem Liam Roth den Tod fand. Ja, sie war allerdings hier gewesen – und was war sie für eine schöne Frau.

Sie war in einem Flur dabei erfasst worden, einem Kellner ein Trinkgeld zu reichen, der ein Frühstück aufs Zimmer geliefert hatte. Außerdem war sie vor die Linse gekommen, als sie zum Haupteingang des Hotels hinausstürzte und beinahe zeitgleich Liam Roth hastig unterwegs im Korridor zum Skiraum zu sehen war.

Beide über den Bildschirm gebeugt und die Augen auf der Videoaufzeichnung, hatte Eric gesagt: »Ja, das ist es natürlich, das Omelette. Damit wurde er vergiftet.«

In der Tat war sie die letzte Person, die bei ihm gewesen war, im gemeinsamen Zimmer, kurz bevor Ben den Mann tot aufgefunden hatte. Simone erwies sich nun als unerreichbar, ob per E-Mail oder auf sonst einem Weg. Sie war zusammen mit dem Leichnam ihres Liebhabers verschwunden, obwohl Eric Ben zu überzeugen versucht hatte, Simone habe das Omelette mit Gift versetzt. Mit dem Omelette war Liam Roth allerdings vergiftet worden, nur hatte Simone selbst bestimmt nichts draufgestreut.

Ben öffnete die Fenstertüren, trat auf den winzigen Balkon und schaute hoch zu den schartigen Gipfeln. Man wollte nicht immer alles wissen, ertappte er sich beim Gedanken. Es war besser, wenn manches Rätsel auf ewig genau das blieb: ein

Rätsel. Sonst würde man verrückt dabei, aber auch alles auflösen zu wollen. Wieso beispielsweise hatte Liam Roth seine Hauptfigur Ben getauft, doch Simones wirklichen Namen beibehalten?

Ben wusste ebenso um die Gefahr von Tatsache, Beweis und Wirklichkeit, wenn derlei nicht nur einer guten Geschichte, sondern einem guten Hideaway-Bericht in die Quere kam. Die Freiheit, über die er einst verfügt hatte, ein Spielraum für Ausschmückung, Andeutung und Imagination, wurde ihm von einem unternehmerischen Bedürfnis nach Systematik, vorbestimmten Methoden und weißen Handschuhen genommen. Ob Emily solche Entwicklungen wirklich begrüßte? Ob Simone Liam gerne bei Arbeitsbesuchen begleitet hatte, um dann herauszufinden, dass er eine Schlüssellochgeschichte über ihr intimes Verhältnis verfasste?

Wenn sie, wie Ben argwöhnte, ein ausgesprochen zurückhaltender Mensch war, wäre sie fuchsteufelswild darüber gewesen, und zwar zu Recht. Vielleicht unterhielt sie eine Beziehung mit jemand anderem. Vielleicht hatte sie Kinder. Vielleicht wollte sie nicht auf solche Weise bloßgestellt werden und war mit allen Mitteln bereit zu beschützen, was sie besaß. Selbst wenn das bedeutete, Liam für immer zu verlieren.

Ein Geräusch, ein Handy bimmelte. Bens eigenes war es aber nicht, stellte er fest, als er es aus seiner Tasche zog. Ein anderes, derselbe Klingelton, dasselbe Modell. *Unbekannte Nummer* leuchtete quer über das gesprungene Display.

»Hallo?«, sprach er in das iPhone, das sich allzu vertraut anfühlte und doch reichlich fremd war. »Hallo?«, sagte er wieder und meinte, schwache Atemzüge am anderen Ende zu hören.

»Sie sind das?« Eine Frauenstimme. Eine Stimme, die er wiederzuerkennen glaubte. »Sie haben mein Handy?«

»Ja«, sagte Ben. »Es scheint so.«

»Sie sind Ben, mit dem ich gestern sprach? Der im Hotel G wohnt?«

»Ja, ganz recht. Und Sie sind Simone?«

»Wollten Sie deswegen Liam so dringend erreichen? Weil Sie mein Telefon haben?«

Sie bestätigte zwar nicht, Simone zu sein, aber Ben wusste es auch so. »Ich sagte, dass ich wichtige Neuigkeiten über ihn hätte und sein Auto noch am G sei.«

»Ich verstehe das nicht«, sagte sie. »Er sollte gestern abreisen. Sollten wir beide, aber ich kann ihn nicht erreichen.«

Bedeutete das etwa, dass Liam Roth sein Telefon die ganze Zeit bei sich gehabt hatte? Natürlich war Ben keine Zeit in der Gondel geblieben, Roth gründlich abzusuchen. »Wo sind Sie?«

»Ich bin in Zürich.«

»Sie wohnen mit Liam zusammen?«

Sie seufzte lange und schwer. »Nein, nicht immer. Wir arbeiten zusammen und treiben ab und zu noch andere Dinge.«

»Sie haben mich gestern nicht zurückgerufen. Ich hab's bei Ihnen versucht, nachdem der Anruf unterbrochen wurde.«

»Es war so umständlich für mich übers Festnetz.«

»Was ist zwischen Ihnen beiden im G vorgefallen?«

»Ich erzähle Ihnen das nur, weil ich mir Sorgen mache. Ich kann niemanden sonst danach fragen. Am Hotelempfang heißt es, er habe Dienstagmorgen ausgecheckt wie vorgesehen und sei keinesfalls noch im Hause. Und Sie sagen, sein Auto stehe da noch immer in der Tiefgarage? Das begreife ich nicht.«

»Er hat früh am Dienstagmorgen ausgecheckt, ja«, sagte Ben.

»Ich dachte, er wäre bloß Skifahren.«

»Er hat ausgecheckt, bevor er skifahren gehen wollte, glaube ich. Aber warum wissen Sie das nicht, wenn Sie auch im Hotel waren?«

»Wir hatten Streit, wieder mal schrecklich Streit. Ich weiß nicht mal mehr, worüber. Ich sagte, ich würde abreisen, und er sagte, er würde skifahren. Er sollte da auch noch arbeiten – irgendeine Geschichte, an der er schrieb. Immer arbeitet er und schenkt mir, unserer Beziehung keinerlei Aufmerksamkeit. Da hatte ich genug. Er bemerkt mich immer nur dann, wenn ich nicht da bin. Diesmal ist es allerdings für immer.«

Ben atmete tief durch.

»Ich konnte mit einem anderen Gästepaar nach Martigny mitfahren. Das war sehr freundlich von ihnen. Ich war hilflos, weil ich kein Handy bei mir hatte – irgendwo im Hotel war es verloren gegangen. Bestimmt habe ich noch andere Sachen dort liegen lassen. Ich hatte es so eilig, von ihm wegzukommen.«

Ben erkannte, dass sie nicht nur keine Mörderin war, sondern auch ahnungslos, was eigentlich ihrem Liebhaber zugestoßen war. Also sagte er es ihr.

Er sagte ihr, was er in der Gondel entdeckt hatte und später im Auto und dass ihr Handy gleichfalls im Hotel gefunden worden war, eben jenes, über das sie soeben mit ihm sprach. Das alles kam vor einem Hintergrund tödlichen Schweigens zur Sprache. Dann Weinen, furchtbares Schluchzen aus tiefstem Herzen. Sie spielte ihm nichts davon vor. All das hatten andere bereits getan.

Als sie nicht länger weinte und Atem zu schöpfen vermochte, sagte sie: »Er hatte weiße Spuren rings um den Mund, sagen Sie?«

»Schwach, aber doch, danach sah es aus.«

»Waren seine Lippen geschwollen?«

»Ich weiß es nicht«, sagte Ben. »Ich weiß nicht, wie er normalerweise aussah. Ich habe ein Foto von ihm, von seinem Leichnam – zum Beweis.«

»Sehen Sie nach.« Auf einmal klang sie um so vieles ruhiger, beherrschter, geschäftsmäßiger. Sie musste eine tolle Assistentin abgegeben haben.

Er griff nach seinem eigenen Handy und fand schnell die Bilder. Vielleicht waren Liam Roths erstarrte, blasse Lippen tatsächlich geschwollen. Auf dem kleinen Bildschirm sahen sie besonders violett aus. Außerdem lag eine schwache Rötung rings um seine Augen vor, die Ben zuvor nicht aufgefallen war. »Könnte sein.«

»Anaphylaxie«, sagte sie. »Er hatte vor Kurzem eine Allergie entwickelt – auf Pilze, Nüsse, Kiwis, vermutlich noch auf andere Lebensmittel, wovon er aber noch nichts wusste. Er dachte nie an seinen EpiPen, und wenn doch, waren ihm Injektionen verhasst. Das habe ich dann erledigt, wie auch alles andere, zum Beispiel das Hotel bei der Reservierung darüber zu informieren. Aber ich hatte das Zimmer bereits verlassen, und war nicht da, um ihm zu helfen.« Sie fing wieder an zu schluchzen.

»Es tut mir leid«, sagte Ben. »Es war nicht Ihre Schuld. Sie konnten nicht wissen, was passieren würde.« Andere aber schon. So ein Vorfall war in der Tat völlig vermeidbar oder wäre es in einem gut geführten Hotel gewesen.

»Ich hätte dort sein müssen bei ihm, immer, um solche Eventualitäten zu verhindern.« Nach weiteren Tränen sagte sie: »Aber das konnte ich nicht, nicht immer. Es lebte sich nicht so einfach mit ihm zusammen. Wir waren nicht füreinander bestimmt, konnten uns aber ebenso wenig trennen.«

»Ich habe ein Notizbuch von ihm, das Sie sicher haben möchten, zusammen mit den anderen Sachen hier. Vielleicht erklärt es, was er für Sie empfand.«

»Ich kann nur an seine letzten Minuten denken«, sagte sie. »Unter Schock, verwirrt, er muss nach draußen gegangen und in einem Skilift umgekommen sein, in dieser Gondel, in der Sie ihn entdeckt haben.«

»Hätte er nicht versucht, jemanden um Hilfe zu bitten?«

»Vielleicht wollte er keine Hilfe. Er konnte sehr stur und stolz sein. Vielleicht wollte er einfach sterben, ich hatte ihn ja gerade wieder verlassen. Ich war diejenige, die weggelaufen ist. Ich bin schuld.«

Ben warf einen Blick hinüber zur geöffneten Fenstertür, zum

Balkon und atemberaubenden Bergpanorama, und fragte sich, ob er Liam Roths Geschichte für ihn abschließen könnte. Sie war so gut wie fertig. Er wusste, wie sie endete. Eine Version jedenfalls – mit Handlungssträngen hatte er sich noch stets abgeplagt, ganz zu schweigen von Endungen. Nicht dass er je so weit gelangt wäre.

»Bitte«, sagte Ben, »denken Sie das nicht. Es gab nichts, was Sie hätten tun können. Doch es gibt viel, was das Hotel hätte tun können, wenn Sie schon einen Schuldigen suchen. Man wusste hier um seine Allergien, handelte aber fahrlässig. Damit Sie es wissen, der stellvertretende Generaldirektor ist verschwunden, zweifellos vor lauter Scham und Reue.«

Natürlich würde Ben Liam Roths Geschichte nicht für ihn beenden. Es war nicht an ihm, sie fortzuführen, gar abzuschließen.

Nebenbei wusste man doch nie, was in einer Beziehung oder im Kopf von anderen Menschen vor sich ging. Es war schon schwer genug, mit den eigenen Überlegungen und Einbildungen fertig zu werden, und das zumal, je weiter die Jahre ins Land zogen. Er musste dieses Übermaß einschränken, diese Hirngespinste. Vielleicht war das Abhaken von Kästchen eine vergleichsweise sichere Sache.

Warum hatte er dermaßen gegen das Konzept, die neuen Hideaway-Formulare und diesen albernen Handschuh aufbegehrt? Weil es sich, wurde ihm nun klar, um eine Herabwürdigung seiner selbst handelte, des Alterns, der Individualität, geistigen Ungebundenheit, Vorstellungsgabe, wie abwegig auch immer. Die Menschen waren vielschichtig, ohne Ende verblüffend, begingen andauernd furchtbare Fehler. Es waren keine Maschinen oder elektronischen Apparate wie jener, der in diesem Moment klingelte – dieses Mal sein eigener, den er immer noch in der Hand hielt.

»Aber wo ist seine Leiche?«, fragte Simone. »Was lässt sich beweisen, ehe sie gefunden ist?«

»Das wird einige Zeit brauchen und einiges Aufdröseln, fürchte ich. Einstweilen müssen wir den Behörden verstehen helfen, was von Ihnen mitgeteilt wurde, als Sie die Buchung vornahmen, und dann, wie diese Auskunft nicht zuletzt an die Küche weitergeleitet wurde.«

»Ja, das ist leicht. Bei unserer Ankunft habe ich sogar den Duty Manager gesprochen – Eric Langeskov.«

»So etwas hatte ich mir schon gedacht«, sagte Ben, der Erics Namen ganz bewusst mit keinem Wort gegenüber Simone erwähnt hatte.

»Er war sehr beschäftigt und wirkte zerstreut. Ich hätte mich vergewissern sollen.«

»In einem ordentlich geführten Hotel sollte das nicht nötig sein. Sie könnten eine Klage in Betracht ziehen. Ich werde Sie dabei unterstützen.« Zum Glück wusste Ben, dass Simone nicht über Hideaway gebucht hatte, sondern direkt beim Hotel. Sie waren keine Gäste von Hideaway gewesen, wobei er sich nicht sicher war, ob es einen Unterschied ausgemacht hätte.

Schlecht geführte, im Grunde strafbar fahrlässig betriebene Hotels mussten genauso entlarvt werden wie jedes andere korrupte Unternehmen. »Ich muss auflegen«, sagte er mit Blick darauf, wer ihn gerade zu erreichen versuchte. »Es wird noch eine Menge zu klären geben. Aber zögern Sie nicht, mich jederzeit anzurufen. Ich werde für Sie tun, was ich kann.«

Ben wischte über den roten Balken auf seinem Telefon, sagte »Hallo« und fragte sich, ob Liam Roth je bereut hatte, dass seine Arbeit beständig sein Privatleben beeinträchtigt hatte.

»Ich dachte mir, du könntest meine Hilfe brauchen«, sagte Emily. Im Hintergrund lärmte ein Gewummer.

»Ich kann dich kaum verstehen. Hörst du mich?«

»So eben noch.«

»Du bist zu spät dran«, sagte Ben. »Ich habe herausgefunden, was sich hier abgespielt hat.«

»Nicht übel für bloß achtundvierzig Stunden.«

»Ein Unfall oder Unglück nach dem anderen und dazu ein unerfahrener, beinflussbarer Hotelier, der weit über sein Aufgabengebiet hinaus agiert hat, und zwar dermaßen, dass er die Beseitigung der Leiche eines übereifrigen Investigativreporters veranlasste. Was selbstredend ganz und gar gesetzwidrig ist. Ermordet hat er den Journalisten nicht, mittelbar verantwortlich für seinen Tod war er aber weitgehend.«

»Wo ist er jetzt? Ich nehme an, du sprichst von Eric Langeskov?«

»Er ist abgehauen.«

»Überrascht mich nicht. O je. Wen können wir in seiner Abwesenheit für all das zur Rechenschaft ziehen?«

»Das Hotel trifft eine erhebliche Mitschuld, würde ich sagen. Ebenso einige der Stakeholder. Wen im Einzelnen genau, können wir vielleicht erörtern, wenn ich meinen Bericht fertig habe. Wo bist du?« Der Krach im Hintergrund war richtig heftig.

»Fast da.«

»Was?« Das Wummern wurde immer durchdringender, überdies gewahrte er nun ungeheuren Lärm durch die offenen Fenstertüren.

»Soeben gelandet«, sagte Emily. »Schau mal aus deinem Fenster. Vielleicht kannst du mich sogar sehen.«

Ben trat auf den Balkon und machte einen langen Hals. Und stellte in der Tat fest, dass ein Hubschrauber auf dem entsprechenden Landeplatz aufgesetzt hatte. »Du bist den ganzen Weg hergekommen?«

»Ja, natürlich.«

»Aber die Behörden drängeln sich hier inzwischen. Vorerst gibt es hier nicht mehr viel für uns zu tun, außer sie machen lassen.«

»Gut. Hast du mal nach dem Wetter geschaut, Ben? Hast du die Schneedecke gesehen? Schnapp dir deine Skier. Ich erwarte dich im Heli.«

»Emily, ich habe noch kein einziges Hideaway-Formular ausgefüllt. Ich hab meinen richtigen Job noch gar nicht getan.«

Sie lachte. »Du machst doch nie deinen Job, jedenfalls nicht so, wie du solltest. Darum liebe ich dich ja. Komm schon, ich hab noch nie etwas Makelloseres gesehen. Nutzen wir das aus. Du musst für den Augenblick leben, Ben. Im Übrigen bin ich deine Chefin. Ich weise dich an, mich zur Variantenabfahrt vom Feinsten zu begleiten.«

Hatte sie gerade gesagt, dass sie ihn liebe? Ben ließ den Blick in seinem kleinen Zimmer schweifen und suchte es nach seiner Skiausrüstung ab. Er musste sich beeilen. Emily konnte sehr ungeduldig sein. Und es galt für ihn, den Geist Doug Sagers heraufzubeschwören. Doug hätte sich auf diesen Hubschrauber gestürzt, als gäbe es kein Morgen.

Natalie kam ihm in den Sinn, als er seine dicken Socken überstreifte. Bestimmt wäre sie stolz auf ihn, wie er den Augenblick zur Neige auskostete. Obendrein war Emily eine zutiefst berückende Frau. Hoffentlich würden sich die beiden eines Tages begegnen. Was Alex betraf, nun, Alex war noch immer dem Zug ihres Herzens gefolgt. Ja, Herzen konnten gebrochen werden, doch wer nicht anständig lebte und liebte, würde nie erfahren, wie sehr. Nichts hielt ewig.

In Gedanken bei Liam Roth und John Brenan und dem lieben alten Doug Sager wurde sich Ben sehr bewusst, wie allzu kurz das Leben sein konnte. Jede Minute jeder Stunde eines jeden Tages zählte.

Henry Sutton

Henry Sutton, geboren 1963 in Gorleston-on-Sea, Norfolk, ist Autor, Literaturkritiker und war viele Jahre lang als Reisejournalist tätig. Er lehrt Creative Writing an der University of East Anglia in Norwich, leitet dort den Master-Studiengang Crime Fiction und ist Gründer des Noirwich Crime Writing Festivals. Sutton ist verheiratet und hat drei Kinder.